U0795340

DUKU

读库

2206

主编 张立宪

新 星 出 版 社 NEW STAR PRESS

DUKU
读库
特约编辑　杨　雪
装帧设计　艾　莉
图片编辑　黎　亮
助理美编　崔　玥

特约审校：黄英｜吴晨光｜马国兴｜李英子｜刘亚｜潘艳

旧城少年 · 乐园丨左马

目录

窑洞渐远

李 晨

跨越十年、关于窑洞建筑及民间生活的考察记录。

我时常怀念在黄土高坡上住窑洞的日子。那高大弯曲的穹顶，温暖的火炕，炕围上古拙的线条，灶上冒着热气的花馍，奇异图案的剪纸。阳光透过窗棂缓缓爬动，炕桌上的茶碗闪闪发光。窑洞里踏实、安稳，女人盘腿在炕上剪纸、缝老虎枕，孩子们围着炕沿跑来跑去，老汉靠在窗边磕着旱烟袋……这场景在现实中已渐行渐远。

2009年起，我开始绘制旅游地图，2016年又参与第一批非物质文化遗产调研，其间深入城镇乡村，实地测绘大量民居建筑，采访了许多非遗传承人，有时一连几周在老乡家里同吃同住。这十几年间，我国城市化发展飞速，农村人口逐年下降，传统民居建筑成为消失最快的一类物质遗产，曾经遍布北方各地的窑洞则首当其冲。而居住环境所孕育的传统仪式、技艺、美术也在以惊人的速度消亡，一个千年古村往往几年内就被从地图上抹去。2022年春节，我偶然与友人谈起山西李家山，回想起那个热闹难忘的大年，我们在村里窑洞的火炕上把酒言欢，在天官庙赶社戏、看伞头秧歌，便决定规划一条路线，以消亡最快的窑洞建筑为对象，在晋陕豫冀四省选择几处典型村镇，探寻人们的生存现状和往昔。于是，有了这部关于窑洞建筑及民间生活的考察记录。

在我们印象中，中国传统建筑都是以木构架为主，梁架支撑，木柱承重，榫卯拼接，从一间到多间，由独栋围成院落，在平面上延展。然而在北方广阔的黄土高原上，干旱少雨，植被稀疏，木材稀缺，大地沟壑纵横。生活于此的先民因地制宜，在黄土中挖洞居住，形成了拱形结构的窑洞建筑。这些窑洞或位于山腰，或在平地，抑或深藏地下；有院落，有联排、庄园和城堡，有loft独栋、两三层办公楼乃至五六层的窑楼；内部空间有横拱、竖拱、十字拱、丁字拱；建筑材料则有土、石、砖、红柳、炉渣甚至缸瓮，灵活巧妙、变化多端，具有浓郁的民俗风情和乡土气息。

历史上，窑洞分布的区域与黄土高原范围大致重合，西起青海日月山，东到河北太行山，北到长城，南接秦岭，横跨青、陕、甘、宁、晋、冀、豫、内蒙古八省、自治区。这里是世界上最大的黄土沉积区，也是华夏文明的发祥地之一。

黄土高原地貌分为山地、丘陵、塬区、台塬区、河谷与平原，窑洞在每个区域都呈现出不同样貌。在建筑形式上，窑洞分为靠崖式、下沉式和独立式三大类。靠崖窑洞是在山

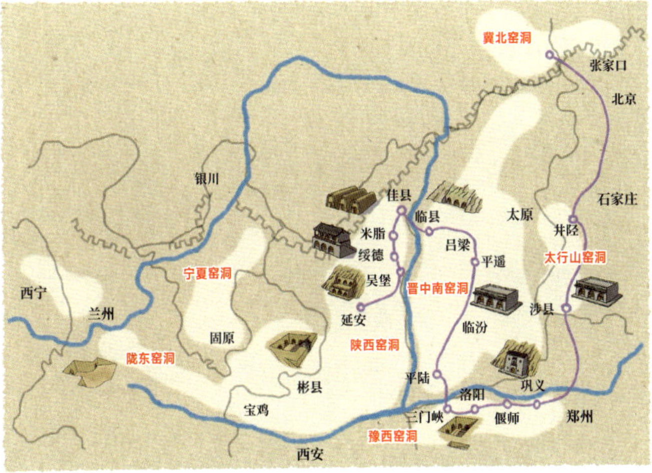

中国的窑洞分布区域及本文的考察范围。

坡的崖面上向里掏洞，主要分布在陕甘宁地区的黄土丘陵和塬区的断面地带，为基础款；下沉式窑洞是在平地向下挖坑，再向纵深掏洞，院落位于地平线以下或流水形成的路沟、主干道两侧，大都分布在晋南、豫西、陇东的黄土台塬中心和平原地带；独立式窑洞也叫箍窑（有些地方写作锢窑），出现时间较晚，是在地面上用石头、泥砖、青砖等材料起券，不用木柱梁架而做成房屋的形式，这种技术使窑洞不再受地形所限，走进平原城市，进而组合形成气派的院落、庄园、窑楼，并将窑洞民居的范围扩展到黄土高原之外。

窑洞源自祖先对天然洞穴的模仿，经历了从天然到人工、从高山到平地、从粗朴到精致的过程。《诗经 · 大

中国的窑洞类型

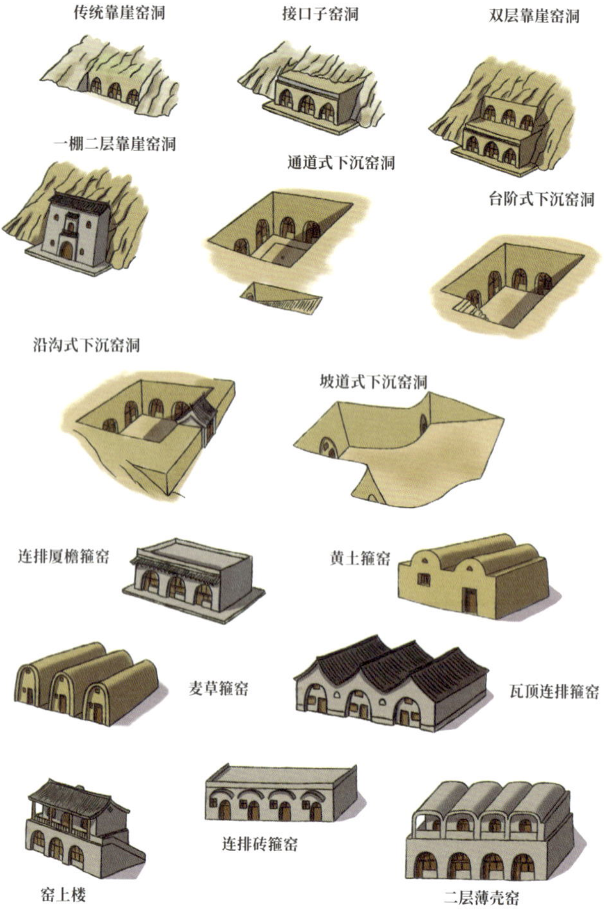

在建筑形式上，窑洞分为靠崖式、下沉式和独立式（即箍窑）三大类。

雅·绵》描写周人祖先古公亶父率领部族从豳迁往岐山周原开国奠基的历史，开篇有“古公亶父，陶复陶穴，未有家室”，意为在山前和平地上掏洞居住。现代考古证明，在新石器时代晚期，山西中部的聚落中已出现窑洞建筑。陶寺遗址（公元前2300年）中，窑洞呈现出口小肚子大的口袋形，更接近于天然洞穴。东下冯遗址（公元前1900年）中，窑洞入口增大，采光效果更好，已经由洞穴发展成住宅。同一时期的石楼县岔沟遗址中，室内面积增加到十多米，中间设有灶台，内壁涂有白灰防潮，已经是比较成熟的民居了。

窑洞的发展轨迹并不是线性的，随自然环境和人类活动不断变化。一个聚落在形成初期，人口不多，周围自然资源较好，房屋中的木材用量就会多一些，等到繁衍几代之后，人口增加，窑洞只能完全用土石建筑，内部格局也相应发生改变。同一个地区，大户人家的窑洞气派敞亮，装饰精美，普通人家则仅能容身。从人口上来看，明弘治四年（1491年）黄土高原总人口约为一千五百万，清道光二十年（1840年）为四千一百万，1960年为四千九百一十三万，1990年达到极值九千零三十一万。人口数据的变化，当然在窑洞形态上有所反映。二十世纪九十年代以后，随着城镇化进程加快，窑洞建筑开始迅速消失，尤其从2010年开始，呈现断崖式下降。前几年有个网上统计，说还有三千万人住在窑洞里，但经过我们几年间的考察，实际常住人口应不足这个数据的十分之一。

靠崖窑洞

黄土高原最常见的形态

李家山的公共窑洞院落

2005年春节，在山西临县碛口镇李家山，我们第一次见到了成片的靠崖式窑洞。

靠崖窑洞常见于陕晋地区的山村，尤其是沿黄河及支流两岸。黄土丘陵受流水和重力侵蚀最严重，大地支离破碎，但断裂的黄土崖面却最适合挖窑洞，所以这里几乎所有村落都以靠崖窑洞为主体。村落命名往往简单直接，前缀是家族姓氏，通常称为某家，姓张叫张家，姓王叫王家，没有姓氏的，一开始是多姓杂居；后缀则是村落地形，如山、岭、峪、沟、坪、湾、洼、墕、台、垣、垛、峁、砭、塬、崖、塌、坬、石畔、圪垯、圪台。这些字很多都来自方言，叫“圪垯”的村子围绕着一座山头三面掏挖，叫“沟”和“峪”的则沟谷两侧分布，叫“坪”的地势平缓，叫“塌”的地面塌陷，叫“砭”的形如针孔，叫“湾”的曲折幽深。

这些山村正对开阔的沟壑，窑洞依山分布，在临近水源的沟边开辟旱作梯田。大部分村子都以农业起家，有些发展到一定阶段则会转型，有的家族靠读书做官成为士绅，交通便利的村子从事商业活动，成为码头或物流基地，后期就建

靠崖式窑洞类型图

【窑洞外窗】

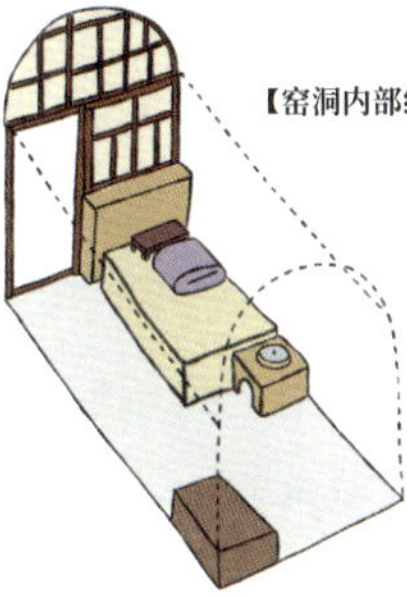

【窑洞内部结构】

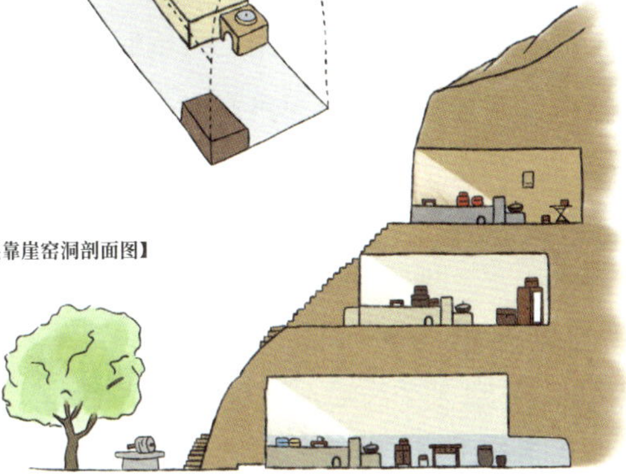

【多层靠崖窑洞剖面图】

传统靠崖式窑洞内部的布局，一般都是火炕位于窗边，后面连着灶台，方便采光、节省燃料。多层的靠崖窑洞，通道呈之字形。

起了大型窑洞庄园；还有些以手工业为主的，村落围绕矿坑和作坊分布，形成产业基地。发育良好的村子配套设施也完善，村里除了成片的窑洞院落，还有寺庙、祠堂、学堂、油坊、酒坊、驿站、商铺、桥梁、碉堡、教堂，连水井都要盖上窑洞。先天不足的村子虽然历史悠久，但几百年来一直原地踏步，连挑水都要走上几里路，当人口饱和之后，子孙只能搬到别处另寻出路。

李家山位于湫水河与黄河汇流处下方两公里，西临黄河，背靠凤凰山，前面有两条深沟，平面呈M形。进村只是一条很隐蔽的小路，非常陡峭，中间还结了冰，远处的梯田被积雪覆盖。我们刚转过最西面的山口，就依稀听见锣鼓家伙声音，循声走去，发现声音来自村下的天官庙戏台。时逢大年初三，全村老少聚了一院子，喜气洋洋。年长的搬了凳子坐在正殿前檐廊下，孩子们聚在当院，年轻的则爬到两侧窑洞顶上。戏台条幅上写着“碛口李家山麒麟艺术团”，台上的演员都是当地村民，为首的举着一把花伞。村民说，台上唱的伞头秧歌是临县一带特有的剧种，台词不固定，现唱现编。过去村里每到节庆都会演出，如今只在过年才能聚起这么多人，虽然服装道具一再缩水，但大家图的就是个热闹。

天官庙是李家山现存唯一的宗教建筑，始建于清代中叶，同治五年（1866年）重建，主持修建的是李氏第八代长房（前街大门）李登祥。这是一座四合式窑洞院落，依

李家山天官庙

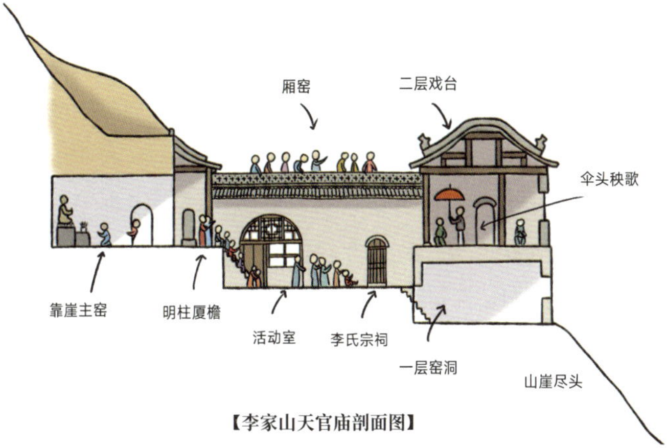

【李家山天官庙剖面图】

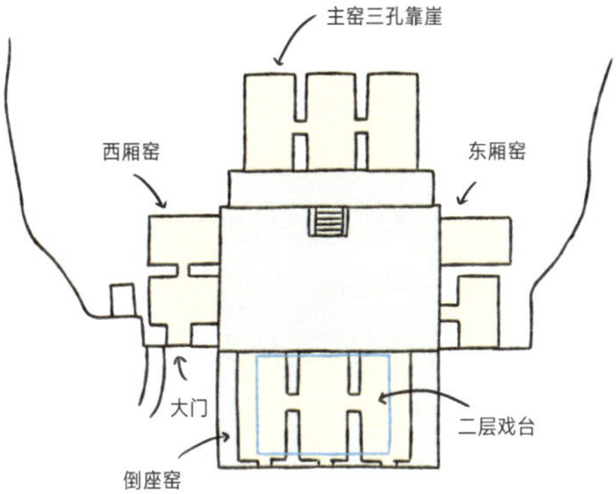

【李家山天官庙平面图】

李家山天官庙始建于清代中叶，同治五年（1866 年）重建，主窑三孔供奉天官、观音、关公。倒座窑上戏台为李家山公共建筑。

山势而建，前低后高，山门位于西南角，南窑是一座独立式窑上楼，一层三孔石窑，二层是倒座卷棚戏台。北面正殿是三间靠崖接口子窑洞，中间供着天官，保佑生子，两侧分别供着关公和观音，男女各拜一尊。主窑前面的台基有两米多高，上面建有厦檐，这是在窑洞前脸加装的木结构屋檐，有柱子的叫明柱厦檐，檐廊宽阔；没柱子的叫无根厦檐，出檐较窄，大梁埋在窑脸内部。天官庙西厢是两间靠崖石窑洞；东厢是两间靠崖窑洞，一间是灶台，一间是李氏宗祠。凤凰山的形状是一山、两沟、三个圪垯，天官庙位于东面圪垯的尾间，从风水上讲是出水口，在这里修庙有锁住财源的意义。设计者将山坡的尾部铲去，修建了倒座戏台，另外三面掏洞供神，从此每有庆典，都会在庙里唱戏，既娱神又娱己。

天官庙正殿檐下，保存着一块《同治五年李家山重修天官庙碑》，碑文中写着“总经理乡饮耆宾李登祥”。“乡饮耆宾”相当于族中的家长，是村里名望最高的人。李登祥是修庙的发起人，他一声招呼，大家就都来捐钱，碑文捐款名单中共有碛口镇一百三十二家商铺，这些都是与李氏家族有往来的伙伴，占了碛口商铺总数的三分之一，可见其号召力。东厢窑的李氏家庙是李登祥单独出资六万六千文修建的，其余部分则为公用，相当于村民活动站。

李家山主要有陈、李、崔三个姓氏，村民说陈姓是元朝来的，李姓是明朝来的，崔姓是清朝来的。陈姓一族最先定居在最东面的山沟里，因而最先这里叫陈家湾，现在俗称小村。小村下面有几处泉眼，常年有水，我们尝了一下，泉水口感虽有咸味，但比碛口镇上的好多了。碛口的自来水井由于打在黄河边上，口感咸中带涩，涩中带麻，如同盐泡花椒。陈姓村民祖祖辈辈都在这里种地，后来还把耕地拓展到山后三公里外湫水河畔的河南坪。陈家人夏天在河边种地，冬天回李家山猫冬，这种一成不变的农耕生活，使陈家一些窑洞在几百年间都保持着相对原始的样貌。

从一炷香到财主院

李家山东沟后面的崖壁上，有十孔靠崖式窑洞，当地叫“一炷香”，陕北地区叫“顶门窗土窑”，做法是直接在崖壁上掏一个洞，入口安上一门一窗，其余地方与黄土浑然一体。这种窑洞空间狭小便于保温，光线只能靠门上的窗户纸，亮度如香火头那一点点，因而得名。一炷香窑洞院落虽然保存状况不太好，却非常有名，附近村镇的人们都知道这里，并将其视为李家山窑洞鼻祖。

住在新窑院的李世军和崔俊英夫妇对我说，这几个一炷香建于明代早期，有六百多年历史，最初是一宅两院，后来打通了，产权一直属于陈姓。解放后陈家才将东面的两孔卖给村民李记有，就是唯一一孔接口子的，其余依然

李家山一炷香

【李家山一炷香窑院外观】

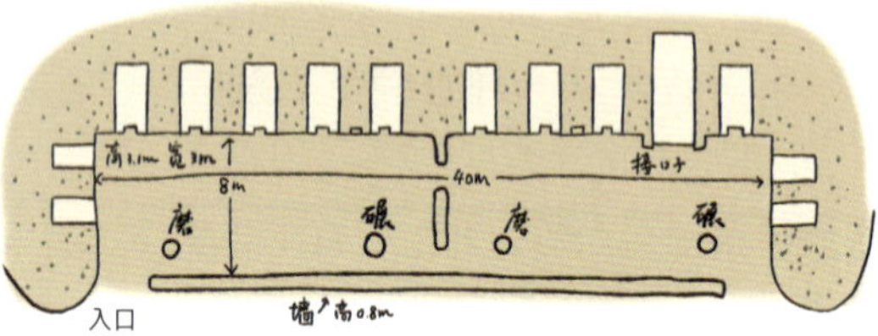

一炷香是最原始的靠崖窑洞，只开一门一窗，冬暖夏凉，但采光不好。李家山的一炷香窑洞院落，始建于明代，现大多已废弃。

【李家山一炷香窑洞内部】

归陈姓。这十孔窑洞是一个很大的横向簸箕形院落，院子宽度近四十米，进深八米，背后的土崖也有十多米高。格局上还能看出最早是一宅两院，每个院子各五孔，各自设有神龛，中间由半米高的短墙相隔，后期打通，成了一个院子。前面的长方形台地是削崖做出来的，正面是十孔明窑，两侧的山崖呈缓坡状，各有两孔低矮一些的柴窑，最初用作牲口窑和库房。院子的入口只有东西两面的土坡，再往外又是三四米的山崖，独立性很好，自成一体。院子东西分别有两套碾子和磨盘，象征着左青龙、右白虎。靠崖东西两边的水窖和旱窖也是两套，水窖用来收集雨水，旱窖储存蔬菜。院子中间纵向有三道土埂，可以看出后期又被分成了几家居住，基本上每两孔一家。现在院子里长满杂草和带刺的酸枣树，东西两侧的柴窑和牲口窑已经塌了一半。

十孔主窑中，最西面和中间两孔前脸塌了，塌下来的黄土堆在门口，下雨时水倒灌进洞里，基本进不去人。保存相对完整的是西面两孔明窑和东面的接口子窑，西边两孔“一炷香”门口，用两根木头支个棚子，上面盖上黄土，算是个简易的屋檐。我们拿尺子量了一下，门的高度是一点七米，宽一米，窑口大小刚够一人低头出入，窑内高三点一米，宽三米，进深六米。陕晋地区的窑洞尺寸一般是高一丈或一丈一，宽一丈，进深视地形而定，而一炷香则比普通的标准窑洞略小一点。洞里地上是夯实的黄土，炕设在最里面，便于保温，火炕连着灶台，利用烧饭的余温来采暖，俗称“一把火”。两孔窑洞顶上支了一横三竖四根大梁，这是后期加固时做的，中间的一根竖梁非常粗大，至少有百年以上，屋里墙面都涂了白灰，居住条件还可以。东面第二孔外面用石头做成了接口子，是最气派完整的一孔。“接口子”窑洞是“一炷香”的升级版，做法是敲掉一炷香的前脸，用石头在外面接出一米五左右。生土窑洞最容易坍塌的是窑口，接口子就相当于给土窑洞套了一个石头罩子，既美观又结实，这是李家山的主流窑洞样式。

崔俊英大妈今年六十五岁，她家原本住在小村，紧挨着一炷香窑院，与老伴李世军结婚后搬到一沟之隔的大村。据崔俊英回忆，李记有家的升级工程是在1980年，前一年他们家老大结婚后，人们就看到李记有农闲时在后山采石头，一块一块凿下来，用独轮车推到院子里。然后再将石料敲成长条状的，每块长零点七五米左右，高度和宽度都是零点四米。当时村里很多人都去帮忙，李世军会一些石匠手艺，帮忙将石料表面錾出斜向的和竖向的细条纹，这些用来砌筑门面，不规则的石头垒在里面。准备工作历时一个冬天，第二年动工兴建，主要是利用农闲时候。当时村中李姓、陈姓、崔姓小伙子都来帮忙砌石头，报酬就是几盒烟。木匠是从外面请的，付给工钱，现场制作漂亮的大圆门窗。窑洞里面也进行了改造，炕的位置从最里面挪到窗前，躺在炕上就可以晒太阳。

工程断断续续持续了一个夏天，这一年，李记有抱上了第一个孙子。

二十世纪八十年代以前，这十孔窑洞里住了六家人，这六家最少的两个子女，多的有六个孩子，院里最多时住了近四十人，可见当时村里住房的紧张。九十年代以后，院子里的人陆续搬出，有些和子女进了县城，有些在山下盖了新房。李记有2000年前后也搬到了山下，现在已经八十多岁了。这个一炷香院落最后的住户是陈文达老人，他老伴巧英子年轻时是临县晋剧团演员，家里两儿四女都住在离石，家庭条件不错。

到2010年，九十多岁的陈文达去世，这个陈氏一族住了六百多年的一炷香院落，从此人去窑空。

后山一炷香院落的价值在于留下了窑洞人家的一个发展标本，李家山很多老宅院都是从“一炷香”起家，经历了靠崖式窑洞、接口子窑洞、独立式院落的过程。一炷香虽然外面看起来简陋，但实际居住条件并没那么差，院子的方位和布局也颇多讲究，细节满满。

明代成化年间，李姓始祖李端从临县下西坡搬到老村。李氏一族农忙时耕种，农闲时就到镇上帮工，多种经营，后来子孙繁衍，家族劳动力越来越多，经商便成了主流。清代道光以后，李氏在村中的实力已经大大超过原住民，村里的一炷香窑洞也大都在此时升级成接口子，成为规整的窑院，几个财主还在凤凰山最好的地段建起了窑楼，这个时期即所谓“同光中兴”。

李家山东财主院

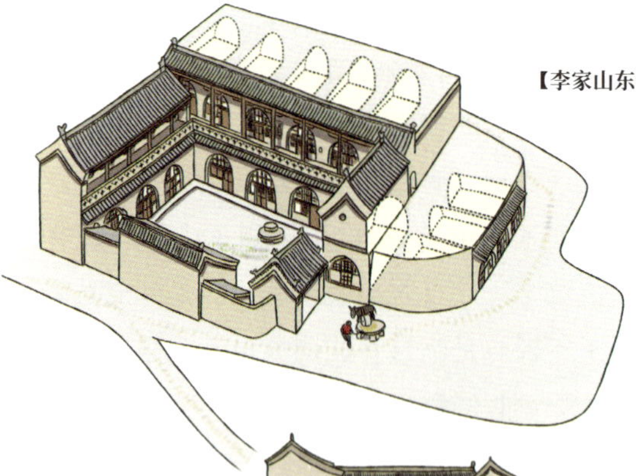

【李家山东财主院外观】

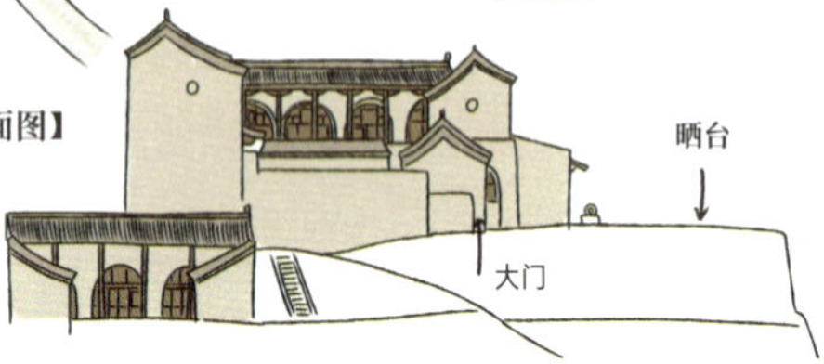

【李家山东财主院立面图】

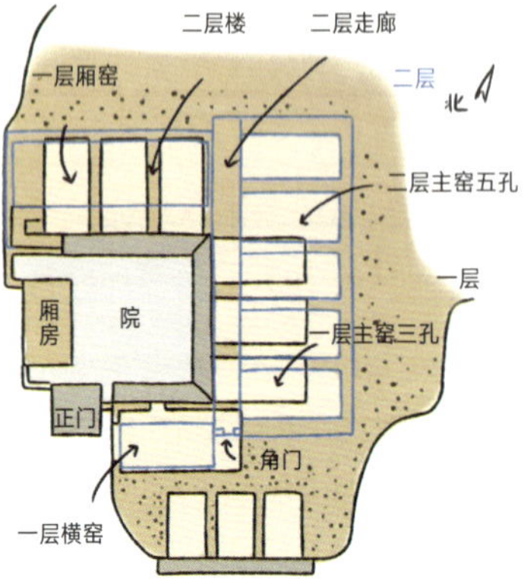

【李家山东财主院双层平面图】

李家山东财主院建于同治五年（1866 年），是村里最早的窑楼院，位于大村东侧山坡上，坐东朝西，东北两面靠山，西南两侧下临悬崖，外面设有晒台。

现在李家山最气派的李登祥东财主院，建于清同治五年（1866年），和天官庙的扩建是同一年。李登祥当日在碛口镇开设了“德合店”“万盛永”等几处商行，经营粮、油、皮毛等生意，贸易网络延伸到陕北及河套一带，因而有财力修建豪宅。

东财主院位于大村东侧山坡上，是一座两层窑院，面积不大但结构巧妙，空间利用率很高。院子东面靠山，里面为两层，外面山坡分为上下两层台地，设有二层东南和一层西南两个入口，正门在一层。院落主窑是坐东朝西的两层窑上窑，一层三孔靠崖石窑，上有无根厦檐，二层是五孔明柱厦檐砖窑，窑脸退后三米留出走廊，上面八根明柱厦檐，柱头有木雕雀替，走廊与南北两厢贯通。南北两侧是两层靠崖窑上楼，北侧一层三孔石窑，上面五间厢房，南侧一层是一孔横拱窑洞，院里开坐南朝北的两门，院外开坐东朝西的一扇大窗，上面三间厢房，西侧是两间单层倒座草棚，所有建筑都是双坡顶青瓦，朝向院中的一侧坡顶较长。窑院一层大门硬山起脊，坐北朝南，匾额上书“堂构增辉”，落款是“壬戌年孟秋月，任应龙书”，大门对联是“书为天下英雄业，善是人间富贵根”，大门墀头砖雕“麒麟献瑞”雕工极细。从前人最讲究门面，无论是平民家庭还是豪富之家，都把最精华的部分露在外面，就像卖水果似的，个大的摆浮头。

东财主院院外二层是一块垴畔，下面的部分开了坐北朝南三孔石窑洞，为1930年前后增建。窑洞前的一层是一片七百平米的坪地，上面放着石碾子。由于院里建筑都是坡顶，所以主人把晒场放在院外，形成了一个公共空间，站在这里俯瞰全村，视野开阔，这在平地稀少的山村里非常难得。东财主院建好时，正是李家山和碛口镇一带生意最兴盛的时期，那时李登祥已经七十多岁，子孙满堂，这个院子见证了家族的辉煌历史。

后山的品字形窑洞

从李家山小村继续向河南坪方向走二百米，绕过一道山梁，就能看到山崖下并列着一排门窗呈品字形的窑洞，形状非常独特。

这个院子建于1970年前后，主人是东财主李登祥的玄孙李喜长。由于不确定名字写法，崔俊英又在微信群里找明白人问了一下。我这才发现，李家山村的五百人微信群几乎满员，成员名单里大都是相似的李姓三字名，让人眼花缭乱，间或冒出一两个陈姓和崔姓，一眼就能挑出来。李家山有这么多人吗？我问。她说还要翻一倍，不过现在八成都在外边，村里的也大都住在山下新村和河南坪，这三处都属于李家山行政村。

翻阅家谱，我们确认了李登祥玄孙三人的名讳，老大叫李守忠，村里人叫大财主；老二叫李守义，村里称二财主；老三叫李守杰，大约出生在1926年，喜长是他的小名。二十世纪四十年代，老大和老二住在李家山东财主院，经营碛口的生意。最小的李守杰被送到陕北榆林镇川堡，在自家的商铺中经营皮货生意。抗战时期，临县一带被日军占据，经常有日寇小分队来扫荡，黄河对岸的陕北相对安全一些，所以小儿子被送了出去。解放后，李守杰留在镇川娶妻生子，1970年“一打三反”运动中，在外做生意的李家山人被集体遣返原籍，李守杰也带着陕北的老婆和八个子女回到村里，因为家里人口太多，只能动手在后山开挖了这个窑院。

李守杰的窑院，正面是五孔靠崖窑洞，顶上用一溜石板塞进黄土中，做成石板压檐，外檐口有三十厘米左右。窑洞内部呈落地抛物线形，高度和宽度都是三点三米，是标准的一丈尺度。靠西面的两孔里面隔成前后两间，隔墙是开挖时预先留出来的，土炕和灶台设在窗口一侧，外间深六点三米，里间深二点三米，其余窑洞进深都是七点五米左右，土炕设在最里面。东北角的一孔厢窑与主窑形式一样，其余的由于上层覆土较薄，都是矮小的柴窑。院子前面的平地较宽，做成了半米高的夯土短墙，圈成一个长方形小院，东西二十四点六米，南北六米，呈半开放式，院里有水窖、旱窖、石碾子和磨盘。

李守杰品字窑院由于地处凤凰山后，又长期没人居住，院里长满了植物，普通游人很难发现，最先注意到的

李守杰家品字形窑洞

【李守杰家窑院外观】

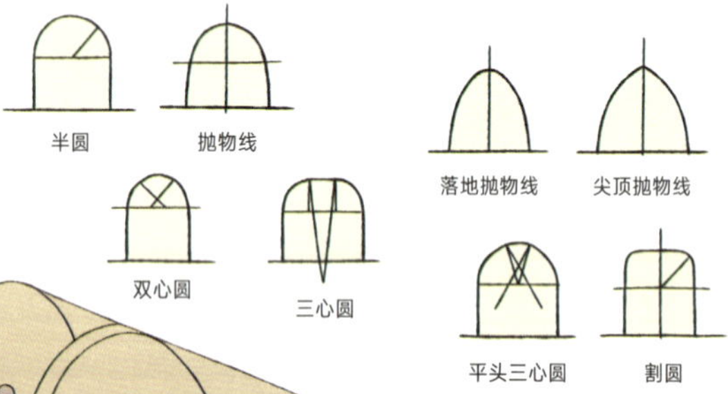

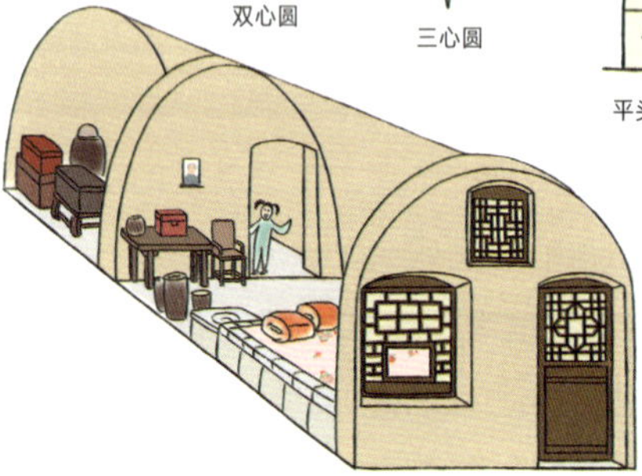

【李守杰家品字形窑洞内部图】

李守杰的窑院建于 1970 年前后，位于李家山后山，正面五孔，两厢四孔。正面的窑洞，门窗呈品字形，与窑脸和孔洞内部的拱形截面，各具特色。窑洞内部分前后两段，土炕位于窗口，里间是储藏室。

是碛口镇的刘顺大叔。刘顺从爷爷辈就在碛口经营照相馆，他发现了这几个窑洞与村里的都不一样，非常上镜。经过测量，我们分析出这个窑洞的特点，村里其他的窑洞都是单一拱形，而这几孔则是由三种不同的圆形组成的。窑洞内部是落地抛物线形，顶部圆拱陡峭，下部和缓；窑脸是半圆拱形，上圆下直；三个品字形门窗是平拱，也叫割圆拱形，就是将一个大的半圆再切割二分之一，三种圆形集中在一起，使这个窑洞显得别具特色。窑脸是生土削出来的，外面用麦秸、黄泥打磨上籂，现在还保留着竖状条纹，上面的堖窗位于最中心，高九十厘米，宽七十七厘米，左下侧的窗户宽一点零八米，高一点二七米；右下侧的门宽一点零八米，高一点六四米，左右宽度对称，上面的堖窗略小。这种结构既美观实用，又考虑到土墙的承重，不经过精密测算是做不出来的。

李守杰很小就在镇川堡做皮货生意，既有头脑又有知识，见过大世面，他的八个子女由于从小在外面生活，村里人一时记不住那么多名字，就简称为一一、二二、三三，一直排到七七、八八，到现在提起来还这么叫。八十年代以后，子女们陆续搬出李家山，三三、四四、五五搬到中阳县，现在还活跃在群里，其余有的去了太原，还有的在北京、上海。李守杰夫妇于八十年代末搬回镇川，之后这个院子由崔俊英的大爷崔枝田借住，崔枝田2000年去世后，就彻底空了下来。

进深十六米的靠崖窑洞

看过靠商业起家的李家山，我们又去了一个靠读书做官传家的窑洞村落——于家沟村。

于家沟村位于李家山东南四十公里，这是一个山沟里的小村子，居民都是于姓，是本家，现有在籍人口四百多人。村下面是一条古河道，经过长年冲刷，峡谷里早已黄土褪尽，怪石嶙峋。于家沟民居几乎全部是靠崖窑洞组成的院落，沿山势自然生长，呈带状分布，长度绵延一里地。与李家山不同的是，于家沟的窑洞大都位于半山腰，离水源比较近，而李家山的大宅院都接近山顶，从前地主家都由长工挑水。

据保留下来的《于氏家谱》记载，元代以前，这里就已经形成村落，不过最初居住的是乔姓人家。元至正元年（1341年），于姓先祖于伯达迁到这里，务农读书为业。于家第四代于渊考中秀才，以贡生资格选入北京国子监读书，之后任卢氏县县令。于渊第四子于坦是明景泰甲戌（1454年）科进士，弘治年间官至大中丞。明代中叶以后，于氏成为石州的名门望族，其部分子孙或出仕为官，或迁徙到条件更好的石州城（离石）周边。明嘉靖年间，于坦的后人于素迁居到今吕梁市方山县来堡村，他的重孙于成龙后来官至康熙朝两江总督，成为一代名臣。于家沟的历史之所以能保留得如此详细，也是借助了家谱和地方志的大量文献记录。

于家沟村由于地形所限，规模不大，村里既没有奢华的

于家沟46号窑院

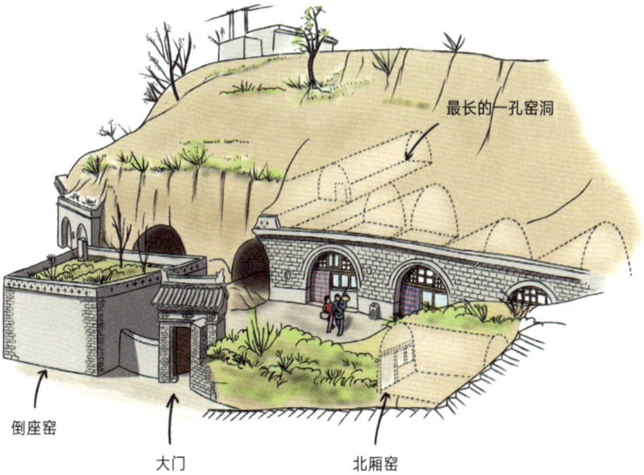

【于家沟46号窑院外观】

【于家沟46号窑院平面图】

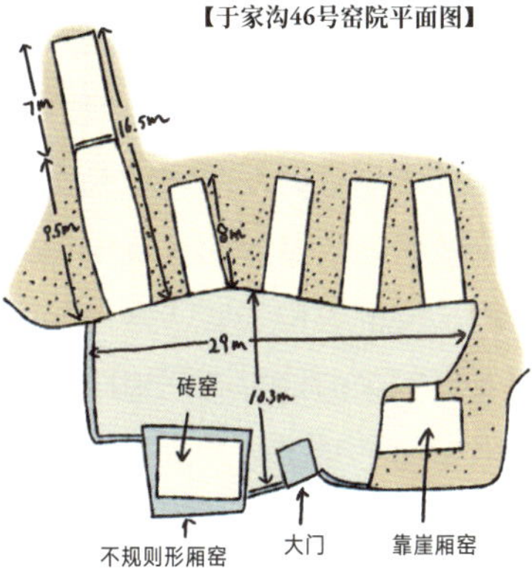

于家沟46号窑院建于清代初年，坐西北朝东南，主窑五孔靠崖，北厢窑靠崖，另一侧厢窑为砖砌。

窑楼，也没有“一炷香”院落，整体建筑比较均衡、低调，符合于成龙一代清官的人设。唯一能看出贫富差距的，是院落主窑的朝向：村里挂牌的几处于氏祖宅都是坐北朝南，其余的宅院大都坐西北朝东南。

我们选取了人去屋空的46号窑院进行测量，院落平面大抵呈长方形，进深十点三米，宽二十九米。院子由坐西北朝东南的五孔靠崖接口子窑洞和左右两间倒座窑组成，北面的倒座窑洞也是靠崖挖的，只有南面一座是砖拱起券。可见这边的习惯是，只要能在黄土中掏洞，就一定保留山体，一来黄土整体的干湿和温度调节能力要强于砖石，二来还可以减少工程量。

院子南侧的砖窑洞，中间是标准的长方形和横拱，外面为不规则的四边形，每面墙及墙体的厚度都不一样，这样院子就形成了规整的长方形，院外则依着道路的走向，不显得突兀。院子大门是砖券结构，朝向东南，硬山起脊，上面有砖雕斗栱。最南面的靠崖窑洞前脸已经塌了，我们爬进去测量后发现，这孔窑洞深达十六点五米，不仅是全院最深，也是我们在晋中地区测量过的最深的一孔民居窑洞。窑洞入口处宽三点一米，中间三点四米，呈口袋形，九点五米的地方有一道隔墙，墙里面还有七米长的距离。最里面堆满了稻草，最深处有两个盖板。村里人说，最里面这一部分是清代同治年间开挖的，村里还有几孔深窑洞，当时这边不安定，于家沟又比较富裕，开挖拐窑

（窑洞后面的部分）用于躲避盗匪。

明清时期，士绅家族都有免除赋税和徭役的特权，村里曾建有真武庙、天地庙、老爷庙、文昌魁星庙、观音庙、龙王庙等十余座寺庙，大都为耗资巨大的砖木结构，于家财力可见一斑。于家沟中心现在还保留着公用的酒坊、榨油坊、豆腐坊、学堂，也都是靠崖院落。这一方面体现出窑洞的舒适性，另一方面也反映出文化对建筑的影响。商人富裕后往往求新求变，动辄修建窑楼、庄园、窑洞城堡，儒家传统讲求墨守成规，低调平和，对自然尽量不做大的改动，更加注重私密和防御。

用水缸和乱石砌成的窑洞

李家山和于家沟同样是窑洞村落，一个以商业起家，一个是官宦士绅，一个外露，一个内敛，呈现出迥异的风貌。之后我们来到招贤镇小塔则村，这是一个以手工业为主的村落，民居与作坊混杂交织，整个村落犹如一座工厂，几百年间的残次品都被随手当作建筑材料，极富想象力。

相传，招贤镇的名称始于隋朝初年，当时附近发现了大量的煤、铁、瓷土等矿藏，皇帝下诏开采，但周围地广人稀，劳动力不足，于是县里张榜招贤，希望靠招商引资的办法招募移民入籍，由此形成了村庄聚落。宋元以后，招贤镇主要以生产铁器和陶瓷为主，小塔则、化塔、前塔、后塔、李家圪旦、双坪上等几个村子是核心产区，直到2010年前后才完全熄火。清代中叶以后，这些产品都先被运到碛口，然后沿水路外销，即当地俗称的“招贤瓷铁碛口卖”。几百年间，村里大量的残次品都被用来当作建筑材料，主要是不好搬运的水缸、酒缸、匣钵、陶罐、陶盆，这些缸罐被做成桥墩、烟囱、狗窝、道路、窑洞的接口子、窑脸、门窗、院墙，家家户户的对联也贴在缸上，形成了独特的风情。

招贤镇的地貌为两山夹一沟，山坡顶部以黄土为主，越往下岩石越多，开挖窑洞也越费力，因而村里最老的宅院都选在便于施工的黄土山顶，院落宽阔，形式规整，而窑户的院落则在山下沟边，干道两侧，便于生产运输。这些窑洞大都用从沟里捡来的不规则石块垒起来，石块大小不一，石匠们凭着经验随心所欲，很多窑洞里面甚至是几字形、凸字形，千奇百怪。窑洞的前半部分是乱石砌成的接口子，后半部分在岩石里开掘，有的深度超过十二米，头顶上乱石嶙峋，十分震撼。位于西侧山坡上的一排靠崖窑洞，上下分了三层，而且几乎位于同一平面，上层仅向后缩进一米左右，只有岩石山体才能这么打洞。这几个院子虽然是标准的三孔一排，但只有两侧住人，中间主窑里面安放灶台。这种布局在别处是不多见的，其他一般都是设置神龛，村民说这些院子从前都是瓷器作坊，这些灶台是为工人做大锅饭的，人们为方便，就不那么讲究，吃饭比拜神重要。

小塔则村窑洞

【小塔则村薛家窑院外观】

小塔则村薛家窑院，建于清代中叶，两层窑洞位于同一平面。以厨窑为中心，两侧为靠崖厢窑，围墙由缸砌成。

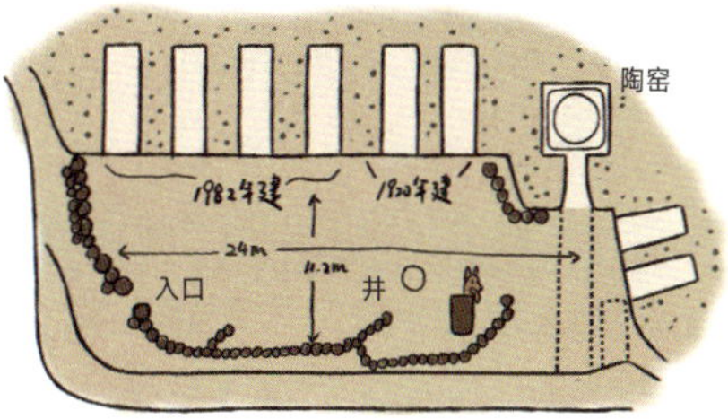

【小塔则村李贵有家窑院】

李贵有家的窑洞，建于1920年至1982年，主窑六孔，北侧连着陶窑和仓库，下层有烟道窑。

【小塔则村李玉顺家窑院】

李玉顺家的窑洞，建于同治年间，窑脸全部用废弃材料砌成，是小塔则窑洞典型的拱形，成落地抛物线形。

在缸里养狗的李贵有大叔五十八岁，祖上几代人都在李家圪旦烧窑，产品主要有水缸、咸菜缸、酒坛、大瓮、尿盆，都是比较粗大的。他说别人家也烧制小件细瓷，如碗碟、拔火罐、酒杯、女子头饰等，现在村里四处散落的匣钵就是烧细瓷用的，小件瓷器由于方便携带都被运出去了，村里用来做建筑材料的则是大件残次品。这几个村子最初是分开的，小塔则的居民大都姓薛，李家圪旦是姓李，对面的化塔也是姓李的。后来人越来越多，几个村子逐渐连成一片，形成了一个大工厂。虽说招贤镇烧窑的历史已近千年，但这几个姓氏都是明代后搬来的。

李贵有家的院子进深十一点二米，宽二十四米，正面是坐北朝南的六孔靠崖窑洞，其中东北角的两孔老窑洞建于1920年，东侧与烧陶瓷的馒头窑连为一体，西面原来是台地，用来堆放货物。一般来说，窑洞院落中窑洞的孔数都是单数，不过这边住的是工匠手艺人，处处以实用为主。建国以前，招贤镇窑户是家族产业，有掌柜的、师傅和伙计，大部分都是亲戚，在这里长住，每个院子都是一个独立作坊。1947年土改后，院子和陶窑都收归公有，1958年成立招贤瓷器厂。名为工厂，但与现代化流水线工厂不同，基本还是各家自己烧，做好后统一采购外销。七十年代以后，招贤镇复原了历史上曾出现过的“雨点釉”，这种瓷器底色漆黑油亮，上面带有小星星，产品底部都刻有“中国招贤”字样，曾远销日本。

1980年，各家的窑院退还原主，重新成为私产，这一年，村里很多人家都开挖了新窑洞，以解决人多房少的问题，李贵有家也在院子西面盖了四孔砖砌接口子窑洞。两孔老窑洞是乱石砌成的，进深八米，高三米，现在墙壁虽刷了白灰，但还是能看出不规则形状，左上角缺了一块。西侧的主窑有一门、一垴窗，门是对开的，上面的木雕非常精细。李大叔说，这个是当时翻修时从村里其他老窑洞上拆下来的，清代中期的菱形花纹，是整座建筑中最老的一个构件。新窑洞是青砖箍起来的，进深七米，高度和宽度都是三点三米，翻修时把六个窑洞前脸全都翻修，连成了一个整体。

窑洞旁边烧瓷器的馒头窑，也是靠山开挖的，进深六点五米，直径四点五米，高八米。馒头窑下面还有一层通道，开口在下面一层的台地上，左边一孔深十一点二米，为瓷窑提供氧气，相当于一个大风箱，右边一孔浅一点，与上面不联通，可以存放些货物，当时是装煤的。李大爷说，在1980年以前，招贤瓷器厂运送大件产品还是靠骆驼，与明清两代无异。碛口镇有专门运缸的骆驼队，从招贤到碛口，往返一天。一只骆驼两边背两套缸，每套分为大中小三号，直径分别是二尺二、一尺八和一尺四，套起来共六个，运到碛口之后就地销售。过去这边家家户户都要用缸来装水、装粮食，还有酒厂酿酒，需求量非常高，后来村里通了自来水，“缸需”没有了。2000年以后，村里还陆续烧了几年耐火砖，现在也全部停产。李贵有说，现在全村常住人口只有八十七个，他的三个儿子都在离石城里打工，只有老两口住在这里。他在山坡下养了猪和鸡、鸭，由于没什么人，动物们平常都在村里走来走去，情绪高昂。聊天时，李大爷热情地给我们烧水沏茶，水的味道远远好于碛口镇，后来得知是政府为村里接通的自来水，水房在半山腰，一大桶六块钱。因为太贵，平时村民洗衣做饭，还是直接挑山下老井里的苦井水，只有沏茶待客时才端出甜水。那这边洗澡呢？我们问。还洗啥澡，平时擦擦就得了。李大爷笑着说。

李贵有家的东边，有两孔非常有特色的乱石窑洞，建于清代末年，有一百多年历史，现在已经没人住了。窑洞的窑脸呈不规则的半圆形，左边是两个小缸，中间是门，右边一个大缸托着两个盆，上边用陶罐做成烟囱，所有构件看似随意，但都是计算之后码上的，中间用黄泥糊满，严丝合缝。窑脸顶部用匣钵和石块砌成，屋里的地面深入地下三十厘米，窑洞高三点一米，宽三点三米，进深十二米，由于长期没人住，里面飘荡着细小的黄土，在阳光下闪闪发光。右边的一孔窑洞门前已经封死了，进不去，不过看起来比左边的更高大一些。李贵有说，小塔则村原本叫“小塌则”，由于几百年取土烧窑，造成了地面塌陷，后来取了谐音改成小塔则，周围的前塔、后塔、化塔诸村，都是这个意思。

曾经的窑院副食店

我们第二次到招贤镇的时候，半路捎上了一位提着大包小包从离石回村的高绳英大妈。聊天中得知，她这次回来，是想把家里的老房归置一下，然后就和老伴搬回来养老。大妈十分健谈，我们问她贵姓时，她彬彬有礼地答说，不敢，咱贱姓高。

高大妈的院子在双坪上路边，上下两层，一层是座临街的铺面房，对着主干道，贴着闪闪发亮的白瓷砖。打开门，我们才看出是一个接口子窑洞，之前开的早点铺和副食店。二层是个窑院，四孔靠崖窑洞，两面有平顶厢房，我们开车从下往上走，很远就看到了她这栋宅子。

“我和我家老头都是打饼子（烙烧饼）的！”高绳英大妈指着窑洞窗边的烧饼炉，和我们聊起来，“1981年结的婚，老头子家里是打饼子的，兄弟又多，结婚时连个凳子都没有，更没地方住，我们就在这个沙石山坡下掏了四孔窑洞。村里的黄土山坡，早都挖了窑洞，这种砂石墙基工程量太大，所以剩到了最后。1982年7月份，我们请个专业石匠，又雇了十个小工，开凿一个半月，本来以为里面是砂石，结果全是硬石头，凿下来的大石头把锹镐头都磨平了，后来最西边的一孔直接打成了方形的岩洞。当时门前这条路很宽，窑前面有个小院子，我们夫妇在门口烙烧饼。那时候招贤这边没有人种地，都是烧瓷器的和煤矿上的工人，他们

双坪上村副食店

【双坪上村副食店外观】

高绳英家的窑院有上下两层，建于 1982 年至 1995 年，分了三个阶段，一层的副食店是 1995 年用水泥建的接口子，位于山梁最高处，对着主干道，非常显眼。

【窑院一层结构透视图】

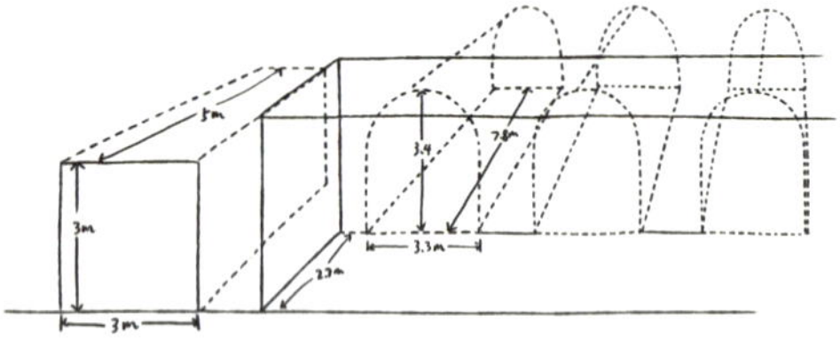

【窑院两层剖面图】

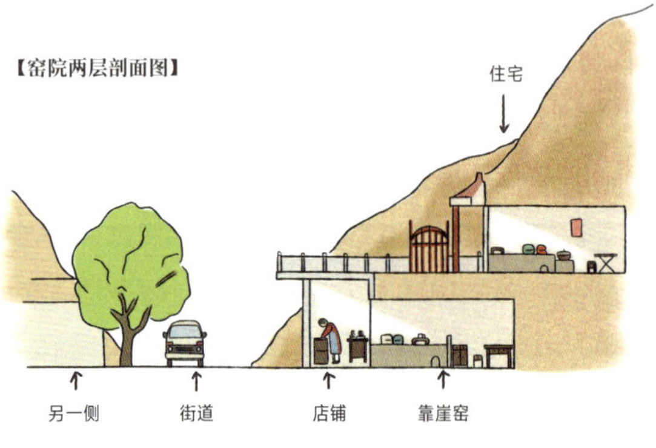

按月拿工资，消费力也比较高。八十年代招贤镇上有一千多人，我们生意也特别好。”

高大妈一边说，一边打开了所有的门窗。我们测量了下层四孔窑洞，东面三孔都是齐整的半圆形，尺寸完全相同，高三点四米，宽三点三米，进深七点八米，中间窑腿宽度只有零点五米，是整块的岩石。最西边一孔进深五米，高宽都是三米，正方形，当时用来堆东西。她说这种岩石窑洞虽然费工，但坚固如山洞，虽然空置了十几年，里面依然完好无损。

“到八十年代末，我们又找来小工在上面加盖了一层，也是四孔窑洞，当时工程量非常大，先把石头凿出一个院子，然后向里面打洞，又花了两个月时间。墙上的白瓷砖都是从外边买来的，那时候最时兴这个，现在看起来就有点土了。”高大妈摸着闪闪发亮的瓷砖，脸上还是洋溢出自豪感，“那时我们家院子在村里最气派，有个晋剧名角栗桂莲来镇上唱戏，指名就要住在我家。上面盖好以后，下面专门作为店铺，屋里的炕也都拆了，到1995年前后，又给这下面接出来一间平房，盖好后开了副食店。不过之后生意就不好了，从2000年以后，镇上的人越走越多，我们的店铺也关张了。后来为孩子上学，全家都搬到离石县城。2009年老大结婚，我们把上面的四孔窑洞卖掉，留下了下面这几个。”

“那会儿卖了多少钱呢？”

“这个我记得清楚咧，卖了六万七。那时候还值钱，然后又添了十万块钱在离石买了房，全款买的。我家老二是闺女，也已经成家了。前两年我们又买了第二套房子，但房子在五层，没电梯的，我们现在岁数大了，爬楼费劲。今年老三大学毕业，考上了研究生，城里的房子留给他结婚用，我们两口子准备搬回来在这四孔窑洞里养老了。这边村里生活便宜，也住惯了，等你们下次再来，就住在我家。”

黄河岸边的九十九间半

临县最大的一处靠崖窑院，是位于黄河岸边白道峪村的贺家大院，当地俗称“九十九间半”。

关于这个院子，几乎所有老人都会先描述它的神奇故事，大意是主人当年似乎有点强迫症，立志想挖满一百孔凑个整数，但因为各种原因始终凑不齐，往往刚修好第一百个，别处就塌了一个；修好这个，那个又塌了，最后只能固定在九十九间半。

我们是在一天黄昏时分来到白道峪村的。从碛口镇向北顺着沿黄公路走三十五公里，这条2017年才全线贯通的公路被称为中国的一号公路，春天的黄河流速平缓，河水清澈蔚蓝。过去，这是漕运的最好季节，从上游宁夏、内蒙古地区下来的船只和木筏舳舻千里，将河套平原的物产源源不断运到内地。当日行船每过一处村镇或险滩，船工都会唱起铿锵的号子，“艄公号子声声雷，船工拉纤步步沉。一条飞龙出昆仑，摇头摆尾过三门”，现在黄河两岸的寂静山村，都曾经繁华热闹。

九十九间半大院几乎贴在公路旁边，坐东向西，窑洞分布南、北、东三面山坡上，上下两层，前面正对黄河，整体呈簸箕形。现在东南两侧的窑洞经过修缮，全部是明柱厦檐，整整齐齐；北面还留着原样，很多窑洞已经坍塌，檐柱全无，荒草丛生。我们停下车，第一项工作就是数数，东西两面维修过的分别是二十五孔和二十四孔，西边加上塌毁的大概是三十六孔，总共约为八十五孔。

这时旁边走过来一个背着手的大爷，和我们说，不全啦，现在留下来的有七十多孔，院子早先一直伸到黄河岸边，后来修路时拆掉了一部分。

大爷名叫贺镇跃，七十岁，是贺家第十三代后人，和老伴住在西北角的一孔窑洞里。他说，贺家最初是从山东迁过来的，这个院子始建于清雍正年间，有近三百年历史。建造者贺成喜在当地经商，主要做过载生意，就是黄河上的水运货栈，收购上游运来的粮、油、盐、碱等大宗货物，然后转卖给陆运商队。贺家大院最初靠在河边码头，经三代人逐步往后推进开挖，历经半个世纪，至乾隆年间形成了近百间的规模。这些窑洞既可住人又能存货，当中的空地用来晾晒货物、驻扎骆驼队，东家随着市场的波动低收高抛，有点类似期货交易。

白道峪九十九间半

【贺家大院外观】

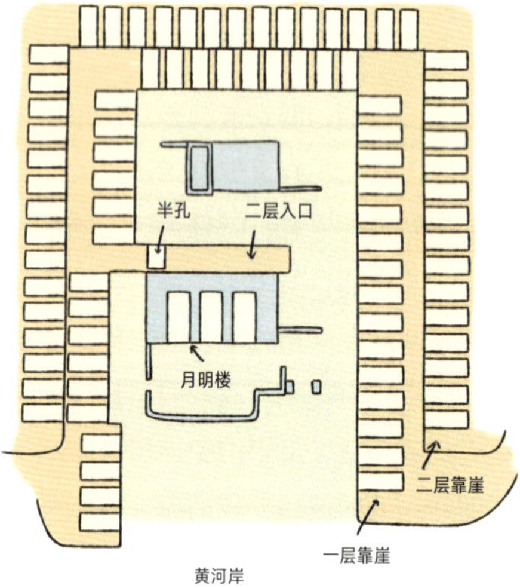

【贺家大院平面图】

贺家大院始建于清雍正年间，正对黄河，贴着路边，坐东向西，窑洞分布在三面山坡上，上下两层，当地俗称“九十九间半”。贺家做过载生意，这些窑洞既可住人又能存货。

“在我小时候，这个大院还比较完整，有九间朝王殿，十间抱厦厅，都是两层的窑上楼。西南面二层的楼房面阔九间，坐南朝北，面对着黄河来水的方向，俗称朝王殿，这样上游下来的船很远就能看到。院子中心分为前后四进，中间是过厅，两侧有厢房，所有房子都由走廊相连，下雨天也不怕。中间这三孔带厦檐的窑洞是以前的第三进院，早先叫月明楼，现在上面的楼塌了，就留下这个砖窑洞，旁边的月亮门是老的。贺家人从贺成喜往下都是经商的，他的三个儿子分为三房，下面有四个孙子、七个重孙，一直在扩建，最后修成了九十九孔半，半孔窑洞就在月明楼后面，开门是半圆，里面是完整的，这边叫暗窑。过去人家盖房不追求十全十美，九十九也是个吉利数，所以不像外人说的那样。贺成喜的后人也有当官的，乾隆时出了一个湖北将军兼总兵，从前大门正面挂了一块匾，写着‘圣隆帏幄’，就是皇帝御赐的，可惜七十年代被烧掉了。民国年间京包铁路开通，黄河上的大船少了，而且主要跑短途，过载店的生意就不行了，打日本时期兵荒马乱，他们家大部分人都渡过黄河，去了银川、包头、陕北。1947年土改以后，空房子分给了村里人，当时村里大部分人都住在这儿，七十年代以后，中间房子慢慢塌了，只有窑洞还完整一些，东边二层中间一孔窑洞也是我家的，现在翻修之后空着。”贺大爷介绍道。

我们对比了一下新旧两边的窑洞。北面的旧窑洞分为三个阶梯，崖面依山势逐步后退，外宽内窄，错落有致，窑脸有半圆形的，也有落地抛物线形，门窗有方胜纹、卍字纹，天窗和正门大都是双层，里外对开，虽然是客房和仓库，但还是比较讲究。新修的一侧全部做成简单的方窗，而且基本都是一层，整齐划一，像兵营似的。贺大爷说，翻修工程分为两期，现在一期工程结束，接下来准备修北面一排，中间院子能不能恢复原貌还不知道，因为具体样式已经没人能说得清楚，只能大概记着有几道门。完工后，这里打算做成一个旅游接待中心，经营水上项目、餐饮娱乐，七十多间窑洞全部改成酒店。

下沉式窑洞

陕州地坑院的生态人家

下沉式窑洞，因整体位于地平面以下，又称地坑院、地窨院、天井院、窑坑，现在主要分布在豫西、晋南以及陇东地区的黄土塬上，是人们从沟谷走向平地后发展出的民居样式。

黄土塬是黄土覆盖较厚、面积较大的平坦地面，塬面上地势高亢、宽广平坦，四周是锯齿状的沟壑。塬面一般高出谷底约一百余米，黄土厚度数十米，地下水埋深普遍在二十米以下。黄土塬上最初的窑洞都建在沟谷边上，是靠崖窑

下沉式窑洞类型图

【院落平面图】

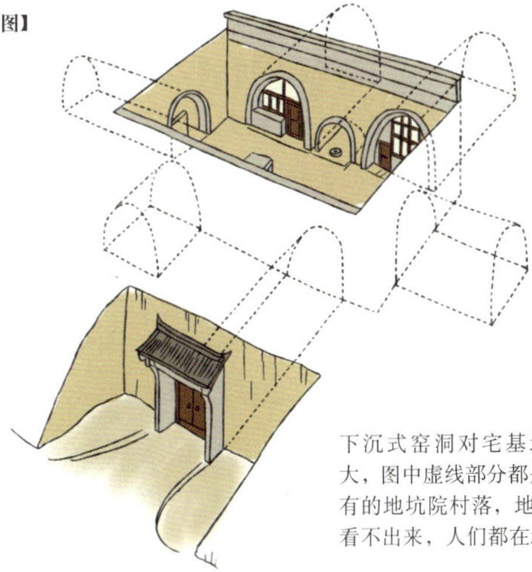

下沉式窑洞对宅基地的需求最大，图中虚线部分都是隐藏空间。有的地坑院村落，地面上什么都看不出来，人们都在地下活动。

【院落剖面图】

洞，后来随着人口增加，逐步推进到塬面中心。这里由于没有山崖依托，只能平地挖坑，再向坑里掏洞。从1989年出版的《窑洞民居》中的调查记录来看，当时山西、陕西、河南、甘肃一带，都有大量地坑院村落分布，著名的庆阳董志塬、早胜塬，西安白鹿原、五丈原，洛阳北邙山，三门峡陕塬等黄土塬上，是地坑院最集中的区域。

修建地坑院，先要在平地上挖一个长方形大坑，一般深六到九米，将坑内四面及中央削剪平整，然后在四面崖上掏出窑洞，形成一座完整的地下院落。下沉窑洞几乎全部以四合院的形式出现，充分吸收了北方院落建筑的元素，院中分为主窑、厢窑和倒座。作为正房的主窑通常为三孔，中间设厅堂，两侧做卧房，倒座和厢房一般用来做厨房、储物房、饲养家畜以及院落出口。院中挖一口十多米深的渗井，下雨时排水，平日间可储存蔬菜。地坑院中通常会种上几棵果树，榆树、石榴树和梨树最常见，分别象征着多财、多子、多利，一些老院中的树木枝繁叶茂，树冠都伸出了院外，显得生机勃勃。窑洞的出口通常作U形和L形，这是为节省土地，在沿沟的地方也有直进的。

黄土的垂直肌理容易渗水，窑洞正上方的土地不能种东西，雨季之前需要用滚子将窑顶反复碾压夯实，俗称“碾场”，过去是用牲口拉着，后来是把滚子挂在拖拉机后面转圈。讲究的会在窑顶铺方砖，边缘砌拦马墙，防止行人和动物掉到坑里。二十世纪七十年代末，农村人口达到顶峰，农民家里人多，地不够种，盖房物资缺乏，地坑院的数量也达到峰值。我们在走访期间，看到了很多建造于六七十年代的大型地坑院，一个院子常有十几孔窑洞，窑腿上还开有牲畜居住的小窑，当年这些院子都住得满满登登。九十年代以后，农村人口逐步减少，许多地坑院空置下来，继而重新回填变为耕地，村里的居民也建起了地上房屋，地坑院村落随即成为消亡最快的村落，现在保留完整的已屈指可数。

延续至今的地坑院人家

河南三门峡古称陕州，得名于境内的陕塬。从卫星地图上可以看到，陕州区东面沿黄河南岸，分布着三座黄土高台，分别是张汴塬、东凡塬和张村塬。全盛时期，三座塬上分布有一百多个地下村落，数万座地坑院。

陕塬的历史非常悠久，西周初年，成王年幼，天下不稳，周公与召公辅政，以陕塬为界，“自陕而东者，周公主之；自陕而西者，召公主之”，这就是历史上著名的“分陕而治”。早在战国时期，就有人在陕塬上定居，秦惠公十年（前390年）置陕县，北魏太和十一年（487年）置陕州。由于这里地处崤函古道附近，战乱频发，从安史之乱到元末大乱、明清易代，朱元璋、李自成、民国军阀、日本鬼子，乱哄哄你方唱罢我登场。每次战争期间，都会集结大量军队，由于木料缺乏，短期内解决居住就只能开挖窑洞。现在陕塬上还有很多以兵营命名的村子，如南营、北营、东营、人马寨等，都是战争遗存。硝烟散去后，很多士兵落户在了当地，如今陕塬上很多李姓居民，都自称随李自成的军队过来的；另外一些村落的始建年代，也都能上溯到明初洪武年间或清代初年。

2018年夏天，我们第一次来到三门峡寻访地坑院。开车到达曲村，已是晚上，虽每隔一百米有一盏太阳能路灯，但依旧漆黑一片，路上见不到几个行人。直到停车下来才发现，一座座地坑院其实就在马路两边，距我们不过几米远，待小心翼翼走到天井边上，才发觉里面别有洞天。当地人家都在院里乘凉、聊天，从窗口投出微茫的灯光，即使是招待游客的农家乐，人们也都集中在地下活动，灯光和声音几乎传不到路面上，这就是当地人口中“见树不见村，进村不见房，闻声不见人”的奇观。

曲村位于张汴塬中心，原名曲家寨，最初是个单姓村寨，现在村北还保留有夯土寨墙。明代中叶以后，卢姓迁入曲村，曲姓仍占主导地位，明代末年，曲姓一族为躲避战乱，整体迁居到西北四公里的范家洼，卢姓一族则留了下来。之后李姓一族迁入，与原住户卢姓平分天下，现在村里唯一一处靠崖窑洞院落就属于卢氏。建国初期，两户高姓人家因修建三门峡水库移民过来，至此卢、李、高三姓同住曲村。从2012年开始，曲村开始有计划地对地坑院翻修改造，经过十多年的经营，现已是陕州保留最好的活体地坑院村落，还有近一半的村民住在地下，村委会也设在地坑院里。

曲村主打“陕塬人家十碗席”，很多地坑院既可以吃饭，也兼营住宿。当院大都垒一座九孔灶台，称为“穿（爨）山灶”，一个灶台，灶心相通，从低到高设置九个火眼，上面同时放置九口大铁锅，利用热气往上走的原理，蒸、煮、炖、焖同时进行，这也是为节省燃料。第一个灶眼火最旺，适合做蒸煮的菜肴，后面的灶眼火力依次减弱，适合做炖焖，最后一个火眼通常只用来保温，故有“七紧八慢九消停”的说法。至于十碗席的菜品，基本就是乡村宴席常见的扣肉、酥肉、丸子、豆腐等，大家聚在一起吃，图的就是个热闹。过去农家遇有红白喜事开宴席，吃的就是这些，酒席班子临时起灶，几个人一个钟头就能搭起一个穿山灶。

我们到的那天是周末，院里摆了五六张桌子，食客们围桌而坐，院中灯火通明。不过九点以后，食客们渐渐散去，他们都是三门峡市区开车过来欢度周末的，通常吃顿饭就回去了。随着夜色渐深，窑院渐归平静，最后灯笼熄灭，只剩下满院星光和虫鸣。

老板娘高桃梅跟我聊起来，她说这个院子是她爷爷在上世纪五十年代建起来的，是个十二孔明窑的院子，东西宽十三点八米，南北长十五米，深六点五米，主窑坐南朝北，当地叫南离宅，入口位于东侧。最开始这个院子是生土的，窑脸也没有砖，那时条件不好，没这么讲究，能住人就行

曲村37号院高桃梅家

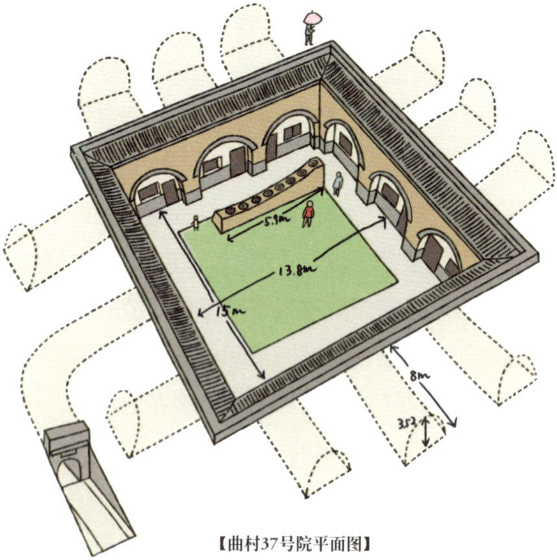

【曲村37号院平面图】

曲村37号院始建于1952年前后，1990年代末回填，2012年重新挖开升级改造成现代化地坑院。院里设有传统火坑，卧房、茶室、餐厅、厨房、浴室的窑洞底部设有通气孔，排风除湿，院中有菜地和灶台。

【窑脸立面图】

了。七十年代以后，高桃梅的父母在市里工厂上班，并且分了房子，子女几人也陆续离开了曲村。九十年代末，村里退宅还耕，这个院子被填埋，种上了果树。2012年，曲村率先开始地坑院改造计划。据村里人说，当时曲村李氏后代李建水担任河南省农业厅副厅长，他为村里申请了一笔扶贫开发经费，用于地坑院改造升级。第一批每个院子补贴两万八，第二批每个院子四万。这时在外打工的高桃梅兄妹回到村里，把填平了十多年的地坑院重新挖开，由于之前已经完全破坏，所以采用的是箍窑填土的办法，先在坑里箍起窑洞，再往上填土，虽然费工费钱，但再无塌毁危险。他们翻修之前就想着开农家乐，所以装饰上都是最高配置，窑脸上面全用青砖砌成，自下而上分别装饰有斗栱、椽子、叠涩、青瓦屋檐、正脊、鱼鳞、拦马墙，多达七八层，窑脸的拱形曲线、内凹部分的窑隔以及窑腿，用的也是青砖。

窑洞内部的设施也已相当现代化，除了砌有火炕的堂屋、客房外，还有茶室、厨房、厕所和洗澡间，在每间窑洞深处都设置了通气孔直通地面，返潮季节可以抽湿。当院种了两棵梨树，树下辟为菜地，一侧是传统穿山灶，上下水管道也一应俱全。因为占地广阔，所以几乎感觉不到是住在地下，倒像一座高档的别墅四合院。高桃梅说，最后盖房连同装修，一共花了五十万，盖房三十万，验收之后给报销了四万。这个院子相当于新建的，前后各扩大了一米，如果单纯老房修缮，就用不了这么多钱，旁边一个院子，整体完好，只是前脸塌了，改造升级只花了几万块钱。2012年以后，村里很多翻修好的院子开了农家乐，村里这几年比较重视地坑院保护，每到雨季来临之前，大喇叭里都反复广播让大家碾场。2021年河南大暴雨，陕州大部分地坑院都塌了，曲村基本没什么损失。

从沿沟靠崖窑到地坑院

陕州三塬中，面积最大的是张村塬，现在上面还有一个镇、四十八个村，常住人口超过十万。

张村塬的地下水埋藏浅，农业发达，历史上是富庶地区，塬上的村落大都发育良好。这些村落的发展轨迹一般是：最初沿台地边缘和路沟修建靠崖窑，随着人口慢慢增加，开始在平地上开挖地坑院；遇到改朝换代，人口大量减少，兵匪横行，人们从地坑院搬出住进靠崖窑，待到战乱结束之后，外面的人重新迁入；每次改朝换代，这里都十室九空，现在塬上大部分村落都是明代以后形成的。现在南沟村还能看出清晰的发展轨迹，塬上的人们早已见惯了兴亡流转。

任更厚大爷是张村塬上南沟村的剪纸传承人，据他说，任氏一族祖籍山西洪洞县，明初永乐年间迁入河南陕州，明末清初，第八世祖搬到南沟村定居，由此形成了一个单姓村落。南沟村东西向，有一条自然形成的深沟，宽度十多米，深有六七米，长约一千米，既是人们往来的通道，又是下雨时排水的沟渠，村里最古老的靠崖窑洞都分布在路沟两侧。任更厚家的四孔窑洞开挖于清代中期，西面的一孔深度达到了十三点九米，东面的一孔进门后有半米的台阶，需要走下去才能进入窑洞。这种类型的窑洞，当地叫靠崖窑，更准确的名称是沿沟式窑洞。这种院落一半临街、一半靠崖，是介于地坑和靠崖窑洞之间的一种形式。任更厚的祖宅最初分为南北两院，中间隔着主路，前面是临街的铺面和大门，纵向由厢房合围成窄四合院。过去南沟村农业发达，主路两边砖瓦房很多，村民除了种地，还经营有豆腐坊、酒坊、商铺，农闲时还会剪纸出售。解放前任大爷家除了种地，还从事商业活动，家里养着四十八头骆驼，土改时自己填表写了个富农，后来就倒霉了。

清代中期以后，随着人口增加，南沟村村民逐步在坡顶上开挖地坑院。我们在村里转了一圈，看到还有三十多处地坑院，半数以上都只剩了一个大坑，保留完整的地坑院有五六个。测量后发现，南沟村地坑院深度在六点五米左右，以十孔和十二孔为主，院子长度在十到十四米之间，宽度六到九米。院子大的设置成明窑，窑洞全部朝向院中，院子窄小的，四角窑洞仅露出半脸，成为暗窑。因为全村整体地形为西高东低，所以主窑坐西朝东的较多，当地叫西兑宅。主窑上面的地势高一些，拦马墙和屋檐也比其他三面显眼，类

南沟村地坑院

【地坑院的发展轨迹】

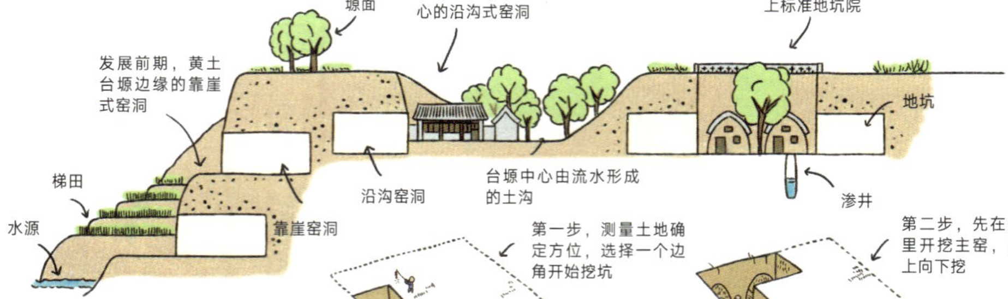

【地坑院的施工步骤】

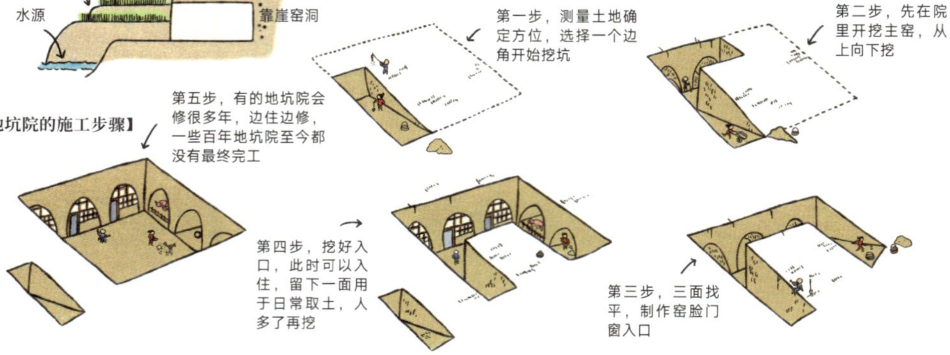

似于风水学中的靠山。院中主窑为一门两窗，门是两侧对开的，其余为偏窑，高度稍低半尺，一门一窗。讲究一些的人家屋门都是两套，朝内开的叫老门，朝外开的叫风门，老门是纯木板做的，上面没有窗户，坚固保温，风门上有田字形窗格，每一格上都贴着黑色的剪纸。冬天最冷的时候，两套门都关上，平时只关外面的风门。

陕州地坑院的窑洞高度约为三米，比山陕地区的一丈窑略矮，这边叫九五窑，意为“九五之尊”，次一点的也有八五窑，七五窑则一般住牲口。窑洞尺寸矮，整体院子就能浅一些，便于采光。任更厚说，陕州这边土质好，土壤上层有一种料姜石的钙核层，相当于天然混凝土，说着他随手就从地上捡起两块。这种石头有半个巴掌大，托在手上很沉，长得和生姜一般不二，用手捻一下，露出中间白色的石英。料姜石散落在田地中非常讨厌，费锄头，然而在地坑院中却可以起到钢筋的作用，增强了窑洞的强度。陕州三塬上，通常两三米以下就能挖到料姜石层，因而窑顶留出三米即可稳定，不用太深。后来我们在巩义测量的地坑院深度都在八到九米，往往中午一过，院子马上就暗下来，如同坐井观天，因而那边叫“天井院”，也是很形象的。

任大爷说，上世纪八十年代以前，村里都是地坑院，后来大家有钱之后开始盖新房。最开始是夯土建造的小场房，面积五六平米，用来堆放农具，后来慢慢由单间扩建成套间，开始住人，到九十年代中期，村民才逐步搬到地上。2000年前后，当地有计划地实行了几次“退宅还耕”，张村塬上大部分空置的院子都回填了，只有经济落后的张汴塬，村民一直无力建造新房，所以现在地坑院保留得相对完整一些。

为什么同样都是黄土塬，张村塬就富裕，张汴塬就穷？任更厚说：“种地主要靠水，塬面越大，地下水位越浅，塬面小的，水都从断面渗下去了。从前我们村打井，二十多米出水，张村塬中心的水淆村十多米就出水，因而村里姑娘特别抢手，陪嫁给得多。而张汴塬的井都在四十米以上，那时种地，我们这边人均不到一亩，张汴塬人均两亩多，但还是穷，因为亩产低。从地坑院质量来看，张汴塬大部分院子都比较简陋，上面没有拦马墙和屋檐，下面窑腿没有护砖，俗称秃头院。这些村里除了住宅啥都没有，我们村过去有学堂、水渠、商铺、戏台，从东到西有七座庙，供着关老爷、观音、土地、天官、文昌，后来都拆了。”

在古村落调查中，我们也注意到了这个问题，越是发达的地方，原始风貌遭破坏越严重，而偏僻的地方，建筑质量又不高，民居建筑尤其如此。现在幸存下来的很多古村落，都具有一定的偶然性。

南沟村的另一项民间技艺是剪纸。过去农闲时，家家户户都剪纸到集上去卖，任更厚说，上世纪六七十年代，一次赶集，每人就能赚到十几块钱。南沟村的剪纸都是黑色的，大幅的贴在窑洞四壁，炕围、桌围、灶台上，小张的贴在窗棂上，经久不坏。关于黑色剪纸的起源，有的说是源于黑色辟邪，有的说是源于夏朝，夏朝崇尚黑色（不过后来考虑到夏朝还没出现纸张而作罢）。任更厚说，南沟剪纸在过去主要用于窑洞里的永久装饰，很大一部分是剪纸书法作品，因为黑色耐看又不容易褪色，因而成为主流，直到七十年代主席语录题材出现后，才有了红色的。我们在附近一孔窑洞里见到了一大幅南沟剪纸，题材是桌围花，贴在八仙桌后面的墙壁上用于装饰，中间是七绝《枫桥夜泊》，两侧是瓶花，四角有角花。整幅剪纸从八仙桌上边一直延伸到窑洞顶端，高度接近一点五米，宽度大约一点八米。窑洞的墙壁为拱形，不适宜悬挂装裱字画，因而剪纸就成为简单实用的装饰，贴在墙上取代字画和卷轴，黑色的剪纸也还原了水墨画的效果。

两个静态保存的地坑院村落

关于陕州地坑院的开发，三门峡当地很早就在做，其间诞生了两个挂牌景区，庙上村和北营村。两村挂牌时间相隔十多年，可以看成是地坑院旅游的1.0版和2.0版。

庙上村位于张村塬上，现在被列为国家级历史文化名村，存有清末、民初的地坑院七十三座。2000年前后，三门峡出资征收了庙上村村南八个完整地坑院，改造为陕州天井窑院景区，景区大约占村里地坑院总数的八分之一。这八个院子单独圈起来，入口修了大门，地坑院中间打通串联，形成迷宫一样的地下走廊。每个院子分为不同主题，有剪纸院、民俗院、纺织院、餐厅院、商务院等。任更厚说，当时他和一些南沟村村民就曾驻扎在剪纸院，2010年前后这个景区热闹过一阵，他喜欢唱歌，一边剪纸一边唱，窑洞里非常拢音，引得很多游客都来合影。后来热度过了，人气持续低迷，市里就把这个景区转包给个人，庙上村的张天佐、张天佑兄弟承包下来，改成地坑院酒店，专营餐饮、住宿、旅游接待，再后来就完全没人了。

2018年我到庙上村的时候，景区门前有个老汉看门，收四十块钱门票。我们探头看了一眼死气沉沉的入口，就没进去。2022年再来，门口换了个年轻人，他说去年一场暴雨过后，有几个院子中间塌了，现在景区已无法运营，老板岁数也大了，只能平时让人碾一碾场，保证不塌就很不错了。说着他热情地打开大门，为了通风，现在地坑院所有门窗都开着，家具上的黄土积了半寸多厚。入口走廊两边挂着褪色的展板，上面都是2002年前后的媒体剪报，当时中央级媒体以及很多海外媒体都报道过这里，再后面就是一长串的名人留影，全都是绿的。看门的年轻人说，这个景区开业时他还是个小孩儿，跑来看热闹，只记得敲锣打鼓，鸣鞭放炮，满村都是记者媒体、各级领导，这都是二十年前的事儿了。

“他们征收的这八个都是老院子，短的有一百多年，

庙上村张来旺宅院

【张宅主窑外观】

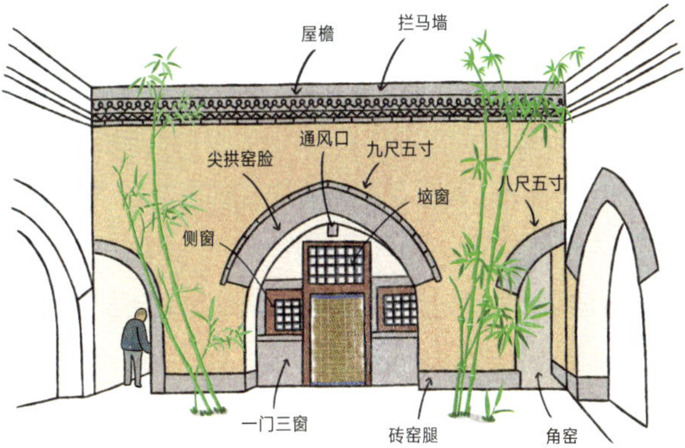

【张宅平面图】

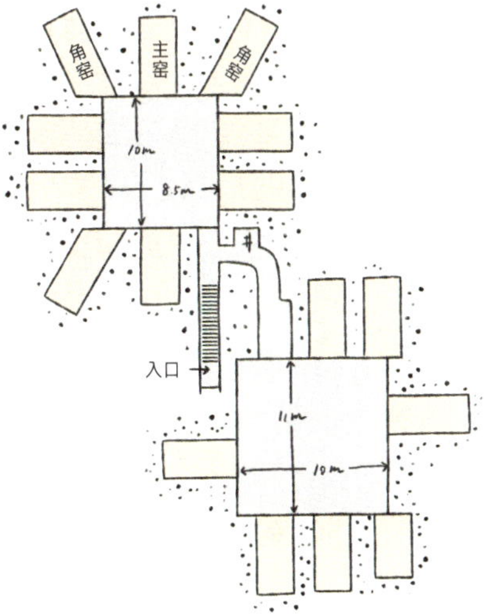

庙上村张来旺宅院建于1930年，原本是三连院，一主二副，三院相连，1990年代主院被填盖了瓦房。现存北院格局完整，角落里的暗窑只露出三分之一。南边的马房院建于1900年前后，最初是一座十二孔窑院，2000年村中修路，东西两厢窑受损，现存八孔。

南边几个院子都有二百年了。”住在景区隔壁的九十岁老人张丙固对我们说，“在我小时候，这个南院，村里人就叫老院，当时就有一百多年了。庙上村大部分人都姓张，最开始住在崖边山沟里，后面陆续搬上来，九十年代末在村北批了几亩地让他们盖新房，这八个院子的住户相当于置换了房产。这个景区从2016年以后就不行了，现在老板都住在城里了。庙上村还有几家住在地坑院的，基本都是老人，年纪最大的张来旺两口子，老汉已经九十九了，每天还自己做饭。”现在景区虽说风光不再，但庙上村挂牌了国家级历史文化名村，可以争取资金来修缮。

北营村位于张汴塬最北端，离城区很近，2014年之后辟为陕州地坑院景区，是陕州地坑院旅游的2.0版。这里不像庙上村那样小打小闹，采取的办法是原住民全部迁出，整体包装，景区设置了游客中心、文化大观园、美食一条街、百艺苑等区域，分为生态休闲区、核心游览区、乡村体验区三大板块。村里的传统地坑院修缮后做成展馆。我们2018年到访时，这里人气颇旺，三个停车场都停满了车，一副欣欣向荣的样子。2022年再来，因为疫情的关系，景区几乎没人。

2018年，我们在北营村认识了一位地坑院的民间专家贠石让先生。贠石让家住在西张镇，带着闺女和外孙女，是河南省作协会员。他二十多年前开始研究地坑院民俗，陆陆续续发表了不少文章。地坑院景区的介绍展板，都经他审定核对，后来景区干脆邀请他作为顾问常驻。现在贠先生的院里挂着两个牌子，一个是国家级非物质文化遗产拓展项目地坑院营造技艺，另一块是中国地坑院文化研究基地。

贠石让认为，地坑院中包含了五种文化元素，即历史文化、建筑文化、民俗文化、农耕文化和饮食文化。这五种元素中，农耕文化是最基础的，脱离了这个基础，地坑院就变成博物馆里的标本。他说，地坑院民居的最早形态，可以追溯到七千多年前的仰韶文化时期，陕州一带的先民从山区来到平原，由此产生了地坑院的雏形。当时的居住形式多为圆形和方形地坑式窝棚，还有贮存食物的窖穴及灰坑，聚落外围发现了陶穴、墓穴等，都呈地坑形态。秦汉时期，人们的要求提高，把原始的地穴修建成天圆地方形式，形态更加规整，不过地坑院建筑的最终成熟，还要等到明代。

历史上，陕州地坑院建设有两大高峰期，第一个高峰期是明朝初年的人口大迁移。饱经战乱的人们来到陕州，开挖一个地坑院便有了安身立命之处。清代至民国年间，人们对居住条件要求更高，最初的四不像院、秃头院，进化成眼眨毛院、土拦马墙院，更加注重宅地风水，寻求心灵上的满足。第二个高峰期是二十世纪六七十年代，新中国成立后人口猛增，这个过程与历史上相同，但人口规模更大。现在陕州的地坑院多数是这两个时期建造的。

贠石让说，传统地坑院受八卦影响最深，院落结构都有一定之规，因为是平地挖坑，按图施工很容易，讲究也多。修建窑院前，要根据宅基地的地势、面积，围绕阴阳鱼的八

宅地风水模式

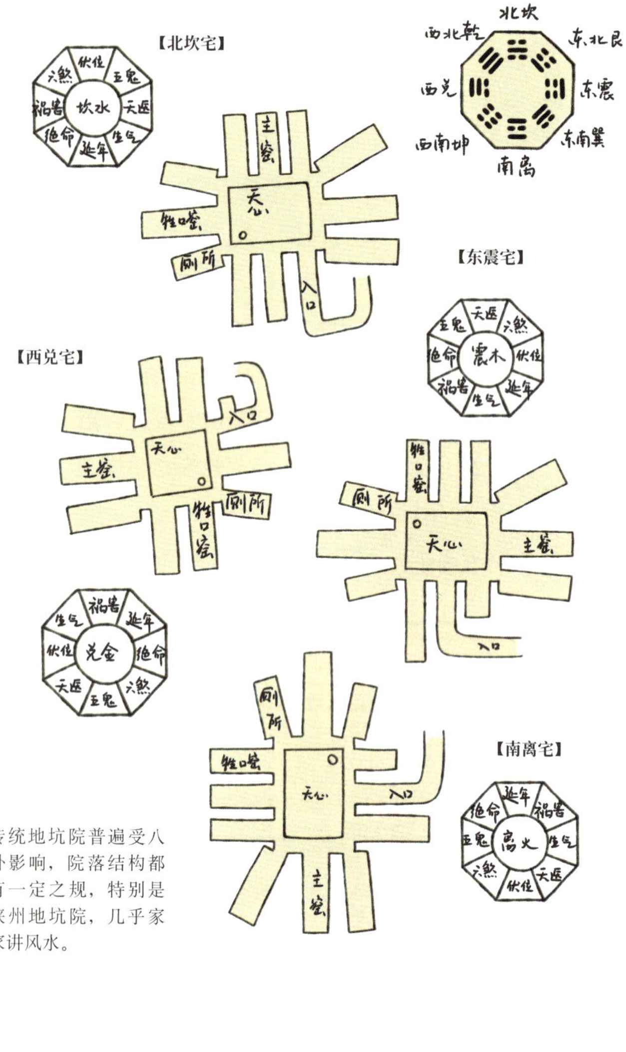

传统地坑院普遍受八卦影响，院落结构都有一定之规，特别是陕州地坑院，几乎家家讲风水。

个方位，决定修哪种朝向的院落。地坑院的朝向有八种，即东、西、南、北四个方向的东震宅、西兑宅、南离宅、北坎宅，以及西北、东北、西南、东南四个方向的乾宅、艮宅、坤宅、巽宅。有些地坑院主位方向开挖两个窑洞，无法确定主窑，为补救主宅窑，再在两窑中间开挖一个小窑做佛龛，象征性地作为本宅院的主窑。五鬼窑被认为是全院最不好的，常用来圈养牲口、磨面和放农具杂物。

在晋中、陕北等地的考察中，我们发现过去只有富裕人家的宅院才会讲究家宅风水，然而陕州地坑院则是家家讲风水，无论建筑质量高低，几乎每家户主都能随口说出五鬼、六煞、天医等专业用语。分析这种现象的成因，有自然和人文两方面。豫西一带是中原文化的发祥地，建筑风水理论起源于河洛，有着强大的文化基因；另一方面靠崖窑洞和独立窑洞受自然条件所限，想要合乎风水理论就需投入大量资金改造地形，而地坑院的布局相对自由，可以完全套用现成的图纸，加之三门峡地区人口密度不太大，院落相互独立，主人也希望修一座吉星高照的地坑院。张汴塬上以东震宅最多，因为这里整体地形东高西低，人们习惯在高的地方放置主窑。我们在曲村统计了建国以前修建的十一个地坑院，其中西兑宅、南离宅、北坎宅各两个，东震宅则有五个，看来确实是有意为之的。

贠先生说，过去修一座地坑院是很讲究的，完整的步骤是：请阴阳先生看风水；一点五线定宅法；下挖天心；四面凿洞；刷崖面；刷窑洞；扎窑隔（门窗）；修窑脸、窑瓣；修影壁墙；滚院圪台；修窑腿；滚门洞圪台；修跌水瓦；修建拦马墙；修井窑、水井；修渗井；修红薯窖；修火炕、烟筒；修锅台。修院第一步就是请风水先生，主人先把自己的需求告诉先生，比如家有几口人，大概修几孔窑院，宅基地范围等等。勘测之后，风水先生会给主家出具一份注意事项，包括要修成什么宅子，八种朝向中择其一；确定八星方位，哪间窑洞做什么，门开在什么地方，门框的长、宽、高尾数，灶台火炕大小，如果建宅流年不利，如何安放镇物，最后要写上挖地基、安门框、砌灶台等重要时间节点。一般主人要求得越多，风水先生工作越仔细，说得越多，工时越长，挣得也就越多。先生的报酬都是以红包的形式，外加请客。一直到上世纪八十年代，陕州三塬挖地坑院还是要请风水先生，现在西张镇还住着个很有名的任群仓先生。不过这些年新房盖得少，风水先生没了用武之地，乡里几个有名的先生，农闲时都去城里寺庙前摆摊算卦了。

在陕州刘寺村、窑底村、西过村、人马寨，我们跟当地村民闲聊过，他们的记忆大都围绕在二十世纪六七十年代，纷纷感慨当时可太穷了，吃不上穿不上，家里人口又多，人多了就挖个地坑先住着，有一阵子家家户户都挖，出来进去都扛着铲子；再后来就有钱盖新房了，等新房盖起来，子女又都不回来了。

地坑院在个体家庭中，其地位相当于一件农具，有用时拿起来，没用时放下，它的使命仅此而已，但在更广阔的时空中，这种群体行为就有了文化意义。这些年随着旅游热，地坑院重回人们视野，毕竟这种居住太独特了。据说如今的地球上，除了东非一些极端贫困的部落外，就只有中国人还保留着穴居这一传统。然而下沉式窑洞也是近年来中国消亡最快的民居建筑，在陕州的日子里，我转了很多地坑院村落，这片号称国内下沉式窑洞保存最好的区域，形势也不容乐观。对于这种极度濒危的民居，究竟如何保护？目前人们还处于探索和尝试阶段，远远赶不上其消亡的速度。

消失的月亮湾和九连洞

离开陕州，我们继续驱车向东，来到河南偃师邙山上，寻找这里的地坑院村落。

邙山位于黄河南岸，属秦岭余脉，海拔只有二百五十米左右，山脉西起洛阳市北，绵延至巩义市黄河与洛河交汇处的邙山头，长一百多公里，主峰翠云峰位于洛阳北面。邙山底部由岩石组成，上面覆盖着深厚的黄土层，地表以下五到十五米的土层，渗水率低，黏结性能良好，土壤厚实紧密，因而成为黄土高原最东面一块适宜开挖窑洞的区域。由郑州再向东，黄土层逐渐减薄，颗粒变细，已经无法开挖生土窑洞，不过随着气候湿润、雨量增多，植被也逐渐丰富，木结构房屋成为民居主流。2021年的郑州暴雨，就发生在这个东西交汇的地理节点。

二十世纪八十年代以前，邙山上的大部分村落都以天井院和靠崖窑院为主，当地叫窑坑。不过洛阳和郑州一线人口众多，经济发展迅速，九十年代以后，大部分村落改建新房，曾经的天井院村落都已消失，并逐渐被人遗忘。

游殿村位于偃师区最东面山化乡，曾是邙山上窑洞种类比较完备的村子，村里有靠崖窑、地坑院、九连院等不同类型，现在被列为河南省级传统村落。游殿村建于明洪武六年（1373年），以滑姓村民为主，相传是西周滑国后裔。村子位于古代洛阳以东的官道上，现在连霍高速绕村穿过。旧时村中开设了多处油坊，最初叫油店，清末改称“游殿”，附会宋神宗曾来此巡游，建造宫殿。游殿村南侧有一个月牙形的深坑，过去叫长沟，沟北面分布着一长串靠崖窑洞院落，每户两孔窑洞，前面是两厢砖瓦房和大门围成的三合院。村民说这是村里最早的一片住房，后来随着人口增加，村子逐渐向北面山上发展，1975年以后，北面组建新村，村民开始逐步搬迁。前几年村里通过招商引资，对长沟里的废弃窑洞进行修葺，恢复了几处院落，起名月亮湾，开起了农家乐，生意一度相当火爆。然而2021年河南暴雨中，月亮湾损失殆尽，不仅房倒窑塌，地面还严重下陷，几座青砖门楼都扭曲变形，犹如经历了七级地震。

九连洞位于游殿村中心大街北侧，是由西向东八个贯

游殿村九连洞

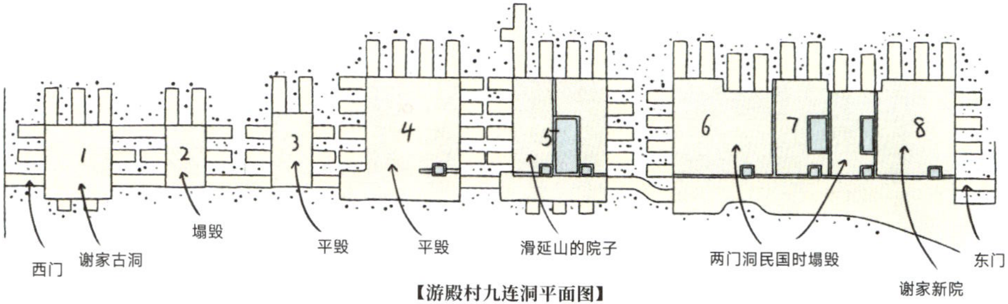

【游殿村九连洞平面图】

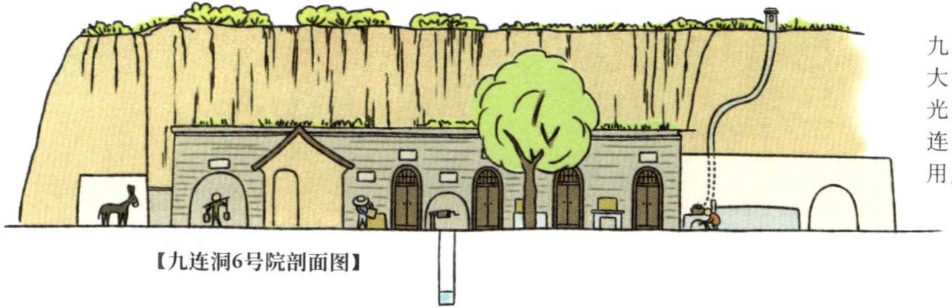

【九连洞6号院剖面图】

九连洞位于游殿村中心大街北侧，始建于清道光年间，由横向八个相连的地坑院组成，中间用九个门洞串起来。

通的地坑院，中间由九个门洞过道串联起来，总长度二百零四米。地坑入口设在东西两侧，每户既自成一家，又相互关联，院落主窑均坐北朝南，以神龛为中心，两侧开辟厢窑，有些院中建有砖木结构的厢房，这种规模的地坑院非常罕见。九连洞呈横向布局，西边的院子小，是一坑一户，东边的院子大，一坑两户，整体大致呈锥子形。

九连洞最后的住户是滑延山老人，七十六岁，他的两个儿子都在新村盖了房。此前他和老伴住在中间一个院子里养蜂，窑洞里冬暖夏凉，加之周围街坊都已搬走，平时安安静静，只有蜜蜂在花丛间进进出出，俨然神雕侠侣。

我们循着蜜蜂的轨迹，在附近一孔砖窑洞里见到了心态极好的滑延山老人。他给我们讲述了2021年的经历："暴雨那天，我骑着摩托车出去玩了，只有老婆子一人在下面。后来忽然就下起了暴雨，村里断了电，我给她打手机也打不通，就骑车赶回来，发现我老婆子已经被儿子接到新村了，我也去新村儿子家住下。当夜东边门洞就塌了，我们家这个窑洞不会塌，因为里面已经用砖箍起来了，但是门洞塌了就得爬出来，比较麻烦。暴雨过后村里就不让再住下面了，给我在北边批了一小块地盖庄子，现在借住的这庄子是邻居家。我自己从年初开始盖房，建个两间的，外面客厅，里面卧室，就快竣工了。"滑大爷哈哈笑着。我们后来看到他的新房，还只有两道砖墙。

滑延山告诉我们，游殿村九连洞始建于清道光年间，前后历经四十年，由谢家人最先开挖，现在最西边的第一个院子叫谢家古洞，大概有二百年历史。谢家人迁到游殿村，从事木匠活计，家境一般，所以第一个院是最小的，到第二代，谢家人口增多，就在最东边又挖了个大的，在里面盖了木结构的厢房。之后将最西边的谢家古洞卖给了滑家，从此滑家开始逐步向东边挖，最终在同治年间全部打通，形成一道地下走廊。同治初年，内乱频繁，盗匪横行，游殿村又位于交通要道，九连洞具有一定的防御功能，洞口窄小，便于隐蔽，里面院院相通，十几户人家非亲即友，面对小股盗匪，可以联手自卫。九连院最东面的第二个门洞在解放前就塌了，2021年之前剩下了八个，现在剩下四个门洞，五个地坑，中间两个已经填平，中间走廊也无法通行。

滑延山的院子位于西起第五个，是现在保存最完整的一个，是他太爷爷建的，传到他这一辈是兄弟两个，中间用土墙隔开，一坑两院，形制相同。整座地坑南北长十七点六米，东西宽十六点二米，近似正方形。窑院深度八点五米，正面四孔主窑坐北朝南，两个为一组，中间的神龛非常大，占据着中心的位置，神祇是这里的主宰。窑脸分为两层，下层窑洞部分用青砖砌筑，顶部有叠涩，上面覆土部分为生土。邙山上的窑洞，普遍没有独立窗户，只在门上开一个半圆形的瑙窗，不论穷富都如此。院中西北角的窑洞最大，高三点四米，宽三点一米，窑洞前面八米用砖从下往上箍起来，钉上了塑料布，之前他们夫妇就住在这里。而这孔窑洞的进深达到了十八米，前部六米处还有一道拐窑，进深三点五米，洞里非常暗，七八米以后就伸手不见五指了，这是战乱时候用来藏人的。

滑延山说，这八个院子，每个里面都有一孔很深的窑洞。院子西、北、东三面有红砖砌的拦马墙，墙上开一小门，可以借助梯子出入，从前在上面晒了粮食能直接放下来。东西两面各四孔窑洞，都是深七米，与院墙合围成三合院，地坑南侧的墙上开有住骡马牲口的小窑，对着院门。

九连洞西面的两个院子窄小，每个坑就是一个院，没有院墙，主窑两孔，中间是神龛，侧面三孔，南边的为通道。东边的两个院子更大，民国年间门洞塌毁后，坑里改建为标准的四合院，除了主窑，其他三面都是砖瓦房。滑延山说，东边这个谢家院子出了一位叫谢焕成的后代，民国初年在军阀刘镇华、刘茂恩兄弟手下做事，抗战时期，曾跟随刘茂恩部队参加中条山战役、洛阳保卫战，抗战胜利后带着老婆孩子回乡，依旧住在最东边的院子里。前几年，陆续有一些外人来参观九连洞，捐过一些钱，有几千块的，有一两万的，这些钱用来维修加固窑洞，东西大门都用青砖砌了，东面入口刻着“九连洞”，两边对联是“五福汇聚成福地，九洞相连开洞天”。大家本以为可以循序渐进地把九连洞恢复起来，不料一场暴雨让之前的努力付之东流。

结构复杂的三层地坑院

巩义市东村是我们探访的最后一处地坑院村落，从地理上来看，这里也是地坑院建筑向东推进的极限。

巩义南部地处嵩山脚下，随风而来的黄土因巨大山体的阻挡，在山前沉积为广阔的黄土平原，上面分布着著名的北宋七帝八陵。现在这些陵区大都变为耕地，高大的石像生被黄土半掩，周围开满了油菜花，这种景象反映出巩义人口稠密、土地利用率高的特点。我们统计了曾经同样以地坑院村落为主的陕州、偃师、巩义三地，陕州区总面积一千六百零九平方公里，人口二十八万八千；巩义市面积一千零四十三平方公里，人口七十八万五千；偃师区面积六百六十九平方公里，人口五十四万五千。巩义和偃师的人口密度接近，约为陕州的四点五倍。

地坑院虽然建造简单、成本低廉，但对土地占用过大，而且窑洞顶部空间无法耕作，相当于一个宅院出现了内外两套活动空间。通常一座地坑院占地一到一点五亩，是地上宅院的三到五倍，因而人口密度大的地区，一旦有了替代材料，无论经济好坏，地坑院都注定最早消亡。

陕州地坑院都是独门独院形态，住宅呈点状分布，每个院都离开一段距离，中间以树木相隔，即使亲兄弟之间也互不相连，各走各的门。后期的更新一般是在自家窑顶上建造砖瓦房，人们搬上去后，或对地坑加以维护，不同季节上下混住，或任其自然倒塌。巩义、偃师周边因为宅基地少，地坑之间靠得很近，有些干脆一坑多院，形成地下走廊，就像九连洞。村民说，当时每个山坡下面就像耗子打洞似的，一串一串。这边的更新步骤一般是就地填埋建新房，村落住宅每户相连，很少有空置土地。一些没有搬出来的居民则是在地坑里直接建房，或将土窑洞改为砖箍窑，上面修建二层窑上房，经过改造的地坑院，出现了两层甚至三层结构，令人眼花缭乱。

东村村口，现有一组地坑四连院，建于清末民初，解放后经不断改造，形成了砖木窑洞混合地坑院。东村以李姓为主，祖先在明万历年间从山西迁来，东村中间有一条南北走向的深沟，民国以前宅院呈带状分布，人们沿沟开挖靠崖窑洞，在沟顶上种田，后期村子发展成一沟两坡的蝴蝶型，坡上曾经都是地坑院。民国初年，两户李姓人家买下沟东面几亩田地，修筑了这组平面呈田字形的四连院，全部是坐东朝西的东震宅。这两户李姓关系较远，西南角三合院里是一家，其余三个四合院是一个家族，住着兄弟几个。当时巩义附近盗匪横行，出于安全考虑，每个院子都不设单独入口，只在深沟东侧掏个门洞，修建一条隐蔽的地下走廊，串起四个院子，走廊两侧有放置农具和住牲口的小窑洞。1929年，村里集资在洞口东面建了一座三层砖木结构的万泉楼，起瞭望作用。据附近村民说，那时两边坡上还都是田地，防守重点在沿沟两侧，万泉楼顶架设了机枪，日夜有村民巡逻站

巩义东村李氏四连院

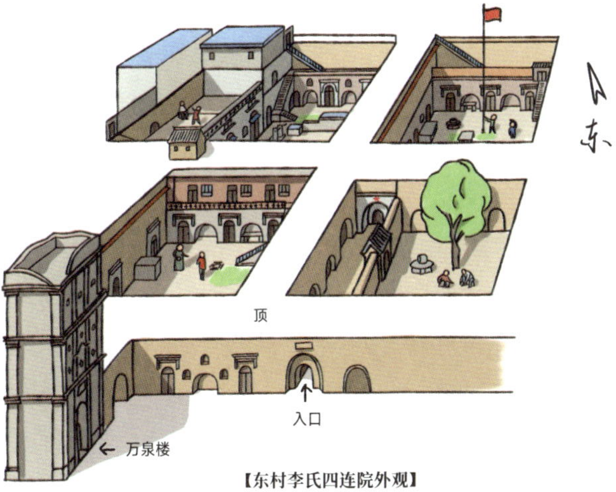

【东村李氏四连院外观】

李氏四连院位于东村村口，建于清末民初。有一条地道串起四座地坑院，形成地下胡同，现在有三处已经改造升级。

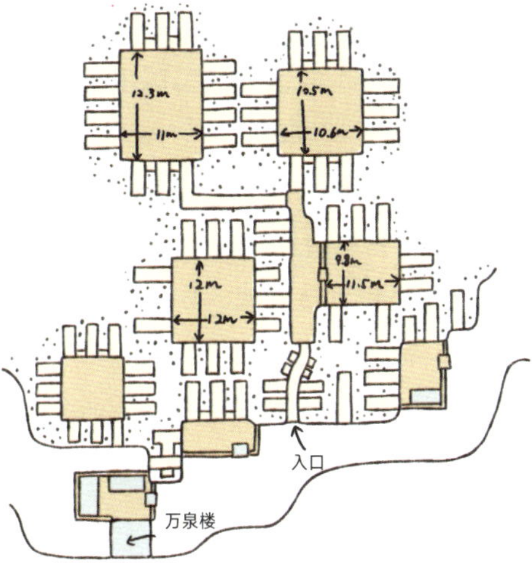

【四连院平面图】

岗，效果显著。

现在西南角的三合院保留着原始状态，里面已经空了，但还锁着门。北侧是院墙，门前是过道，南北长十一点五米，东西宽九点八米。东南西三面开窑，东面三孔，其他两面各两孔，窑脸上只有一个窄木门，上面开半圆形小窗，地坑墙壁是生土的，没有任何修饰，窑洞顶上长满荒草，已经无人打理。这个院子在2021年暴雨中塌了几孔，岌岌可危。

住在东北院中的李同爱大姐告诉我，从前四个院子都是这样的。他们这个家族有人去当兵，解放后做到将军，条件改善后三个院子都升级了，分为B1、B2两层，主窑里面用砖箍起来，院顶用水泥抹平，不再有渗水的危险，各自设置了楼梯出入口；B2层墙面用当地特有的红色岩石加固，石块整齐，中间由白灰泥缝，显得美观坚固。

西北院在东面盖起了二层小楼，B2层是接口子窑洞，B1层是三间带走廊的正房，屋顶与地面齐平，是唯一一个院里盖楼的。东南院是个十二数（孔）窑院，改动相对较少，三孔主窑用砖箍起来，前面做成一点五米长的接口子，窑脸用石块和青砖砌成，B1层上面有红砖拦马墙，南侧开院门，设有楼梯进出。主窑前面有拐窑，后部用砖砌成上下两层空间，灶台还保留在最里面。院子西、南两面保留着生土窑脸原貌，没做改动。这个院地下入口是青砖拱门结构，门上刻着红五角星，旁边挂着“光荣军属”的牌子，出了军官的就是这个院。现在院子正当中立了一根旗杆，主人在家时，每天都自己升国旗。

李同爱家的东北院，是现存四个院中房间最多的，为十四数窑院，东西长十二点三米，每面四孔窑洞，南北宽十一米，每面三孔窑洞。院里住了叔伯兄弟两家，由一道矮墙隔成东西两部分，沿着矮墙修了狗窝和厕所，中间有一口带辘轳的深井，是公共水源。

这个院子整体分为三层，B2层是院子，东面为上，三孔窑洞中间开了两个厨窑安置灶台。院里都用条石墁地，中间开辟了一小块菜畦，旁边种着泡桐树，厨窑上B1.5层部分开辟天窑，作为储藏室。院里所有窑洞都用砖箍了起来，西北面那家已经改为两孔内部两层的青砖独立窑洞，左侧木门上面有工笔彩绘花鸟，配诗是“中华儿女多奇志，不爱红装爱武装”，右侧为绿漆金字，写着十二生肖、天干地支和二十四节气歌，绘于二十世纪七十年代。院子虽然深达九米，但东、西、北三面B1层的黄土都被削去改为晒台，因而采光良好，东北侧窑顶上盖有水泥房一座，门在院外东向，为A1层。院子的出入口有三个，除位于西南侧的原始地下入口之外，两家分别在东北、西北方向砌筑了青砖楼梯，可以各走一门。

一个地坑院结构如此复杂，确实让人大开眼界，这是只有在人口极为稠密的地方才能催生出的民间智慧。

独立式窑洞

变化多端的洞中天地

独立式窑洞，也就是箍窑，是如今最常见的窑洞形式。这类窑洞成熟于明代，清代最为流行，做法是以砖石平地起拱券，建好结构再在上面覆土或砖石，既保留了窑洞的内部环境，又节约了木材。独立窑洞可以直接在平地上修建，打破地形的限制，相当于一栋栋独立房屋，因而遍布于城市、乡村，还可以组成多层的窑上窑、窑上楼、与木结构混合的厦檐窑洞以及砖木混合的大型窑院。

独立窑洞形式多样，相貌各异，不受地形制约，室内空间变化多端。从材质上可分为石窑、砖窑、土窑、土木混合等形式，从结构上有单层、多层以及土石箍窑等等。独立式窑洞分布范围极广，从最简易的土坯麦草箍窑，到奢华的砖石窑院城堡，从新疆吐鲁番到北京门头沟都有分布，甚至在北京故宫里也有遗存。

麦草箍窑，是用土坯和麦草黄泥浆砌成基墙，再用拱券窑顶，上面填些薄土呈砌双坡面，用麦草泥浆抹光。这种窑洞制作简便，成本极低，但是结构单薄，冬冷夏热，从前分布于甘肃陇东一带贫困区域，如今基本都废弃了。柳芭草泥拱窑洞集中在榆林定边、神木一带，当地用河谷里的红柳枝编成拱形框架，抹上麦草河泥做成窑洞。土基砖拱窑洞是内部先用砖石起拱，上面覆土修建成房屋的样式，这类窑洞今日在晋中地区最常见，大户人家的窗棂和窑脸都非常精致。砖石窑洞是窑洞内部全部用石头填充，通常分布在采石方便的地方，如陕北佳县、吴堡、绥德以及太行山区，石头窑洞结构稳定，数百年屹立不倒，且无须维护。山西临县招贤镇窑户，将烧瓷淘汰下来的匣钵砌筑在窑顶和窑脸上，坚固轻便，别具风情。河北井陉煤矿资源丰富，当地人用烧剩的煤渣掺入石灰，做成“二渣土”，这种材料坚固防水、可塑性强，由此形成了独特的煤渣拱窑洞。

在内部空间上，最初的独立窑洞一般是并列多孔，独立开门，中间互不连通，还保存着靠崖窑洞一窑一户的格局。后来人们把窑洞中间贯通，一明两暗，中间开门作为堂屋，两侧开窗作居室，屋内火炕相连，与木结构房屋的格局相同。山西晋中一带，大户人家在筒拱的基础上发展出十字拱、丁字拱、扶壁拱（半拱）等多种拱券结构，侧面还有拐窑安放灶台和火炕，墙上留出壁橱。这种格局，内部以横拱作为主拱，墙壁少、室内空间很大，通风良好，夏季不返潮，但施工难度大，对于力学计算要求也极为苛刻。

碛口镇的祥记烟草店

2005年初，我们在碛口镇住的地方叫作鑫源客栈。当时从李家山走回来，半路上天就黑了，又逢大年初三，镇上只有这一家开着。老板娘烫着一个大波浪卷，把我们引入东北角一间烧着火炕的屋子。这是个东西走向的窄院子，两面各有三孔明柱厦檐石窑洞，东高西低，随地势走向，南北两面各是两孔带窑上楼的厢窑，老板夫妇住在西面窑洞里。檐下亮着灯，墙上的配电箱旁边模糊写着“突出政治，保障生产”，虽然墙面上都刷了油漆，但能看出这个院子是颇有年头的。

2022年再来碛口，感觉变化很大，街上的石板路重新铺过，临街的门面也大都重建翻新。我们在镇上转了两圈，最终找到了之前那个院子，但坐北朝南的一溜窑洞改造成了崭新的砖瓦房，墙上的配电箱已经拆掉，标语也完全看不清了。时隔十七年，我们还是一眼就认出了老板娘，依然烫着方便面一样的波浪卷儿。后来街上的人和我说，这个大姐从九十年代中期到现在，每年春节都会烫一个一模一样的头，非常好记。

老板娘说，我们当时住的三间平房连同旁边的两孔窑洞，已经在2016年拆掉翻盖，现在改为五间木结构的二层楼房。当时这个院子已经被挂牌为文物保护单位，名字叫“祥记烟草分公司旧址”，翻盖方案经多次审批才通过。建筑材料用的是松木，建筑负责人是镇上知名的木匠陈文成，总共花费六十万，房子改好后，她新婚的儿子和儿媳妇住了进去。我们这次住在南面的窑上房，是老房子，木结构骨架还是原始的，门窗换了，屋里安上了地暖。2020

碛口祥记烟草店

【祥记烟草店的外观】

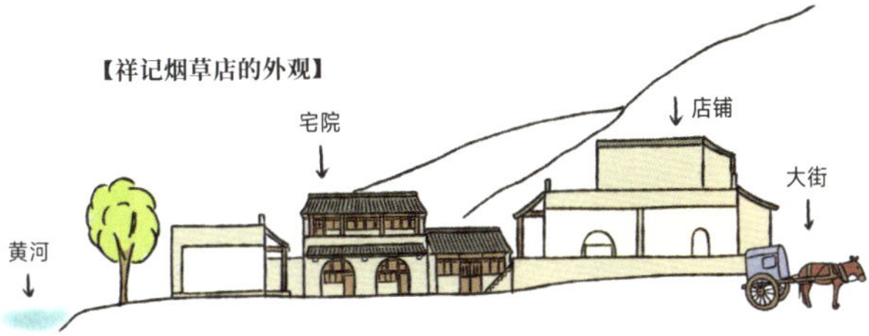

【祥记烟草店前店透视图】

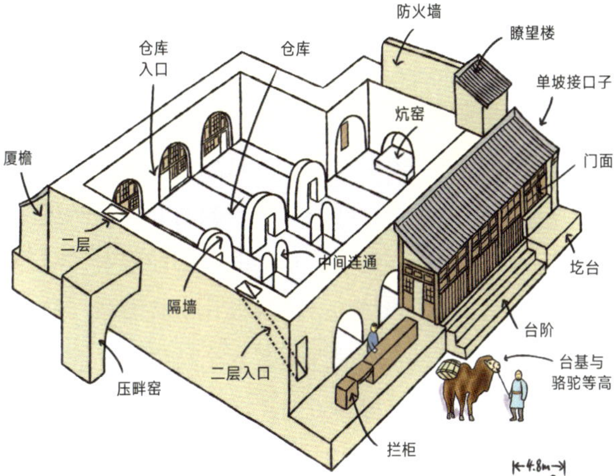

【祥记烟草店平面图】

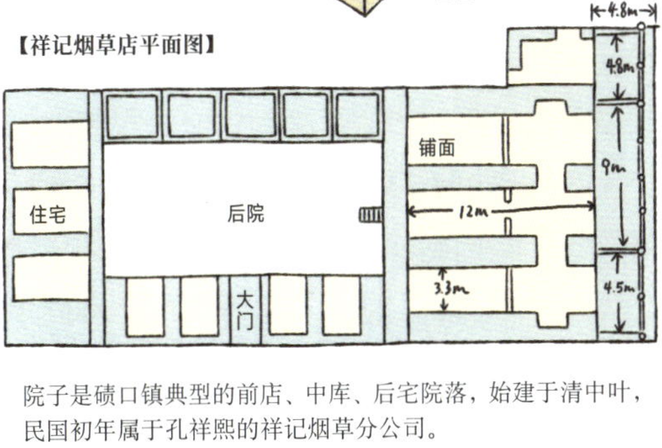

院子是碛口镇典型的前店、中库、后宅院落，始建于清中叶，民国初年属于孔祥熙的祥记烟草分公司。

年，碛口全镇进行了煤改电，这个院子从外面看还是老样子，但内部硬件已经升级。

祥记烟草店是碛口镇典型的前店、中库、后宅院落，最前面临街，是单坡的接口子铺面房，门脸隔成八间，六明两暗，明间安放门板。铺面进深很浅，只有二点八米，原先中间还有木头拦柜，内外各留一米多，这部分空间用来接待顾客。接待区后面是四孔石窑洞，南边三孔建筑年代较早，高度三点六米，深度十二米，后门开在院里，中间横向连通，这部分是店铺的仓库和办公区。侧面的一孔窑洞有独立门窗，里面有砖炕，但不生火，这是过去账房先生的住处，守着这一屋子货物，便于随时清点。最北面的窑洞进深六米，后面也不通到院里，这是后来砌的，因而建筑在东北面缺了一个角。铺面朝向院里的一侧是三孔明柱厦檐，碛口镇的窑洞明柱都非常细，三孔窑洞支了七个柱子，前面圪台高度是一点八二米，因为这里靠近黄河，台阶修高点儿，可以使货物免遭水患。

1925年至1940年间，这个院子属于碛口祥记烟草分公司，股东是孔祥熙。1925年之前的一百多年间，该院几度易手，具体是干啥的，现在镇上已经没人能说得清，不过从建筑细节上还是可以看出端倪。院中东侧窑洞的中间两根明柱上，从一米到一点六米的位置，凝结了一层厚厚的沥青一样的东西，门框上也有斑驳的黑点，这是油料凝固形成的，因而在相当长的一段时期，这座院子是粮油货栈。碛口镇最初的支柱产业是粮、油、毛皮、药材、盐和碱六种，其中又以粮、油两宗规模最大，持续时间最长。清代中叶以后，山西、河北一带人口增长，土地匮乏，而黄河上游的河套地区地广人稀，土地肥沃，依托黄河水运将河套地区的生活物资运到碛口，再用骆驼运到晋中、河北一带贩运，这就是晋商的粮油之路，自清代中叶至1925年京包铁路贯通，持续了近二百年。这间店铺的经营区狭小，仓库巨大，最初主要针对批发商，零售业务不多。

当年运送粮食，用的是长五丈四尺的大木船，一船装四万斤；运油则用木筏子，做法是用许多根细长的木头扎起来，上面铺木板，把油装在羊皮筒里装八分满，剩下的空间吹气扎紧固定好，油轻于水，再加上空气，整架木筏子可以从河套顺流漂到碛口。到站后由搬运工将货物直接装入仓库，木筏子和船就地拆卸卖作木料。吕梁地区植被稀少，木料也能卖出高价，小件的用来打家具、做门窗，筏子上的原木就变成了窑洞檐下的明柱。由于木料细长，需要多用，这座三孔窑洞下面支了七根柱子。院子的南面小巷中有两座石拱，靠近大门的一座上面很宽敞，房东说他小时候上面有座小房子，正对着黄河岸边。卸货时账房先生会坐在里面点数记录，搬运工从码头上扛起装满油的羊皮筒，沿小巷走进院子，上台阶时用沾着油的手在柱子上一抹，进门时在门框上一扶，久而久之就留下来厚厚的油渍。由此还可以推断，中间这孔窑洞里曾砌着一个油池子，运进来的油倒在池子里储存。油最怕明火，所以旁边住人的窑洞也不设火炕。

碛口镇历史上的西粮东运是个大工程。上游借助黄河水运，到碛口改为骆驼队陆运，商贸辐射范围横跨陕、甘、宁、内蒙古、晋、冀多地，具有战略性。虽然名为晋商，但实际上包含了陕西、河北、湖北、天津等各地的商人。到二十世纪二十年代，随着京包铁路的贯通，粮油等大宗货物逐渐转为铁路运输，碛口的服务业开始兴起，店铺增多，规模减小，经济辐射面收缩，镇上出现了糕点铺、烟草店、洋油店、浴池、照相馆、绸布店、瓷器店等服务型行业。祥记烟草店时期，三孔仓库窑洞中间被打上石头隔断，分成了六个部分，只有中间一孔窑洞还能贯通。2010年，石窑洞接下水管子时，工人拿电钻在隔断下面钻了一个窟窿，出来的都是碎石和砂土，与窑洞整体材质不一样。

祥记烟草店主要售卖卷烟，有单刀牌、大婴牌、公鸡牌，当时叫作洋烟。最初这边人都不敢抽，怕和大烟一样上瘾，店里的伙计就趁着赶集时免费分发试抽，几轮操作下来，烟店就立住了脚。之后孔祥熙又在斜对面投资了煤油店和火柴店，煤油店售卖煤油灯，最初伙计给镇上所有的大买卖每家送两盏挂在门前，比普通的灯笼光亮数倍，也打开了销路。据街上老人回忆，这几家店开了十多年，最先倒闭的是煤油店和火柴店。三十年代末的一天晚上，火柴店失火，引着旁边的煤油仓库，大火把木结构建筑烧得精光，虽然石窑洞完好无损，但之后生意就不行了。1939年以后，日本人多次来碛口扫荡，先后抢了八次，大一点的买卖家全都跑到对岸的陕西，然后经陆路逃亡到包头、银川、西宁、兰州，这些地方在历史上都是碛口的上游合作方，大部分人留在了当地。日本投降以后，孔祥熙的三处产业被政府接收，将一部分卖给了房东马世恩的父亲马永华。

马世恩祖上是碛口北面两公里外的寨上村人，从爷爷那一辈开始进行短途瓷器贩卖。招贤镇历来都是瓷器外销，过去只要运出山口，价格就能翻上一倍，因而有“驼瓷本对利，捣烂全赔尽”的说法。因为瓷器金贵，所以很多人家都是人工挑着出去卖。从招贤镇挑到黄河对岸的陕北万户峪，是一条成熟的路线，单程二百里，一担八十斤。马世恩爷爷辈兄弟四人都是干这个的，去程带的主要是妇女缠头用的瓷坠子、酒杯、酒壶、碗碟等细瓷器，回来的时候背带小米。到父亲马永华年轻时候，马家在碛口镇东街租下一间门面成为坐商，完成了商业升级。1952年，马永华用一百六十元买下祥记烟草公司后院的三孔窑洞，一孔西屋最北面，两孔是北屋。

马世恩是躺在炕上，一边做艾灸，一边跟我们聊这些的。他说着，翻身从褥子底下拽出一张地契来，上面写着这个院子的房底：碛口后中市东至圪台底，西至大街，南至路巷，北至房背，石窑两孔，砖窑四孔，房屋六间，门面七间，楼房三间，大门一座。二十世纪六十年代以后，前面的门面改为“碛口木业皮马毛丝手工业合作社”，后院住了五家人，到九十年代末才逐步搬出。马世恩在2001年花六百元买了南边两间马棚，2006年花一万块钱买了南面两层窑上楼，2008年买了西面中间一孔窑洞，至此后院除西南角那孔窑洞之外基本集齐了。然而正当他准备出手前院的石窑洞铺面时，2012年，一个外来的碛口姑爷把前面买走了，同时买下的还有旁边整座院子，临着黄河的一面开了个高端饭馆，街上的院子卖古董，同时还能住宿。马世恩说这家人很有钱，现在自己一时半会儿还买不了，只能静待时机。

从马世恩的爷爷挑挑去万户峪卖瓷器算起，马家前两代人买下了三孔窑洞，马世恩又用二十多年时间基本集齐了后院，时间跨度已经超过一百年。

吴堡老城：一个人的古城

陕北一直都是窑洞建筑核心区域，据1984年统计，榆林十二县、延安十三县，百分之八十的民居都是窑洞。乡下以靠崖窑洞为主，县城里则以独立式窑洞为主，百分之六十五以上的城市人口以窑洞为家。我们在陕北探访的第一站是吴堡老城，这座老县城虽然已废弃，但格局尚存，保留着清晰的演变轨迹。

吴堡县旧城最初叫吴堡水寨，始建于五代北汉时期，扼守在山陕交界的黄河渡口上。到北宋，吴堡寨成为宋夏边境的军事堡垒，战事不断。金正大三年（1226年）在军寨原址设立吴堡县，从此成为商贸城市。吴堡老城地处吴山之巅，三面悬崖、俯视黄河，海拔近八百米，城墙周长一千一百二十五米，城内街道成平面棋盘形，高出地面一百五十米。吴堡附近山上出产一种名为“天才石”的优质石料，软硬适中，生有天然白色花面。当地人就近采石，建起了这座石头城，主街两侧分布着独立窑洞组成的院落。

虽然这些窑洞建筑有早有晚，但外观整齐划一，绝大部分都是一丈高、一丈宽，看不出明显的年代差异。富户家庭的石窑洞多为“一寸三錾”，即每一寸石料都要用錾子凿三次找平，这样做出来的窑洞立面平整精细，坚固耐用。立面下方设有马头石，上方有石雕厦檐等装饰。窑洞内的布局也形成了标准化，当地俗称“尺八的锅台二尺的炕”，似乎保留着宋金时期的军户遗风。

清代中叶以后，陕北地区社会稳定，城里的木结构建筑逐渐增多，除文庙、县衙、关帝庙、城隍庙、文昌宫、魁星阁等公共建筑外，还有一些沿街铺面房，前面是砖瓦接口子，里面是窑洞，类似于碛口镇的商铺格局，只是规模略小。抗战时期，吴堡再次成为战地前沿，日军从黄河对岸的山西方向对吴堡县城持续炮击、轰炸，县政府从老城搬到黄河边上的宋家川渡口，城里的木结构建筑都在大火中烧尽。解放以后，古城降为古城村，木结构的庙宇和衙门没有再恢复，但人们还住在城中。二十世纪九十年代以后，老城里的

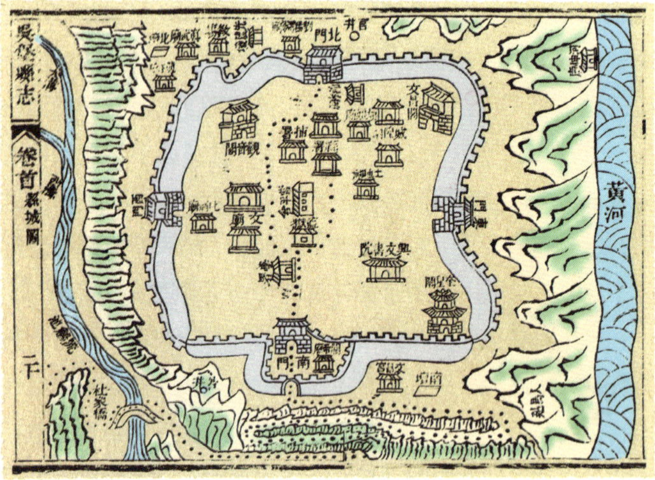

《吴堡县志》里的县城图。吴堡寨原为一座军事堡垒，三面悬崖、俯视黄河。

居民逐步搬出，如今只留下了几户老人。

我们2012年初第一次到访吴堡，是从城南小路爬上去的，二十分钟后抵达南门瓮城，上面的城楼已经被炮火炸毁，只有城台遗世独立。城中空无一人，街道两侧的窑院全都门户洞开，虽然院里长满了酸枣树，但大部分门窗还很齐整，窗棂式样繁多，除了常见的纵横格、亚字格，还有工字格、龟甲纹、卍字纹、金钱纹、海棠格，有一些还保留着完整的窗户纸，能看出搬离时间并不太久。

城中的普通窑院多为横向联排，周围由一米多高的石墙环绕，院落窄小，倒座建有马棚，大门为石券拱门，呈半开放格局，站在院外就能望见屋里；富户宅院则为四合院形制，院落宽阔，四面建窑，大门硬山起脊，私密性强一些，部分宅邸由两进院落组成，一个大院外面套一个简易小院，住着长工下人。陕北窑洞的顶部（垴畔）有时会撒地肤子，当地俗称“秃扫”，这是一种非常耐旱的植物，夏天可以吸收覆土层里多余的水分，保证窑洞湿度适中，秋天就把长高的“秃扫”拔下来，晒干绑成扫帚。

下山的时候，遇见一个背着干柴回家的老爷爷，他热情地和我们打招呼，说现在城里还住了三户人家，刚才我们看到锁着大门、挂牌“石城活动站”的，就是他家。老人叫王像贤，已经八十四岁，双手粗壮，孔武有力，头发大半还是黑的。他从小就生活在城里，解放后在吴堡中学当老师，1989年退休，之后一直在家收集整理古城相关的资料。他说，因为交通和吃水不便等问题，九十年代以后，城里人开始陆续搬离。2000年县里准备做老城开发，在山下批了一块地，城内村剩下的住户都在这时整体迁出，各家盖了新房。王像贤和几户老人没有搬走，他说山上虽然交通不便，但住习惯了也还可以，这里没通自来水，但县衙后面有泉水井，附近山上种了枣树也便于打理。如果遇上游客来访，他还会义务讲解，古城的历史没有人比他更清楚了。

可惜我们当时着急赶路，只是站在城门洞里跟他聊了几分钟。临走时，老人说你们下次来赶在秋天，那时候枣子熟了，来我家好好聊聊。

一晃十年过去，2022年春天，我们重访吴堡。

之前的土路已经扩建为石头路面，可以开车直到南门洞。南门附近设立了古城管理所，平常有人值守，不过城里窑洞的门窗消失了很多，特别是纹样繁复的都被拆走。我们进城后，直奔王像贤家，远远看到大门敞开，老人正坐在当院轮椅上晒太阳，见有人进来，努力点了点头，然后用手敲敲身后的门框。他大女儿从窑洞里走出来，和我们打了招呼。她说父亲今年九十四了，除行动不便，耳朵也完全聋了，无法正常交流，好在她现在退休了，就搬上来照顾父亲。去年古城里接通自来水，外面的路也修好了，城里比以前热闹了一些，不过自来水是从宋家川接上来的，一股咸味，反而不如这里的井水好。

王像贤把自己的研究成果印成了一本薄薄的小册子《吴堡古城春秋》，我们买了一本做参考。老人拿起笔，在扉页上一边签名，一边回头问道："今年是二〇〇几年了？"

之后，我们一边聊天，一边测绘王家的院子。老爷子家的窑院虽然不是最气派的，却是吴堡老城里保存最完整、维护最好的一座，非常有价值。院子坐北朝南，始建于清嘉庆初年，约有二百二十年历史，为一宅东西两院，西面窄，东面宽，中间由月亮门分隔。西面的院子曾经住着王像贤的兄长王谢奉，现在已经人去楼空，院中荒草萋萋。院子东西宽十三点八米，南北长只有四米，为长方形，北面三孔主窑和西面厢窑是石箍的，倒座三间木结构的马棚均已塌毁。王像贤的东院南北进深八米，东西宽十三点五米，北面三孔主窑，南侧三孔小尺度柴窑兼马棚，东面三间单坡顶瓦房已经摇摇欲坠，却是城中比较完整的一座木结构建筑。

王像贤家的主窑为半圆拱形，高和宽都是标准的三点三米，深度七点一米。我们记下数据，大女儿在一旁随口问道："那你算一下体积多少？"我们略一迟疑，她马上说出公式，长方形加半圆面积乘一个深度，经过计算得出六十九立方米。敢情王老师退休前是教数学的，我们之前确实没想到窑洞容积这个点。

独立窑洞不同于靠崖窑，需要提前准备大量砖石建材，因而设计思路都是将室内容积尽量做大，以节省材料和土方。比如在墙壁上留出一个进深零点五米、高一米的拐窑，不仅可以安放灶台，还能少搬运三吨石头。从前这边的老匠人有一个经验，石窑洞内部体积大致等于墙壁和窑顶体积，因此将建筑体积除以二，即可得出需要备料多少。

王老师说，抗战时期，日军曾先后六次进攻吴堡，企图渡黄河进入陕北，八路军和阎锡山的国民党晋军一直在这边抵抗。三孔主窑前面本来有无根厦檐，上面铺着灰瓦，1938年的一天，日军飞机扔下一颗炮弹落在院里，没有爆炸，但是把屋檐砸塌了，后来再修缮时就改成砖砌叠涩，没有屋檐了。"这些都是父亲告诉我的，当时他还只有八九岁。"王老师说，"那时候飞机都比较原始，离得老远就听见嗡嗡的声音，城里人就都跑到山下躲起来。现在叫吴堡石城，其实

王像贤北门上家

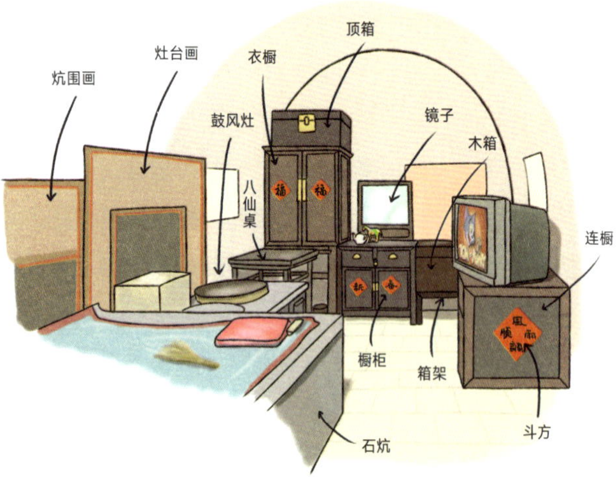

【北门上家主窑内部】

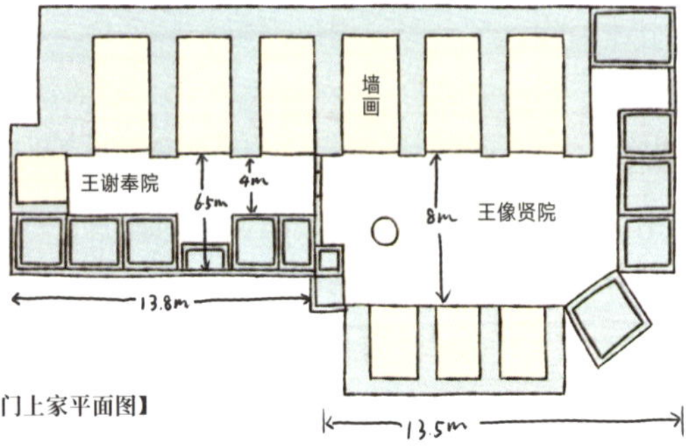

【北门上家平面图】

北门上家建于清嘉庆年间，最初为一宅，后来分成两院，中间由月亮门分隔，每个院各有主窑三孔，保存有清代炕围画和灶台画。

早先城里并不全是石头建筑，南门附近都是砖瓦铺面，几轮轰炸之后木房子被火烧掉，解放后成耕地了。落在院里的炸弹先是被抬走，胆大的村民把它抛在荒石滩上，还是没有炸，再后来就当废铁卖了。”

王像贤窑洞有三个特点，第一是青石地面和鼓风灶，第二是保存完好的清代墙画，第三是全堂的民国老家具。

晋中一带的窑洞一般是生土地面夯实，讲究点的铺上方砖，陕北这边则改用石板，每块宽四十厘米，长八十厘米，上面保留着“天才石”原有的花纹，既美观又防滑，铺法是横竖交错，不拘一格，组合后竟呈现出山水画的意境。屋里的鼓风灶也是用石板做的，宽一米，长一点五米，分两个灶眼、两个火门，台面是两块青石板拼成，一面连着炕，其余三面用石板围起，接缝处石榫拼插，黄泥泥缝，右首一边用整块石头凿出风箱，有电脑主机大小，中间有活动拉杆，伸缩自如，严丝合缝，很见石匠功力。鼓风灶的好处是可以让柴火充分燃烧，烧尽的草木灰从火门铲出，是优质的钾肥。

窑洞从灶台到窗户的一侧墙上，还保留着传统炕围画和灶台画，这是我们在剪纸之外看到的另一种窑洞传统内部装饰。炕围画一般位于火炕靠墙的一圈，这部分墙面因经常摩擦容易脱落起皮，人们就用胶水调上白黏土做底，勾绘吉祥图案，画好后漆上桐油，既保护了墙面，又不会弄脏被褥。灶台画位于灶台上方，也是为便于清理油污，相当于现在厨房贴的瓷砖。炕围画与窑洞同龄，由黑、白、红三色组成，画面由上至下分为三个部分，最上面的画框叫作边道，画着九朵相连的牡丹，花瓣外侧用红色勾线，枝叶互相缠绕，象征着富贵吉祥；边道下面叫画空，最上面由如意纹分割，中间画着一排六个工笔果盘图案，底下由一个四足的架子拖着，果盘边缘有细致的回形纹，每个盘里装着一个西瓜、一串葡萄、一个剥开的石榴，象征多子多福，线条粗细匀称，是清代中期风格；最下面挨着炕的一部分叫作画底，这个区域每天来回蹭，因而涂成黑色，不作画，便于打理。灶台画的图案与炕围画相同，略高一些，画底紧靠着灶台。这组墙画面积约有五平方米，现在表面为深褐色，但桐油下面的线条完整清晰。老城里还有两三处墙画遗迹，都因房屋长期空置而损毁，保留完好的仅此一处。

西面窑洞里保留着一堂民国年间的老式家具，有顶箱、木箱、箱架、衣橱、大连橱、炕桌、镜子、灶柜和八仙桌，都是老榆木黑漆，家具拉手镶嵌的黄铜闪闪发亮，柜门上贴着红色斗方，上书“福”字和“风调雨顺”。王老师说这堂家具有九十多年历史，应该是她爷爷奶奶结婚时候置办的，现在除八仙桌有点晃悠之外，也都基本完好，而且擦得干干净净。窑洞一进门火炕对面，有两个铁管焊成的沙发，中间摆一个茶几，这是父亲七十年代自己做的，也是屋里最新的一件家具了。

王像贤家几代人都颇有文化，祖上王永清是同治年间贡生，曾担任华阴、高陵县教谕，掌文庙祭祀、教育所属生员，类似于县中学校长。王永清兄弟五人，在城里分住四个大院，这里邻近北门，故俗称“北门上家”。虽然家境不错，但王家几代依然勤俭持家，清道光《吴堡县志》上概括当地民情为“黜纷华而崇俭朴，鲜服贾而多务农”，说得很到位。王像贤的“北门上家”，是吴堡四座王氏宅院中软装保存最好的一处，而这也要得益于一点运气，当年落在门口那颗炸弹要是响了，也就全烧光了。

“现在我就考虑等我父亲去世以后，这个院子怎么处理。”王老师有点担忧地说，“之前我想把这个院子捐给县里，毕竟老父亲在这里收集了很多资料。如果能改成个小展馆让人参观参观，也不枉费心血。结果县里不要，说没人管这方面的事儿，让我们自行处理。我们现在岁数也大了，没有这个精力，只能把门一锁搬到山下。只要没人清理，这里就和其他院子一样，还给大自然了。想想挺可惜，但也没有办法，只能走一步看一步了。”

谈话间，王像贤老人一直笑呵呵看着我们。想来，耳背也并非没有好处。

吴堡王氏宅院

吴堡北大街东侧，是王永清的弟弟王久清窑院，村里俗称地主院，王老师推荐我们去看看。地主院的最后住户王艳萍是她闺蜜，现在已经搬到兰州去了。

这座窑院占地广阔，东西长二十二点八米，南北宽二十一米，平面接近正方形，院子地面铺了两层石板，缝隙里依然钻出了一人多高的枣树。窑洞门窗图案多达六种，窗棂花纹精致，光线极好，加之山顶也不返潮，居住非常舒适。院里主窑五孔坐东朝西，为无根厦檐，现在上面的屋檐已经塌毁，探出的石梁长度零点七五米。窑院大门位于西南侧，硬山起脊，两侧有砖雕四足鼎，额枋上可见补间斗栱和外檐斗栱，大门中柱上有蓝底金字“福海寿山”，在城里算是很气派了。主窑进深八点二米，北面第二孔里有灶台画痕迹，形制与王像贤家的相同，但已经严重风化。院子北面四孔厢窑，进深七点八米，北角一孔暗窑是楼梯，可以由此上房顶，中间窑洞炕围子上糊着一排剧照画，上面落满了黄土，尚能分辨出的有《红楼梦》《便衣警察》《庐山恋》以及骑着摩托车的黎明，最新的一张挂历日期是1992年。

南面也是四孔窑洞，窑脸上都只留着一个小门，自西向东分别为磨坊、厨房和粮仓，进深五米。东南角的窑洞进深七点一米，不单独开门，前面有一口深井，内部横向与粮仓相通，这是遇战乱时躲避用的，守着粮食就能不挨饿。西面是四孔倒座窑牲口窑，进深四点二米，当年养了骡马牛驴四种动物。厕所紧挨着街门，这种布局方便牲口进出和肥料搬运。窑院西墙外还有个小院，主窑三间坐北朝南，旁边有一座柴窑，院墙高一点五米，是下人的居所。

王久清窑院的建筑年代晚于“北门上家”，弟弟一家不专注读书做官，而是以买地种田为主，兼做一些商业活动，过去在吴堡当地就算财主了。1947年土改时，院子的一半分给了回乡养病的神木红军独立师政治部主任王国昌。解放后两家都搬走了，院子主窑作为村生产大队办公室，北厢窑住了王国昌的弟弟王国喜一家。他的孙女王艳萍于2000年搬走，之后院子就空了下来。

王氏四宅院中最大也是历史最悠久的一座，位于古城东门旁，属于王姓五兄弟中的王仲清，当地俗称“东街家”。我们2012年曾经进来过，当时院子已经荒芜，西北角有个石头砌的狗窝，里面长出棵树，可见废弃很久了。主窑前面有宽阔的台基，高约半米，中间设有台阶，早先台上有明柱厦檐走廊，现在四面屋檐全无，厢窑的石梁探出来，上面有云纹雕刻。院子门外西侧还有三孔窑洞以及房屋遗迹，这个位置曾有个前院，西侧窑洞供长工、短工居住，东侧有牛棚、马圈、石碾、石磨，街门坐北朝南硬山起脊。1947年，前院落下炮弹，炸毁大门，烧掉了后院的檐廊，之后主人经过简单修补将就着住，所以没看出什么太出奇的，觉得与周围院子差不多，就是大一点儿。然而2022年我们再来，发现院子已经按照王像贤的记述恢复原貌，整整齐齐，有“豪宅”的样子了。

东街老宅建于明代初年，最初的主人叫王思，是吴堡王氏做官最大的一位，洪武初年他以国子监监生出任嘉兴府同知，后因学问渊博、政绩优异，升任四川布政司右参政，

吴堡王家老宅

【吴堡东街老宅外观】

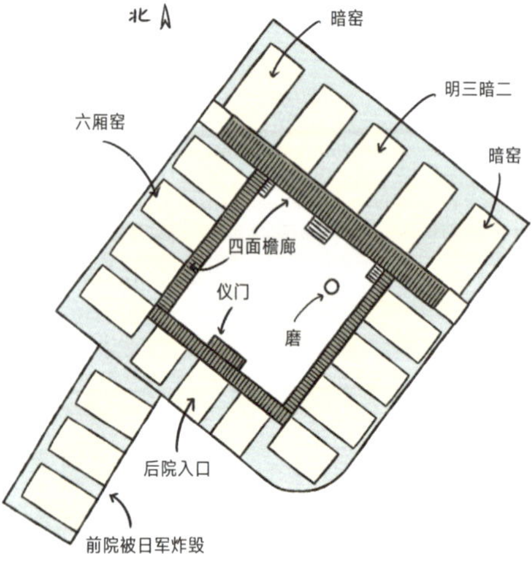

【吴堡东街老宅平面图】

吴堡东街老宅始建于明洪武年间，为明三暗二六厢窑，是现在吴堡老城里最大的一处古民居。

告老还乡后修建了这座窑院。这支王姓家族后来逐渐没落，院子几度易手，被王仲清一家买下，第一次国内革命战争时期，这里曾是中共吴堡县委所在地，是吴堡党和红军开展各种活动的策源地。老宅建在东门里的斜坡上，南北两进，门前的道路西高东低，东面上坡通向城中心。在明代，吴堡东门可以通行，门外有石板路下到黄河边，非常方便，清代以后道路损毁，这个门也用巨石堵住了。院子西厢窑顶与主干道持平，因而站在上面看，形似地坑院。这排坐西朝东的窑洞最初都是靠崖挖出来的，后期经过改建。现在后院西厢第三孔曾有暗道通往后院外树林里，大门外第一孔窑也是靠崖窑，当地俗称“将军窑”。前院的正门和东侧马棚没有恢复，现在是个小空场，只留着西面窑洞。

二进院子是陕北地区标准的“明三暗二六厢窑”，即主窑坐北朝南五孔，明柱厦檐，下面有一点二米高的台基，两侧各有一孔被厢房遮挡，称为暗窑，东西两侧各有三孔厢窑，倒座五孔窑洞，中间一孔是院门，两侧各两孔。院门有两道，前面的位于通道正中，后面的位于院中做成影壁形式，从左右进出。院子从街门至主窑分为三个阶梯，逐层抬升，一方面利于排水，一方面也有“步步高升”的寓意。西厢窑洞顶上临近主路，因而用石墙圈起院落，里面曾建有三间瓦房，房前有碾子，这块地方用来晾晒粮食。

“明三暗二六厢窑”，是陕北地区大型窑院的准入门槛，一般分布于土地稀缺的城市繁华地段，如绥德、米脂、榆林、延安等地，多为富户人家建房的样板，而吴堡城内能达到这个标准的，仅此一家。

米脂窑洞古城

告别吴堡老城，我们来在八十公里外的米脂县。

两县虽同属陕北地区，但旧时却有天壤之别。米脂县自古以来就是陕北的富庶之地，这里位于无定河中游，土地肥沃，商贸发达，因“沃壤宜粟，米汁淅之如脂”而得名。米脂县城始建于北宋初年，最初叫米脂寨，盘踞在山顶上，可以俯瞰无定河，元初设立米脂县，明洪武六年（1373年）修建上城城墙。此处位于今马号圪台和城隍庙湾一带，与吴堡老城类似，面积狭窄，上下不便，还保留着一座观澜门。到明代中叶，人们开始向山下会聚，历经正德、嘉靖年间蒙古鞑靼人的多次掳掠之后，当地百姓呼吁增筑城池。明嘉靖二十五年（1546年），知县丁让在观澜门南侧至银河之前的台地上修建了下城。万历元年（1573年），知县张仁覆将上下城联为一体，城墙从流金河、饮马河畔盘蜒到凤凰岭上，周长二点五公里。四周建三座城门，东为迎旭门，南为化中门，北为柔远门。城北为凤凰岭，南对文屏山，银河、饮马河沿南北绕城流过后汇入西面无定河，形成山环水抱的格局。清末至民国年间，米脂人口再次增长，居民商铺从南

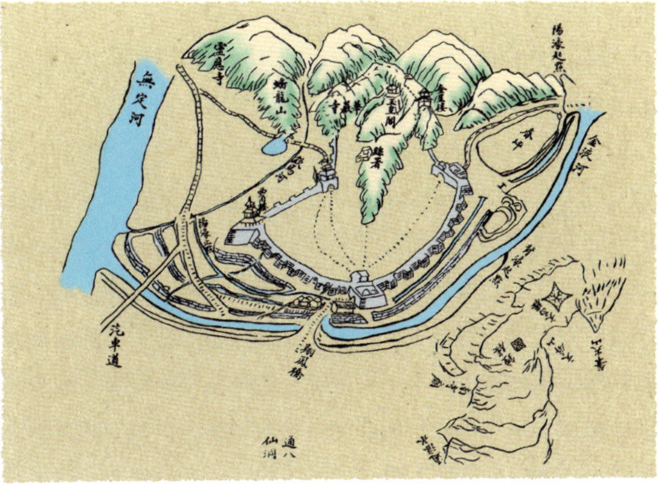

米脂县四郊山脉水道侧视图。米脂寨原坐落于山顶上，后慢慢向山下蔓延。

门外蔓延到银河南岸。1935年至1937年，由县长楼铿声主持兴工，增筑了民国新城，成为陕北地区最早开辟新区的城市。新城垣东段靠文屏山麓，北段沿银河畔，西段面临无定河，南段对小石砭。城墙周长一点五公里，面积约零点二平方公里，至此，米脂古城格局基本形成。

米脂老城在近代虽经多次改建，依然是全国现存最完整的窑洞古城，古城以东、西、北三条大街为主干道，儒学巷、石坡和寺口巷等十三条小巷分布于大街两侧。这些街巷最初是沿山势与河道自然形成的，蜿蜒曲折，时宽时窄，略有起伏，两侧的大门和院墙高矮错落，穿行在老街上，人们的视线中心（建筑学上称为“灭点”）总是在不断变化，达到了移步换景的效果。据前些年统计，城里保留下来的明、清至民国年间的窑院二百个左右，这些院子建立之初都是方方正正的格局，面积广阔，中心对称，前堂后寝，以前后两到三进为多，中间由垂花门隔开，地势逐渐升高。主窑大都为坐北朝南的联排单数形制，以三、五、七为多，宽度与院子宽度相等，两侧建有三孔厢窑，形成“明三暗四”或“明五暗四”形制。当地人介绍说，陕北窑洞的模板就形成于米脂县城，虽然找不到史料佐证，但这种窑院模板必然最先出现于城市，暗窑采光不如明窑，是人们在相对狭窄的空间中尽量扩大居住面积的产物。

明清两代，米脂县比较富庶，县里有高、杜、常、冯、艾等几个大家族，或官或绅，亦农亦商。这些家族的院子布局巧妙，工艺精湛，装饰考究，每个院落都有照壁、抱鼓石、月亮门、垂花门以及木结构的过厅等。随着几百年间的家族兴衰，一些院子也多次易手，或破产变卖，或后代分家，或土改充公，或舍宅建庙。每次转手，院子格局都会发生改变，东边多一块、西边少一块，大院切成小院，重新修个大门，中间起一堵墙，乃至两院共用一个大门的比比皆是。原本越靠近城中心的大宅子，流动性越快，院子越分越小，反而靠近东门城根和山顶上城一带地价便宜的区域，保留了一些格局完整的院子。

我们两次到访米脂县，第一次是 2013 年冬天，第二次是

2022 年春天，十年间老城变化不大，还是坑坑洼洼的民国石板路面。不过第一次住过的米脂宾馆已经拆了，那个宾馆在新城区车站附近，是几溜联排砖窑洞，前后院由月亮门分隔，无根厦檐的承重大梁是钢筋混凝土做成的，窗棂花纹也非常漂亮。2013 年时，每孔窑洞都是个标间，里面配备了无线宽带和电脑，一晚八十块钱，然而这次再来已经拆了。古城管理中心的导游李莉和我们说，“米脂窑洞古城”这个名称是西安美院一位教授 2004 年提出来的，他们当时考察了陕北各县，发现米脂的窑洞院落规模最大，建筑最精良，保存最完整，堪称城市窑洞的代表。由于城市街巷的纵深是固定的，主窑宽度就等同于院落宽度，主窑数量决定了院子大小，即使同时还建有木结构的房屋和大门，窑洞仍是院落核心。

2009年，米脂县制定《米脂县窑洞古城保护管理暂行办法》，老城区几条街道不再大拆大建，先原样保留着。之后管理中心编写《米脂窑洞古城导游词》，培训了一批导游，主要接待上级领导、专家、企业家等等，简单来说就是通过宣传来争取修缮资金，几年来靠这个办法陆续修复了地藏庵、复盛昌、高将军宅院等处，但对于二百多个院子来说，还是太少了。现在老城里百分之九十的居民都不是原住户，城里有一所小学、一所中学和一个幼儿园，村里孩子来县城上学，家长租了房子陪读，老城虽然生活条件差一些，但房租便宜，离学校又近，成为普通家庭的首选。管理所的导游词里详细介绍的窑院有二十几处，大都考证出了户主的家族背景、院落的原始格局和建筑特色，看得出是下了很大功夫的，不过大多数访客转悠两三处之后就兴味索然了，没有修缮改造过的院子确实像贫民窟一样。李莉把这些资料转给我，又向我推荐了东街和北街上的几处院子，都是很有代表性的。

支离破碎的高家老院

说起米脂县望族，当地有“明艾、清高、民国杜”的俗语，其中最大的高姓占了县城人口的一半，最古老的一支称为“老高”，宋代就在这里了。北街靠近城门一带是“东高”一支的聚居地，现在高姓后代的宅院占了大半条街，最古老的北街51号院子位于柔远门旁边，始建于明代早期，是东高氏的祖宅。元代末年，天下大乱，时有城北高家山的高庆与城东贺家寨的贺洪联手招兵买马、聚众起义，两支部队击败了元将伯颜帖木儿，占据陕北数年之久。明朝建立后，高庆用计杀了不愿投降明朝的贺洪，于洪武九年（1376年）归顺明廷。朱元璋封高庆为昭武将军，世袭卫指挥使，为正三品武官，其子高惟敎赐为七品总旗，这一支高姓搬到米脂城东建宅，成为东高氏（万丰里高氏）始祖，他的兄长是西高氏始祖。

明代前期，米脂下城还没有修建，高家的宅邸占地广阔，最初是庄园的形式，到明嘉靖年间修建下城城垣，宅子被包进城里，成为北街起首第一家。现在的北街 51 号、49 号、47 号、45 号，最初都是高家宅邸，前后三进，左右相连，后代分家之后，各自修了街门，变成几个独立院落。51 号院原为前后两进，大门位于西侧，为硬山式广亮门，正脊雕花，五脊六兽，灰瓦屋面，铃铛排山，门前有石雕抱鼓石一对，从磨损程度来看，当是清朝制作。大门里面正对着头进院西厢房的山墙，刻有一座精美的随墙影壁，从上至下是山花云纹，砖雕上檐、斗栱、竹节边框，下面是须弥座，中心是土地神龛。西厢房后面的巷道连接起前后两个独立院落，一边建有露天旱厕，围墙只有半人多高，现在还在使用。

前院方砖墁地，面积七百四十六平方米，为“明三暗二两厢房一倒座”的布局，由正窑五孔、厢房各三间、倒座房五间组成。主窑五孔砖窑始建于明成化年间，前面台基高约半米，三蹬台阶已经磨成了圆弧。主窑前面原有明柱厦檐，与左右厢房、倒座厅檐下的前廊连接，后厦檐塌毁，改为砖砌叠涩，拦马墙是金钱图案，也是后来改建的。两厢房面阔三间，倒座厅为砖木结构，五架梁带前廊，三明两暗，面阔十二点九米，檐柱高三米，硬山式尖山顶，雕花脊，筒瓦屋面，六扇隔扇，长方格棂窗，厅内正中上悬“树德务滋”木匾一块，这里原本是主人的会客厅。主人家在明代一直世袭高官，交际应酬较多，窑洞面积狭窄，人多了坐不开，所以需要在倒座位置修建厅堂。我们在古城里很多院子都看到了类似的倒座厅，建筑气派豪华，一来满足实际需要，二来还可以炫耀家底儿。

倒座厅现已经过落架大修，顶上的筒瓦和椽子都新换了，梁柱依然沿用原来的木料，整体看来尚可，但新换的四个柱础石却令人大跌眼镜，裙袱图案是用电锯切割出的图案，如同儿戏。主窑门窗除中间两孔外，都已更换成新式的，中间三孔和西厢房租给了房客，台基上摆着洗衣机，院里晾着衣服，几间屋子门都敞着，喊了几声也没人答应，应该是去学校接孩子了。东高家一族虽然早在明初就有世袭官位，但明朝大部分时期，米脂县都处于北方边境，战乱时有发生，加之明代武官地位不高，因而直到清代才在科举上发力。这个院子到十四世高允随的手里，先后出过贡生三名，监生两名，都走入了官场。

51号隔壁的49号俗称“旗杆院”，曾经是老宅的东北部分，保留着两个并排的完整院落。院子的巷道位于西侧，两个院子都是“一明两暗两厢房”格局。高氏老宅中心的47号院子在康熙年间分出，设立了高公祠，祭祀的是康熙年间榆林兵备道副使高光祉。院子全是砖木结构，中间三间正房过厅，一明两暗，南北通透，两侧三间厢房，倒座过厅三间，最初中间开有大门，在明代应是整座高氏老宅的正门，现在已经封死。高光祉是河北宁晋县人，与米脂高姓并无血缘关系，但古人好攀亲，讲究同姓是一家，于是舍宅建祠。同治七年（1868年）再次修缮后，改称“循良祠”，用来祭祀对米脂有贡献的人物。民国年间，高公祠先后设过米脂义学、米脂县教育局，解放后又作为青少年活动站，一直用作公共机构。

对高家老宅的测量，我们断断续续用了三天。院子被分隔得零零碎碎，每个小院各自独立，有的上了锁，需要等主人回来，还有些久已无人，我们最后爬上房顶，才大致弄清了格局。建筑破损，管线老化，产权混乱，私搭乱建，这几乎是世上所有老城区的通病，维护更新的成本远远大于推平重建，可是作为遗产，它又是不可再生的，因而扩大宣传，争取资金逐步修缮，这个办法虽然见效慢点儿，却也是一种可行的模式。

米脂东街冯家大院

东街32号院，当地称为冯家大院，建于清代同治年间，原主人是神木县教谕冯树勋，妻子是米脂望族艾姓之女。艾家老宅就在隔壁34号院，后来舍宅建庙成为地藏庵。同治年陕甘回乱时，冯树勋率领民团奋力抵抗，最后以身殉国，妻子艾氏带领女儿、儿媳、孙男、孙女投井而死。长子冯云城遵父命逃出神木，将亲人归葬，被追赠为国子监助教衔世袭云骑尉，其次子冯炳蔚，钦加五品衔。

冯家大院在二十世纪八十年代被测量过，平面图收录在

米脂东街冯家大院

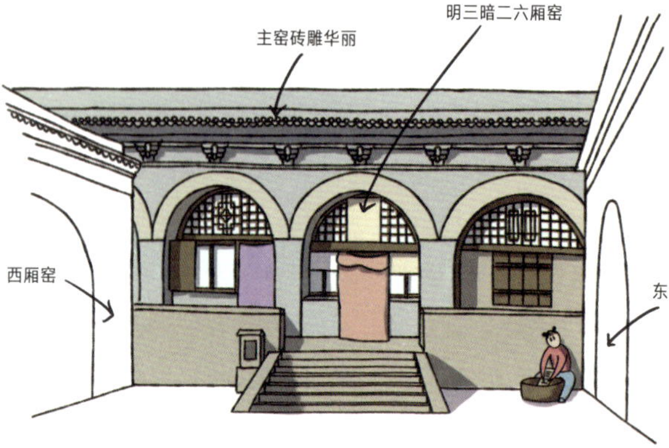

【冯家大院外观】

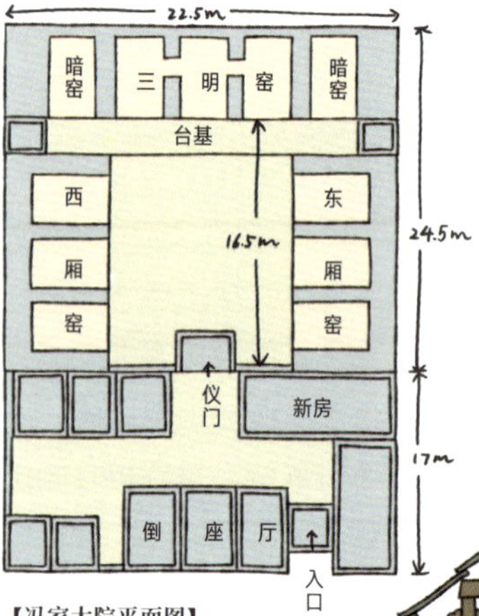

米脂东街32号，俗称冯家大院，建于清同治年间，前后两进院落，前院为木结构房屋，后院明三暗二六厢窑。

【冯家大院平面图】

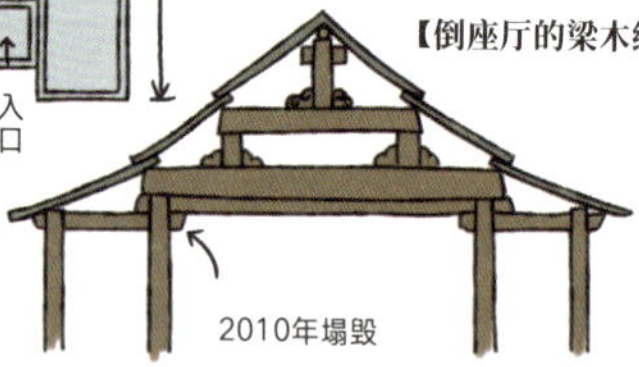

【倒座厅的梁木结构】

1989年出版的《窑洞民居》中，但前院误差较大，随图还附有一张主窑照片，现在对照来看，唯一的改变是院里的树长大了些。东街32号院由于建筑年代较晚，所以比较规整，院落呈长方形，坐北朝南，宽二十二点五米，前院进深十七米，后院进深二十四点五米，大门位于东南角，为青龙位，厕所在西南角，为白虎位。前院全部是木结构房屋，三间倒座厅为会客室，现已塌毁，倒塌的木料保留在原地未动，下面已经种上了菜。前院原本左右各有三间坐北朝南的单坡瓦房，中间是通往后院的卷棚木质仪门，两侧无厢房，现在东边瓦房改为二层小楼，西面的还完整保留，上面的檐角塌了一部分，不过还有人住着。

冯家后院是标准的“明三暗二六厢窑”，主窑高度为三点七米，合旧尺一点一五丈，宽度三点四七米，进深七点九米。最初五孔主窑开三个门，最西面一孔暗窑开门，中间主窑和最东面一孔开门，其余两孔内部连通，窗前设有火炕，现在西面第二孔单独开了门，是为了方便出租。窑洞门窗都是两套，里面是固定花窗，外面是可以开启的木板，有两孔窑洞保留着原样。

主窑的砖雕非常漂亮，是我们在米脂民居中见到的最好一处，自上而下为花草纹正脊、猫头筒瓦、如意滴水、双层仿木椽子、仿木斗栱，多达七层。这种精细繁复的装饰在清朝中后期才流行起来，一是因为技术有所提高，二来代表了市民阶层喜好热闹的审美取向。明代的建筑一般都比较简洁，更加注重整体感。后院两侧厢窑各有三孔，最初是中间开门，内部贯通，两侧是窗户，现在已各自开门，中间砌死，分成若干家。厢房窑的立面与主窑相同，只不过尺度缩小，装饰降低了一些，形成主次之别。

过去，一般主窑两侧住着家中长辈，东厢窑住长子，西厢窑住次子，下人住外院。土改时期，房东一般会留下主窑一侧的房屋自住，剩下的充公，风评好的地主与大家和和气气，聚族而居，风评不好的也会被赶到外院，里面全部充公。当年冯家人大多外出做官经商，后人冯之鉴早年曾在天津当过账房先生，土改时回到老家，是当地有名的书法家，住在街对面的33号院。

我们在院里聊天时，一位骑着摩托车的郝先生从外面冲进来，说他家是这个院最老的住户，解放后分到了两孔窑洞，现在为孩子上学方便，一直没搬走，其他人都是租房客。我从手机里翻出《窑洞民居》中的照片给他看，他说自己当时应该就在右边窗户后的炕上躺着，年仅一岁。郝先生说："前院那个倒座房本来是三间大厅，可能土改以后就是老房东的住处，但八十年代后就改为堆放杂物的地方，里面没人住，屋檐都破了。大人说屋里曾放过几口死人棺材，所以我们小时候都害怕，绕着走，现在想想，可能也是大人编出来的，为了让孩子少接近那个不太安全的房子。终于在2010年夏天，一个暴雨之夜，那个房子轰地一下塌了，当时大家还以为地震了，跑出去看。后来县里来了人，说不让动，就先这么留着，于是遗址又留了十多年，也不知道啥时候能修上，或者能清走。”

我们临走时，随手量了一下倒塌的过厅遗址。这是个六架梁抬梁式结构，进深方向有四根柱子支撑，主房梁直径粗大，木料结实，下面还有一根同样粗细的随梁枋，而金柱非常细弱，材质也不一样，估计是后来换的，这种头重脚轻的结构也难怪会塌。现在米脂老城里大部分木结构建筑已塌毁，勉强能站着的也摇摇晃晃。老人说这与本地木料的材质有关，另外木匠技术也有问题，陕北这边石匠最有名，木匠瓦匠都居其次，既然院子以窑洞为主，木构房屋也就不太讲究了。

米脂东街杜家大院

米脂老城里现存窑洞数量最多的一处民居，是东大街50号院。院子全部由窑洞组成，没有木构房屋，原主人姓杜，发迹于民国年间。窑院最初分为前后两进，前院是六厢窑、五倒座窑，后院是明五暗四六厢窑，现在中间的二道门塌毁，形成了一个纵深极大的长方形院落，共有二十三孔窑洞和一座门道。

五孔倒座窑原本是临街铺面，大门正对街道，院里后墙仅开窗，中间一孔是大门。这个院子的坡度很大，主窑高出街面近两米，进入院中，圆形的拱门起到了取景框的作用，随着视野一步步抬升，最先映入眼帘的是门后的影壁、台基上的主窑，之后依次是前院厢窑、后院厢窑，最后是凤凰岭主峰。我们又站在主窑前向南看，南面左右各有文屏山两座山峰，形成青龙、白虎守门，山前有银河流过，为朱雀，后面凤凰山为玄武。院子前有照，后有靠，四灵俱全，而且全是天然地形。院中为三个台地，前院是第一层，后院是第二层，主窑前是第三层，步步高升，站在当院，举目青山，有种压倒性的气势，料想当初选址必然颇费心思。

院中主窑的明五暗二格局与别处稍有不同，其中五孔是坐北朝南的，边上两孔朝向院中，进深很浅。窑洞上檐筒瓦滴水，做法简洁，现在都有人居住。正逢晚饭当口，当院街坊们一边抱着碗吃饭，一边和我们闲聊。住在西厢窑里的老住户李锦玉大爷走过来，问我们是不是来赁房的，得知来意后有了如下对话。

“我是这个院子里的老住户，别家都是赁房的，有打工的，有陪娃娃上学的，这两天我家房客刚搬走，搬到上面（新城区）去了。”

“您家这个院子是什么年代建的？”

“院子是明朝末年的，有三百多年了，早先这个院子选的是最好的地段，你看门口对着街道，前后都是山。民国时候的主人姓杜，东街杜家，他家也是后来买的，现在老房东不在家，住到上面去了。”

“您家啥时候搬来的？”

“住了有六十多年了，六十年代分房时杜家自己留了一部分，其余的上交了，分给了七家。我家是三孔，现在自己住着一孔，旁边两孔出租，来，来，进来参观一下。”

“这个是并列的套间，还有家具？”

“这个是一明一暗，外面这间可以做饭，厨房加客厅，里面是卧房，有炕，这儿还有家具，这几个木箱可以放衣服。”

“可以拎包入住了，您这个租多少钱啊？”

“两孔窑洞，一年四千八，一个月四百块钱。先前这就是城里最好的房子了，大门窗，采光好，坐东朝西，通上下水，现在落后了，主要是没有厕所，厕所在外头。”

“那洗澡呢？可以改造一个独立卫浴，也没多少钱。”

“这边洗澡只能去街上浴池，有的人家装了热水器，现在都是乡下来赁房的，村里没学校，赁房陪娃娃念书，每年住几个月。要求高的直接在上面赁单元房了，下面条件差一些，但是便宜，来这边看房的也没有太多要求。”

“针对的客户需求不一样，是不是改造完了也租不到新楼的价格？”

“对呀，他就觉得这边是落后的，便宜的，怎么改造也不如上面新城！”

以前都是最好的房子，现在落后了。李大爷这话琢磨起来还挺有意思，不过我依然觉得改造后的窑洞住着比楼房舒服，就像我们第一次住过的米脂窑洞宾馆以及曲村地坑院，关键还是在于设计理念和资金投入。

绥德老城两座传统窑院

我们在陕北城市寻访窑洞的最后一站，是绥德县。

绥德素有“天下名州”之称，是陕北文化的发祥地之一。这里位于古代农耕与游牧民族联系的要道上，战争时是边塞重镇，和平时又是商贸名城。绥德县城始建于北宋熙宁二年（1069年），最初是绥德军驻地，金、元、明、清历代皆为绥德州治。现在的城池形成于明洪武初年，跨山环水，面积广阔，大城周长八里二百八十步，开设四座城门，各门上有城楼、外有瓮城。南门外建有罗城，周长六里三十步，也建有门四座。

绥德老城内的窑洞建筑与吴堡、米脂相比，又有很大的不同。老城内有疏属山、嵯峨山，两山并立，城外有大理河、无定河二水环流，由于整座城市都位于两山之间，地形起伏，因而保留着很多靠崖式窑院。山上的主要道路呈螺旋形，宽约六米，能勉强通车，次要巷道从主路两侧延伸，坡度陡峭，只能步行。两山之间的平地区域道路相对规整，现在已改造为繁华的商业区，仅在南关中间地带还保留着几处院落，前面是临街铺面，院中大都为砖瓦房屋。从古至今，

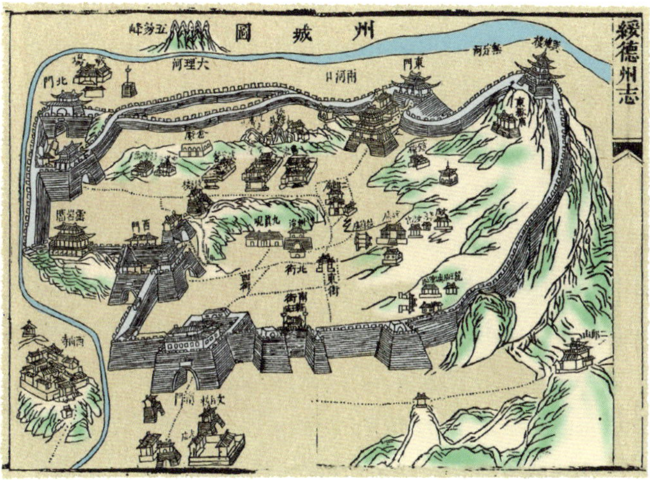

《绥德州志》里的州城图。最初是绥德军驻地，现在的城池形成于明洪武初年，跨山环水，面积广阔。

绥德县的人口密度都远远大于米脂和吴堡，现在绥德人口二十五万五千，米脂十四万一千，吴堡则是五万三千人。

古城内现存最大的一处窑院是翰林院，俗称“围窑洞”，始建于清乾隆初年，共有七十四孔窑洞，五个门洞，占地面积五千多平方米。院子原主人是张璨，康熙五十七年（1718）中进士，先后授翰林院庶吉士、乾隆年间湖南布政使，其子张秉愚也是进士出身，历任翰林编修、兵科给事中、内阁侍读学士等职位。围窑洞，顾名思义就是四面合围，一个大圈里面套两个小圈，布局类似白道峪的贺家大院九十九间半。但贺家大院是两层，建在山地上，远离城市，围窑洞则是单层且位于城中心，若非“一门两进士”这种既富且贵的官宦之家，是无法置下如此巨大产业的。

围窑洞南面，是十五孔联排倒座窑，开西、中、东三个门洞，以东门为上，两厢是对称的十六孔窑洞。院子靠北是两座内宅院落，格局相同，都是坐北朝南的五孔主窑，两边各有三孔厢窑，倒座五孔中间的通道是内宅门，东面的院子叫上围窑，是主人日常居住的地方，西面的叫下围窑，用来招待客人。外院是仆人住处，设有厨房、碾坊、磨坊、仓库等。东门与东院主窑位于一个轴线上，主人日常出入都走这个门，西门和中门位于西院两侧，供下人出入。

据说围窑洞初建时，前半部分还有若干独立院落，中间由巷道相连，整座建筑宅子平面呈双“喜”字。宅子隔壁的花墙院是张秉愚为父亲张璨建立的祠堂，是个“三进三升”的窄窑院，前后三进，中间由仪门分隔，三个院子随地势逐级抬升，取“步步登高”之意。

虽然设计如此精良，张家的富贵却也只持续了三代人，到后代张之权时，家境败落，生活艰难，靠出卖祖宅为生，他先后将这片宅院卖给了安、李、贺、梁、黄、霍、陆等姓人家。清代末年，前院的木结构房屋塌毁，买家各自圈地，新建了窑洞二十二孔。二十世纪九十年代以后，全院住了四十户人家，二百多人，其中张璨的后代有四户，窑洞八孔。

进士巷8号窑院建于清代，属于当地望族高氏，高家清代中期以后才逐步发迹，因而高家的聚居区域位于更上面一层台地上，比张家靠近山顶。8号院是一座靠崖窑洞院落，位于疏属山顶部的山湾里，是绥德窑院的另一种代表形态。

此处山湾近似L形，分为前后两院，后院是主人居所，入口为砖砌月亮门，当中坐东北朝西南五孔主窑，两侧各有三孔厢窑，挨着主窑的两孔各自后退了一点五米，这是为扩展窑面、凑足主窑的数量，因而后院平面内大外小，有了空间变化。因为都是靠崖挖出来的，所以全是明窑，不存在遮挡问题，十一孔窑洞上面全都设置了无根厦檐围成的走廊，前面有宽阔的台基，非常气派。

前院向右拐了约十五度，是正南正北走向，东侧是六孔靠崖厢窑，西侧从前建有砖木结构的碾坊、磨坊、牲口棚。院子内外也分为三层，前院、后院和主窑台基逐步上升，这种“连升三级”的设计在陕北非常普遍。值得注意的是，院子的大门并不是南北走向，而是与后院中心主窑位于同一轴线上，面向西南，门前立有一座青砖影壁。我们从外面走进时，视野一直正对后院月亮门，由浅入深，虽然现在前院格局已经非常混乱，但还是能体会到设计者当年的用心。

拍照时，我们遇见了出门遛狗的老住户马来厚。马大爷七十多岁，手里抱着一只小京巴。他说这个院子原本属于马家，后来高家发迹之后将其买下来，两家祖上有姻亲关系。土改时高家留下后院，前院上交，分给了四家，现在老房东的后代叫高成厚。2010年县里准备打造疏属山景区，开始征收下面的老宅子，高成厚以四十万元的价格把后院卖给了景区，现已经过修缮。绥德这个窑洞收购政策已持续了十多年，虽然推进缓慢，但下面几处挂牌的保护院落已经收走并翻修，不知道未来是个什么商业模式。

挂在半山腰的六层窑楼

看过两座老宅之后，我们爬到疏属山顶，这里是绥德老城北面的制高点，老城墙蜿蜒其上，可以俯视大理河与无定河交汇处。从前的民居都修在城墙里面，因为山南是面坡，黄土松软，地势和缓，而山的背坡一面地势险峻，以岩石为主，当地称为下背坬，一直作为城防要冲，抵御北方之敌。解放以后，随着人口增加，这片原本不适宜居住的后山也被开辟为住宅区，以缓解住房压力。

解放前，绥德县城大部分住宅都是砖、石、土三种材质组成的窑洞，仅有几处大宅院和南关一带的商铺为木结构房屋。建国后绥德人口逐步增加，开始大量建造砖窑洞，五六十年代主要是个人在山崖空地上见缝插针地修建，现在城墙外侧山脊到下背坬顶上的窑院大都建于此时。六十年代末，房管局开始集中修建联排窑洞作为公房出赁，这些窑洞大都选择城外坡地，上下呈阶梯状，每户相连，为节省空间，两洞之间的窑腿部分由传统的八十五厘米以上宽度减小为五十五厘米左右。每户窑洞前面有一小片空间，靠近门前的是自家地盘，外面则是公共过道，住在联排窑洞里的大都是城市居民，不用场院晾晒粮食，因而居住面积被大大压缩。七十年代后，陕北城市中开始流行一种薄壳窑洞，一般建在砖石连排窑洞的上层，用于扩大居住面积。薄壳窑用砖券起割圆平拱，比普通窑洞小一号，顶部呈扇形，拱券上不再覆盖土石，既减轻了整体重量，又节约了成本，相当于独立式窑洞的半成品。薄壳窑顶就是一层弧形砖壳，保温效果不好，夏天又非常热，大都作为单位新职工宿舍，是人口饱和后的无奈之举，现在虽然还保留下很多，但基本已没人住了。

下背圪现在最壮观的建筑是一座高达六层的青砖窑楼。这座楼坐西朝东，几乎是挂在悬崖上。我们十多年间三次来到绥德，每次都从此楼下经过，这次终于爬上去实测，顺便摸清了大楼的历史渊源。

下背圪窑楼位于老城东北面的山崖中心，下面距离地面约三十米，楼顶与后山道路持平。窑楼共有六层，每层九孔窑洞，面阔三十八米，一层为石窑砖脸，上面五层都是砖窑。每孔窑洞高一丈（三点三米）、宽一丈五寸（三点五米），进深六点五至九点五米不等。窗棂图案很多，有海棠格、鱼鳞格、方胜纹、田字格，还有中国结、盘肠文等七八种，有的刷了绿漆，有的保留本色。窑洞门前有砖砌的拱形檐柱，进深两米，作为每家的私人空间，可以做饭、晒衣服、摆放桌凳，屋檐外面是露天走廊，宽一点五米，最外侧

下背坬窑楼

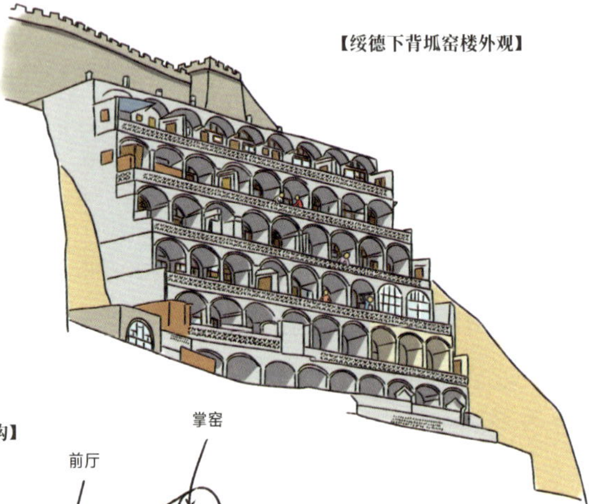

【绥德下背坬窑楼外观】

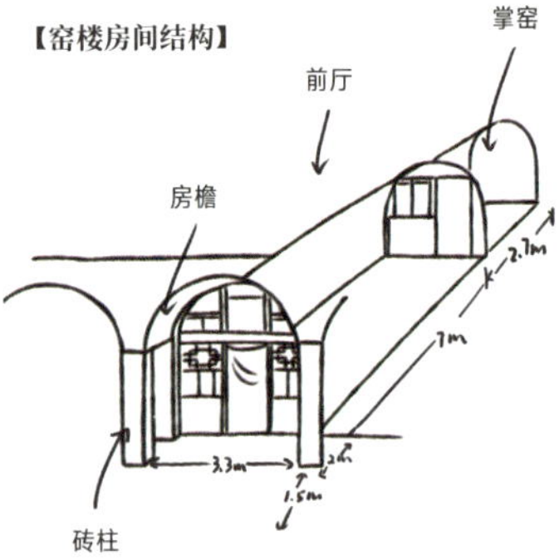

【窑楼房间结构】

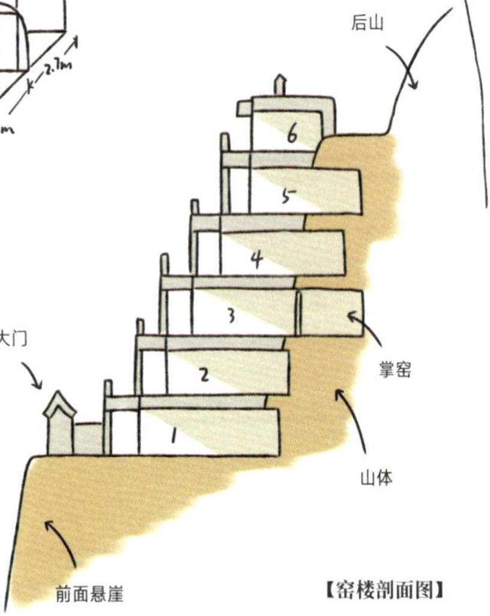

【窑楼剖面图】

下背坬窑楼位于绥德后山，始建于 1986 年，1990 年完工。楼高六层，坐西朝东，每层九孔砖窑，前有走廊和砖砌拱檐，曾是绥德最现代化的住宅。

是铜钱花纹的女儿墙。下层的檐廊收缩为上层的通道，窑楼每层依次退后一点五至一点八米，六层窑洞的外面走廊宽度一点九米，没有柱子，只有零点六米的拱形悬檐，这一层的窑洞进深全是六点五米，后墙正好是后山道路一层的位置。楼梯位于北面墙外，上下悬空，既是居民出入的通道，也是上山的公共道路。上面三层楼梯悬在墙外，铁丝围栏飘飘摇摇，下面三层水泥板搭建，应是后期改建的，看起来稳固一些。每层窑楼的通道北面都有独立大门进出，公共厕所位于五层楼梯外面的山崖上，非常简陋。

我们先从路边爬了一段台阶，沿小路来到半山腰，然后从一层楼梯进入楼中。楼里的居民已经不多，二、三层有几户将前廊用玻璃窗封住，封上了阳台。民居以外来租户为主，大都是城里打工的。我们询问了几家，最后被带到六层中间的一孔窑洞，人们说这里住着个老干部，是原始住户，而且有文化。正说话间，一个文质彬彬的老大爷穿着秋裤从屋里走出来，和我们打招呼。

老先生叫苏鹏耀，他说这个窑楼是当年绥德人防办盖的，始建于1986年，1990年完工。当时采用的是购买期房的办法，买方先交定金，继而施工，盖好后交全款入住，价格是每孔窑洞三千四百元，定金两千，这在八十年代已经是很高的价格了。苏先生退休前是绥德水电站副站长，在这边算是高收入阶层，不过一家人也动用了几乎全部积蓄，当时买了三孔，花了一万零二百元。

“别看卖得贵，一般人还抢不到！”苏先生笑呵呵地说，“当时我弟弟在人防办工作，我们兄弟两个凑钱买了这三孔。这个窑楼起先有个规划蓝图，图纸上每孔窑洞进深都设定为八米，每层通道两边接通自来水。当时城里很多人家还吃井水，这算得上很先进了。北面楼梯外有两个厕所，一个在二层，一个在五层。结果交工时除了厕所，剩下的都没实现。由于后山拓宽道路，六层窑洞尺寸都不够，说的八米，实际只有六米五，但后来也没退钱，还是按三千四收的。三层的九孔窑洞是人防办领导和亲戚买下的，所以有几孔都给挖到九米多，窑底直接打进了后山岩石里面，分为前厅和掌窑，听说后来每家补了点钱。所以这个楼外面看着是砖窑，实际上有一部分挂在山里，是靠崖石头窑。至于传说中的自来水，一直到九十年代末才通上，最初的好多年还需要挑水往水缸里灌。”

不过苏先生说，虽然交房时有这样那样的问题，但这个楼当年确实算绥德最好的住宅了。他之所以选择六层，是因为那时回家是走上面公路，买东西也大都在城里。楼下这条镇定北路当时还是土路，啥也没有，路边的庄稼地一直延伸到无定河畔，丰收的时候遍地金黄。对面的现代化小区和国税局大楼，直到二十年以后才盖起来。

这座大楼，是绥德高层窑洞住宅的极致，却也是最后一座。近些年楼里的老住户陆续搬了出去，苏先生的儿子定居延安，他们老两口成了全楼最老的住户。

太行山区的石碹窑洞

通常来讲，窑洞建筑的分布区域，与黄土高原大致重合，最先是易于施工的黄土窑洞，这个阶段绵延时间最长，约有三千年，石窑、砖窑出现于元末明初，这一时期人口增长、城市化加速，新的技术使人们从择地建宅变为划地建宅，独立窑洞可以应对不同的地形地貌，它的出现将窑洞建筑范围大大扩展。华北平原西部的太行山区本已不是黄土高原，没有黄土做天然建筑材料，可供建筑的木材也相对缺乏，取而代之的是漫山遍野的岩石，当地人劈石筑窑，形成了独特的石头山村。

河北井陉县位于太行山东麓，因地势险峻，四面环山，如同井底而得名，自古为兵家必争之地，是石头窑洞分布最密集的区域。

井陉县地形为“三川九岭十八峪”，三川是威州川、横涧川和金良川，是冶河（甘陶河）、小作河和金良河形成的河谷地带，土壤肥沃，地势平坦，适宜耕种，自秦汉以来，沿着河谷地区形成了古驿道，历史悠久、繁华富裕的村镇大都分布于此。元代以后，很多中原百姓为躲避战乱陆续迁入太行山区，由于河谷肥沃的土地都已被占据，这些村子只能栖居在偏僻的深山里，规模很小，道路闭塞，人们守着贫瘠的土地勉强糊口，直到改革开放初期还过着与世隔绝的生活。

井陉山区过去有一种叫作“疯老婆”的食品，用棒子面拌上萝卜丝，团成手掌大小，上锅蒸熟，吃的时候拌上蒜泥。小龙窝村的樊玉明大叔跟我们说，过去穷人家老婆能吃到这个就已经乐疯了，所以叫“疯老婆”，现在让老婆吃这个，估计也得疯了。

宋元以后，秦皇古道的沿线村落大多以从事手工业和商业为主，著名的井陉窑就分布在这一区域，是北方白瓷的重要产地。明清以后，采煤、制瓷和商贸成为井陉县的经济支柱。依靠工商业的支撑，井陉一带的很多村落就地取材，建起了独立式窑洞，当地叫“石碹窑洞”。为节省土地，很多石窑上面还加筑二层窑洞，形成窑楼。一般来说，石窑洞要比土窑洞矮一些，村里的房屋建筑朴素，石面不做雕饰，城里的窑洞立面规整，装饰华丽，不光在石块上錾出横竖条纹，连窗台、门槛、拴马桩、佛龛、油灯碗都在石料上直接抠出来，有些大户人家还在檐下凿出排水石槽、仿木斗栱、石雕念珠，简直就是石匠的炫技。这类石窑洞一旦砌好，就可以一直住到地老天荒，几百年都不用维修。

小龙窝村位于井陉县西部，307国道穿村而过，国道前身是晋冀古驿道，村子西南七公里处的旧关就是山西门户，从前叫井陉关。小龙窝村落起初是唐宋时期的一处驿站，叫龙窝铺，明代以后在南面山地间形成村落，全村都姓樊。村子四面环山，中心是一座广场，建有樊氏宗祠、戏楼、礼堂等公共建筑，四周山头都朝向中心，古人将此附会为“九龙戏珠”、福地龙窝。村北有条季节性河沟与国道平行，夏季汇聚山中雨水，村民在此时集中耕作。农闲季节，人们会采集些山货土产，借助古道进行交易，算作额外收入。解放前，古道两边的平地上没有住宅，老村集中在坡地上，应是出于防洪的考虑。

因为没有稳定水源，土地贫瘠，所以小龙窝村规模一直不大，在井陉属中等。很多宅院都从明代延续至今，住了十几代人，村中建筑以石碹窑洞为主，院落面积不大，土地利用率很高，基本都是楼院，最下层临街修筑柴窑，用于堆放杂物和饲养牲畜；二层为院落，主窑多为横拱，面积比竖拱小一半以上；富裕人家院中有石头瓦房、石头平顶房，砖木结构大门。村中街道依山就势，主要街巷有龙泉街、枣园巷、桥头巷、榆坪巷、槐岭巷、西场巷等六条，用青石或卵石铺成，粗朴刚劲，个性鲜明。

槐岭巷17号、18号，是村里最气派的窑院，建于明末，为一宅两院，当地俗称“礓礤顶大院”。礓礤指的是以砖石砌成的锯齿形坡道，既防滑，又能通行车辆。这处院落位于陡坡之上，下层是石块砌成的压畔窑，作为柴窑和牲口窑，大门位于礓礤斜坡顶上。二层主院坐西南朝东北，前后一进，左右两院，各开一门，左边院子的主窑为横拱，位于半米高的石台基上，前出双柱厦檐，主窑宽八点五米，高四米，进深四米，中心开拱门，左右各有一窗，左右厢房为两层木结构，硬山青瓦顶，正脊雕花，厢房一层住人，二层为

小龙窝村礓礤顶大院

【礓礤顶大院外观】

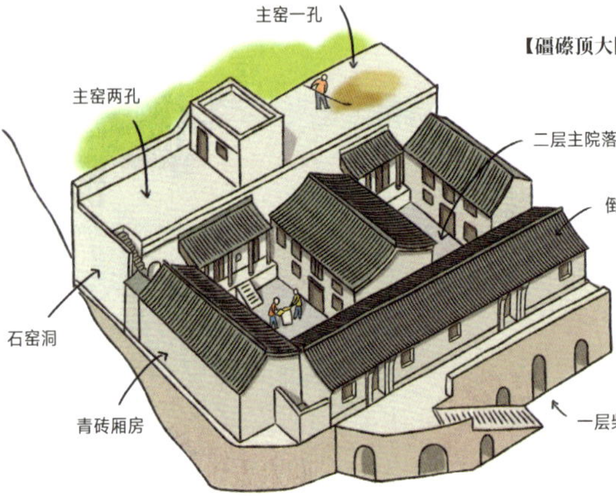

【院落主窑外观】

【大院平面图】

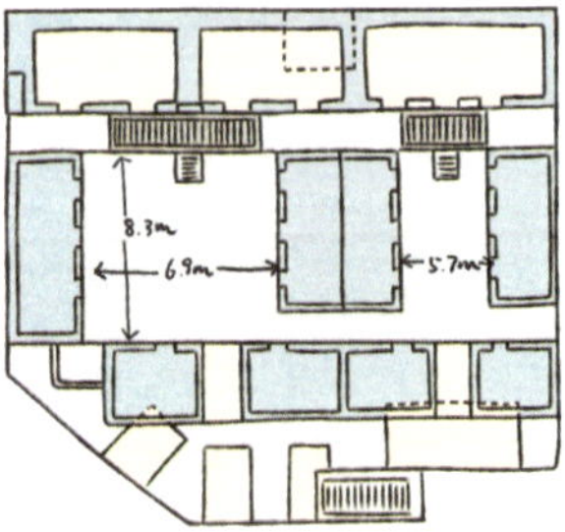

小龙窝村槐岭巷 17 号、18 号建于明代末年，一宅两院，当地俗称“礓礤顶大院”。大院是村里格局最规整的院落，依山而建，上下三层，一层为柴窑，二层是主院，三层做晒场，布局合理，建筑精巧。

仓库，没有固定楼梯，进入时需在外面架设临时扶梯，这是太行山区一种特有的房屋形式，据说是为应对盗匪。倒座房是木结构瓦房，中间大门正对主窑。右边院子与左侧布局大致相同，只不过主窑为两间对称，正中是神龛，左右各开一门一窗，两窑互不相通，窑顶建有一小间平顶房，作为风水楼和瞭望之用。

礓礤顶大院遵循左为上、右为下，高为上、低为下，形制规整，层次分明，虽然五百一十平米的总面积并不算大，但在小龙窝已经很难得了。主窑前面的厦檐是典型的山西窑洞做法，院里厢房的形态也是晋东南山区样式，可以看出窑洞建筑自西向东的推进轨迹。小龙窝樊姓祖上是山西洪洞县移民，旧时的商贸往来也与山西过从甚密，这就是文化、经济对建筑的影响。

枣园巷14号院位于樊氏宗祠对面，建于明代，这里是村子的中心地带，人口集中，户牖相连，因而这个院子也成为全村面积最小的一座，只有不到二百平米，称为袖珍院。虽然如此，这个山地小户型却设计得相当精致，院落坐西北朝东南，主窑一孔横拱，开有大门窗，门窗右边凿出神龛，院子右侧是一孔厢窑，左边是一间硬山搁檩的厢房，作为厨房使用。房屋只有三面墙，靠里的一侧大梁搭在主窑前脸，靠外一侧设有随墙影壁。倒座是三间木结构瓦房，右面一间是大门，其余两间是倒座。主窑顶部是上面人家的外墙，有一道排水石槽搭入院中，院子外面有一片不到十米的小平台，

小龙窝村袖珍院

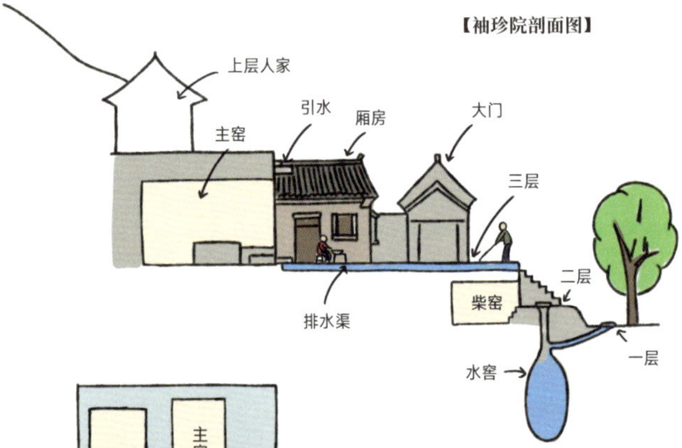

【袖珍院剖面图】

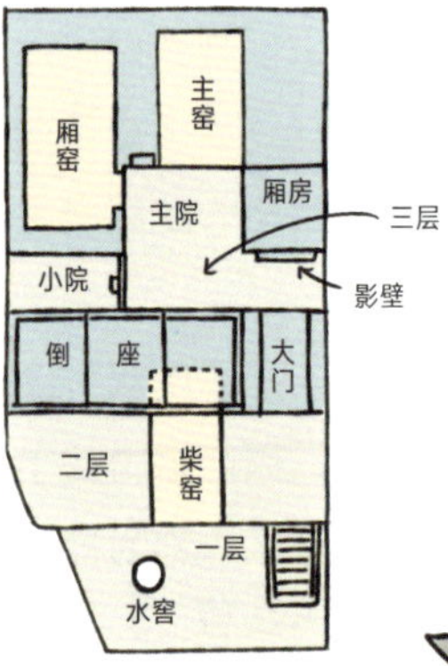

【袖珍院平面图】

小龙窝村枣园巷 14 号建于明代，地处村子的中心地带，面积较小，当地也叫它袖珍院。院子分三层，最下是水窖，中间是功能区，最上面是居住区，台地逐级上升，主次分明，是井陉窑院小户型的精品。

【袖珍院主窑外观】

作为晒粮食的晒场，左侧的台阶下面开有一座柴窑，从前用来养牲口，后改为厕所。小平台下面是旱井，用于收集雨水。这座院子虽小，却也分成三层台地，最上面是居住区，中间台地是功能区，最下面是旱井。

住在隔壁的樊玉明大爷告诉我们，小龙窝村最缺的就是水，从前每家每户的旱井是最重要的设施，做一口井比盖间房还费事。太行山区不像黄土高原那样少雨，但雨季特别集中，山上多石少土，雨水存不住，地下水层又很深，于是修建旱井就成了储水的办法。井陉一带的旱井从外面看与别处并无不同，但里面却是坛子形，既深又阔，四周用红土、石灰、沙子磨平，底部用炉灰渣和石灰灌注，防止渗漏。我们测过的几个旱井大都为八到十米，而且现在里面全都有水。井的位置一般位于院子最低处，入口还不止一个，可以承接四面八方的流水，袖珍院因为面积太小，所以将上层院子的雨水通过管道引入自己院里，然后从门前流出，汇聚到井里。通常一个夏天收集的雨水就够全年使用了，但雨季的水不能喝，需要经过一个夏天的发酵，水面先是长出浮萍，之后发臭，一直到深秋霜降以后，重归清澈，脱胎换骨。由于是天落水，没有盐碱，清洌甘甜。

樊玉明六十多岁，自家老宅位于枣园巷，前两年他又买下西场巷一个无人居住的小院，花了六百块钱。这个院子建于二十世纪五十年代初，面积很小，主窑用炉灰渣起拱，即烧过的炉灰掺入石灰，当地称为“二渣土”。井陉自古煤资源丰富，煤渣废料很多，简便易得，炉渣窑洞顶部一般成拱形，上面不再找平，这种材质的好处是不怕水，雨季吸潮，非常适宜当地环境。小院的东西两厢是硬山搁檩瓦房，屋顶已经坍塌，只有石墙还站着，高约两米，厚度八十厘米。

樊玉明最初对这个小院有个改造计划，准备保留主窑，拆掉左右厢房，在原址盖一间老式砖瓦房，内部装修一下做成农家乐。这个院里的旱井有八米深，厢房拆下的石头推到井中正好填满，省去了外运成本，之前他还通过抖音联系到邯郸一个建筑队，专做老式建筑的。然而疫情打乱了樊大爷的计划，在旅游业持续低迷的大环境下，他还是决定先观望一下。平时没事的时候，他就过来搬起石头往井里扔。我们正聊着，樊大爷九十岁的母亲拄着拐杖走了进来，不满地说：“家里做好了饭一直喊你，叫了半天都不听，又在这里扔石头！”

王家大院与窑洞炮楼

我们在井陉县考察了小龙窝、大龙窝、大梁江、于家村、吕家村、南横口、长生口等多处，村落整体的保存状况好于陕北地区。这一方面要归功于石碹窑洞的坚固特性，即使户主搬离、无人打理，这些巨石筑成的房屋也不存在塌毁的危险；另一方面，太行山区经济相对落后，很多居民还在老宅里居住，这几年随着地方政府重视程度的提高，很多村落已经过了整体升级，吕家村、大梁江、于家村等处开辟为旅游区，周末来这里参观的人很多，有点后来居上的意思。

我们考察独立式窑洞的最后一站是井陉老城——天长镇，这里曾是河北地区为数不多的有窑洞院落分布的县城。其主窑形态源自山西，院落格局却深受北京四合院影响，与陕北窑院大相径庭。

井陉老城最初是唐天长军驻地，北宋熙宁八年（1075年）成为井陉县治所，1958年县城搬到微水后，降为城内、东关、北关三个自然村。天长镇曾做了近九百年井陉县治，三面临水，北面靠山，开三座城门，城内主要街道呈丁字形，城内街横贯东西，南大街通向南门，城内街以北为缓坡，集中了县衙、文庙、县学、养济院等公共机构，民宅则集中在南边的平地上，院落相连、房屋密集，背山面水。

现在老城里最大的一处宅院是王家大院，位于县城中心，占地十五亩，由八个独立小院、一个花园、一处礼堂组成，共有房屋一百六十二间。院子始建于清初，原主人叫郝维，是当地官绅，清廷御赐五品顶戴。清代末年，郝家逐渐败落，其后代郝国玺先将院子北面一半卖给了后来居上的王家，王家祖上王涟曾担任山东博兴知县，民国初年成为井陉首富。1937年日军侵占井陉后，王涟第十一代孙王景岳出任日伪县长，买下其余院落并改造翻修，作为住宅。鉴于当时战乱频繁，王景岳的改造工程花了很大心思，甚至在住宅下面挖了条几百米的暗道直通县衙。解放后，这里成为井陉县委、天长镇政府办公地，一直到前些年才经修缮后开放。

王家大院中的北院修建于1942年，位于整座宅院的中心，曾是王景岳的住宅，也是最有特色的一处窑院。院子前后两进，所有建筑都是硬山灰瓦顶，外观一样，但有些是窑洞，有些是房屋，只能走进去才能看出来。院子入口为木结构硬山仪门，前院东西各三间厢房，正面是窑洞过厅，中间是通道，两侧是倒座窑。后院两间厢房长得一样，但东边是木结构瓦房，西边是砖窑，窑洞初看是一个横拱窑洞，但实际是前后两个，前拱后面有一个夹壁拱，宽约一米，入口设在北侧屋后，作为临时藏身处，像变魔术似的。

主窑三间坐北朝南，前面有一点二米高的台基，上有檐廊，中间一个横拱，高四点一米，东西长五点九米，南北宽二点九米，作为客厅，两侧暗间为竖拱，高二点九米，东西宽三点一米，南北长四点六米，窗前设置火炕。主窑的台基两侧分别有两个半圆形石拱，露出地面的部分只有半米多，走近看时发现是暗道，原来这座建筑是窑上窑，下层是高三点一米的石窑，上层是砖窑，两层结构基本相同，只不过建筑整体平面下移，一层大部分都埋在地下，所以初看时以为是一层。下层窑洞的入口位于西侧夹壁墙对面，需要下很深的楼梯，支线通道在里面转一圈从西厢房钻出来，主线通道通往街对面的县衙办公室，现已年久失修，无法通行。

这座双层主窑是伪县长王景岳自己设计的，其灵感来

井陉王家大院

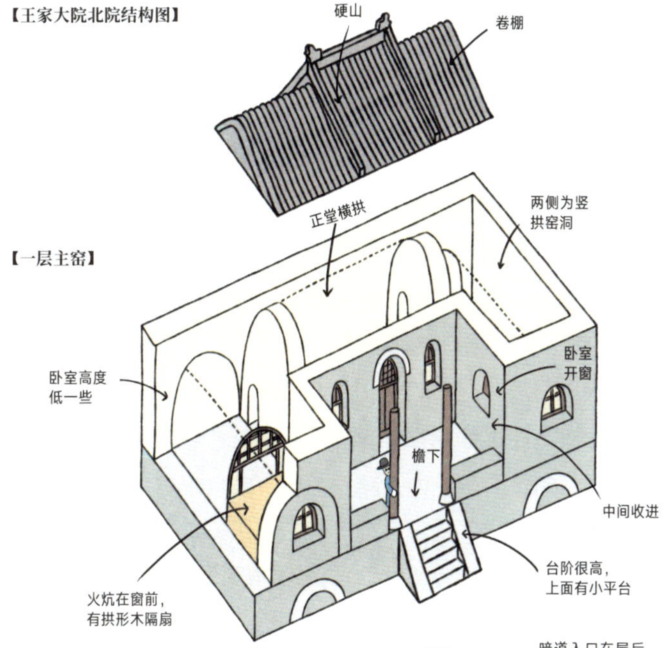

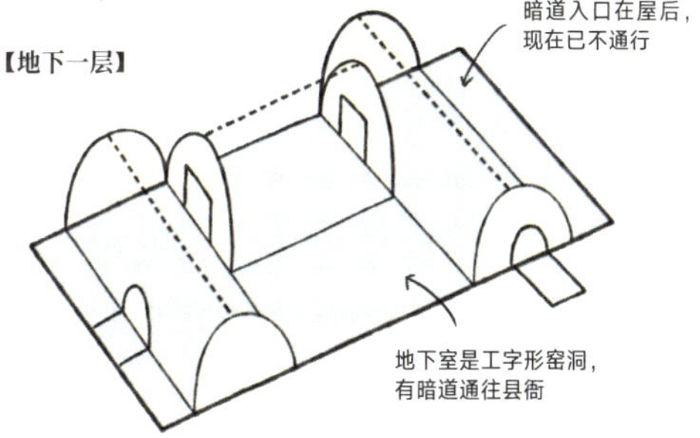

王家大院是井陉天长镇老城里最大的宅院，其中北院修建于1942年，位于整座宅院的中心，是一座机关密布的二层砖窑，结构非常复杂。

自井陉乡村的石碹窑上窑。他将下层的牲口窑改成自己的避难所，确实脑洞大开。抗日战争时期，井陉抗日武装风起云涌，八路军部队经常进城锄奸，刘伯承、邓小平一度就住在附近的吕家村，指挥了长生口战役。1942年以后，这个伪县长每天就过着办公室、地道、窑洞，两点一线的生活，整日战战兢兢。

王家大院里的另一处特色窑院位于南侧，这个院子建于1924年前后，当时的主人还是郝国玺。院落主窑立面装饰为民国风格，这在河北地区极为少见，主窑坐西朝东，中间的横拱窑洞一门两窗，两侧暗间一门一窗。主窑前廊宽阔，外侧是水泥砌成的四根立柱，上面为青砖、红砖起拱，檐下有砖砌叠涩、斗栱、花卉、青瓦、滴水女儿墙，窑洞立面有对开玻璃门窗，台阶是如意踏跺，从下向上逐层退缩，为民国建筑常见的样式。

该院建造者是段祺瑞的弟弟段祺勋。1912年，段祺瑞家族在井陉开办正丰煤矿，这是中国近代第一家机械化煤矿，引入的是全套德国设备。几年后正丰公司扩大规模，在南郊雪花山下开设新矿，由段祺勋管理公司事务。他初到井陉时，租下郝宅临街的两个院子住宿办公，临走时郝国玺坚持不收租金，段祺勋为表示感谢，遂将两个院子重新翻盖，南面正房盖成了中西合璧式窑洞，北院翻盖为一主窑加两厢房格局。抗战开始后，郝国玺不愿与日本人合作，举家搬走，宅院被王景岳买下。

王家大院中最古老的部分是西南侧的穿堂院和高堂院，建于清代早期，为标准的北方四合院格局，正房五间都是带前廊的起脊瓦房。康熙四十二年（1703年），康熙皇帝西巡路过井陉县时，曾在郝家高堂院驻跸，正因为沾了这点贵气，这两个院子一直没有改动，以原始的样貌保留至今。

由此也可看出，清代中期以前，井陉县城的民居大都为四合院瓦房，之后随着山西移民的大量流入，当地的居住习惯也随之改变，到清代中叶以后，以窑洞为正房的院落逐渐成为主流。

王家大院斜对面，就是井陉旧县衙，这是王景岳每天上班的地方，与住宅的直线距离为二百六十米，走地道可能更短一些。

井陉县衙建于明洪武九年（1376年），现在大堂等主体建筑已经改建，最显眼的是后面山坡上一座五层窑楼，是日据时期的兵营和炮楼。这座炮楼建于1940年，下面两层是石砌窑上窑，宽四十八米，进深四米，各有十二孔连排石窑洞。一层窑洞分为六组，内部每两孔相通，前脸依次开设一门一窗，为日军军官宿舍；二层窑洞前面有横拱走廊，整体结构为连排丁字拱结构，分为四组，每三孔相通，是日军兵营；三层以上为防御性工事，三层有三孔窑洞，位于窑楼西侧，宽十二米，前脸只开窄窗，布有射击孔，为日军值班室；四层、五层逐层收缩，为石砌主炮台。

炮楼位置背靠城墙，占据了城中制高点，视野开阔，易守难攻，当年由日军选址设计，王景岳的亲信梁斋忠监工完成。这座兵营兼炮楼修好后，就成为井陉实际权力中心，里面设有日军办公机构，包括指挥部、联络处、档案室等。炮楼一方面防御八路军，更多的则是监视伪县长的一举一动。王景岳做各种决策之前，都要上来向日军头目请示。

抗战胜利后，王景岳先是被国民党军统局逮捕，在石家庄关了两年半，被保释出狱后逃到北平。解放后，此人开始了流亡生涯，先后从北京跑到河北、山西、陕西、湖南，其间他隐姓埋名，自毁相貌，卖过茶叶，挖过煤，最终于 1951 年在甘肃天水被抓，1952 年押回井陉，在家门口被枪决。

二十世纪五十年代以后，井陉县衙由井陉手工业合作联合社占用，大部分建筑都被拆除，炮楼作为井陉电机厂职工宿舍被保留下来。

组合式窑洞庄园

窑洞建筑的巅峰

窑洞庄园，是窑洞民居的最后一种，也是出现最晚、建筑艺术最高的一类。它的出现需要满足几个前提，首先是技术的成熟。窑洞民居经历了靠崖式、下沉式、独立式的发展，到明末清初已经趋于成熟，无论是建筑材料、拱形结构、择地标准、功能区划，还是内部装饰、工艺流程、文化内涵，都有了一定之规。简言之就是形成了一个个标准模块，设计者可以将这些模块组合拼接，以适应不同的地形环境。通常一个大型庄园会兼有各种窑洞类型，继而组成不同的院落，变化多端。其次，一个王朝发展到中期，商业活动兴起，土地兼并加剧，地方上的豪富之家掌控了大量土地资源，可以掌握地方经济命脉，动员大量劳动力，从而具备了修建庄园的实力。

从居住结构来看，普通人家的窑院大多有三个空间，分别属于神、人、畜，人神居内，牲畜居外。窑洞庄园则层级复杂，单从人的方面，就包括家长、子女、管家、仆人、长工，有些庄园还设有祠堂、官厅、学堂、作坊等公共建筑。不同身份的人需要相对独立的生活空间，长幼有序，上下有别，等级森严，礼教的内涵都通过建筑语言表达出来，俨然一个小型社会。到了王朝末期，随着社会矛盾加深，地方势力增大，住宅的防御性也逐步提升，庄园四周建有城墙、望楼、碉堡，形成一个相对封闭的空间，使主人获得安全感。

现存的窑洞庄园大都兴起于清代中叶以后，延续至民国初年，分布地区集中在陕北中部和洛阳附近，这是由地理、文化、商业等多种因素共同作用的结果。我们考察过其中最有代表性的米脂马氏庄园、米脂姜氏庄园、巩义康百万庄园、巩义柏茂庄园，都已被列为全国重点文物保护单位。

米脂马家新院

马氏庄园是陕北地区最大的窑洞庄园，位于米脂县杨家沟村西面的卯梁上，南、北、西三面靠山，东边由上下两道寨墙围起，具有很强的防御性。

马氏一族祖居陕西扶风，清初从山西临县搬到杨家沟，早期亦农亦商，后来靠经营钱庄、运输，逐步买下了原住民杨、刘两姓的土地，到第七代马嘉乐时期，已坐拥万亩田地，富甲一方。马嘉乐将住宅命名为“光裕堂”，他的五个儿子分为五房，各得三千五百亩土地，后代住宅均以堂号命名。同治初年，陕甘回乱，马氏第九代长房马国士动员全族建起了这座庄园，命名“扶风寨”。庄园由寨门、寨墙、望楼、炮台、祠堂以及大小窑院建筑组成，从总体规划到选址、削崖、理水，都经过精心设计，从外面看是一处坚固堡垒，内部则巷道曲折、别有洞天，与自然非常和谐。

庄园有两道寨墙，下面一道位于路边，为石砌拱门，上写“骥村”。这是马家发迹后自己起的村名，当时杨家虽已衰落，但杨家沟村的名字叫了几百年，大家约定俗成，这个新名字始终没有流传开来。第二道寨门位于斜坡上的半山腰处，为通道式城门，上写“扶风寨”，是为了不忘故乡。走进这道门，就进入了庄园的核心。

庄园自上而下分为三大区域，最高处的西北山顶是祠堂区，建有马氏宗祠和学堂，撑起家族的精神空间，可以看作头部建筑；祠堂下面北、东、南三面山坡上是居住区，现存有大小窑院近三十处，每个院子都冠以某某堂的名字，每个堂住着一户家庭；两道寨门中间是服务区，此处地处路边，大都为坐西朝东，院落密集，从前居住着下人、长工以及宗族中没落的支系，另有大量的窑院出租给杨家沟村民。整座庄园就如同一个小型社会，比起单个家庭，一个庄园的涵盖范围更广，内部成员的关系更为复杂，维系的时间也更加长久，除非发生重大社会变革，不然很难被打破。

马氏庄园前期的代表建筑是位于扶风寨寨门北面的依仁堂、慎德堂建筑群，这是马家长房的居住区域。最前面的慎德堂是一个下沉式窑院，主窑五孔坐北朝南，明柱厦檐，东西两厢各三孔窑洞，南面开门，两侧各两孔倒座窑。上面的依仁堂为马国士宅院，大门在东南角，主窑五孔，无根厦檐，东西两厢各三孔，南面开门垂花门，两侧各两孔倒座窑向外开门。这两个上下错落的窑院俗称“祖宅”，建于同治六年（1867 年），由于结构精巧、布局得当，后来成为附近庄园主摹仿的范本。常氏庄园和姜氏庄园的主院都与依仁堂、慎德堂结构类似，而建筑年代稍晚，姜家和常家也都娶了马家的姑娘为妻，由此可以看出米脂三大庄园间的承袭关系。

清末至民国年间，杨家沟马氏成为陕北地区最大的地主集团，拥有土地最多时达到一万八千亩。据1942年张闻天牵头撰写的《米脂杨家沟调查》中记载，当时庄园里住了马家五房共五十五户，虽成分都属地主，但每户的经济条件差距很大，尤其是子女多的支系，土地在后代手中越切越少，很多靠出租土地为生的族人从大地主变为小地主，甚至破产自杀。当时杨家沟流传着一段顺口溜，概括了庄园住户的家境：“能打能算衍福堂，瘸子宝贝衍庆堂；说理说法育仁堂，死牛顶墙义和堂；有钱不过三多堂，跳天缩地复元堂；平平和和中正堂，人口兴旺依仁堂；倒躺不过胜德堂，太阳闪山峻德堂；骑骡压马裕仁堂，恩德不过育和堂；瘦人出在余庆堂，冒冒张张育德堂；大斗小秤宝善堂，眼小不过万镒堂；婆姨当家承烈堂，球毛鬼胎庆和堂……”这些堂号表面上以宗法为纽带，实际以经济为基础，成员间既合作，也竞争。

1942年，马氏庄园里势力最大的是第五房族长马维新，他的住宅是位于宗祠下面的衍福堂，为东西相连的一宅两院，前后两进，后院为马维新一家的住宅，每院各有五孔靠崖主窑，两侧三孔厢窑，外院西侧三孔厢窑，其余是马棚和柴房，住着下人。马维新一家有二子八女一孙，长子在1937年江阴抗战中牺牲，幼子时年六岁。八个女儿中四个已出嫁，长女嫁给了米脂地主高家，另三个嫁给了八路军，其余四女分别在米脂中学和西北联大读书。当时衍福堂内院东边住着马维新夫妇和幼子，西院住着儿媳妇、孙子，一共五口人。家里有奶妈一名，相当于月嫂兼保姆；做饭的厨妇一名；掌柜一名，负责核算收支账目；跟随外出的仆从一名，是个老汉；还有长工一名，养着牲畜三头。

马维新生活朴素简单，每天早睡早起，不烟不酒，忙忙碌碌。他的主要收入来源是土地买卖租赁，名下有土地四千一百亩，分租给一百多户佃农，每年租金约为两千六百银圆，这些钱大部分都用来供给子女读书了。从现在视角看来，马维新属开明地主，他在抗战时期实行减税、减租，长子在抗战中牺牲，三个女儿嫁给了延安的共产党干部。但马地主政治觉悟不高，每次开会都因收入减少而摇头叹气，还自编了“谷子越大越没货，地主越大越有过”的顺口溜，来吐槽土改政策。

清末以来，马家五房大部分已趋于破败，也是在这一时期，另一些族人开始转变方向，送子女外出上学。马氏三房是当时人口最少的一支，但族中子侄三人分别留学德国、美国和日本，学成后在北京、天津、成都担任大学教授。马氏二房后代马师伊毕业于美国康奈尔大学，抗战期间在四川泸州兵工厂任最高级技师。二房另一位后代马醒民就读于同济大学土木工程专业，之后留学日本，通晓日、英、俄、德四种语言，1920年因病回到庄园，在马氏宗祠前面修建一个窑院，创建了扶风小学，亲自任教，成为马氏家族的后起之秀，这就是村民口中“骑骡压马”的裕仁堂。1929年陕北大旱，马醒民以工代赈，修建了庄园中最具特色的一处窑院——马家新院。抗战时期，陕北政府实行“三三制”，马醒民作为开明士绅代表当选为陕甘宁边区参议员。

马家新院位于庄园西南侧悬崖上面，背山面谷，下面的土崖有天然生成的九条黄土梁，在风水上称为“暗九龙”。

杨家沟马家新院

【马家新院外观】

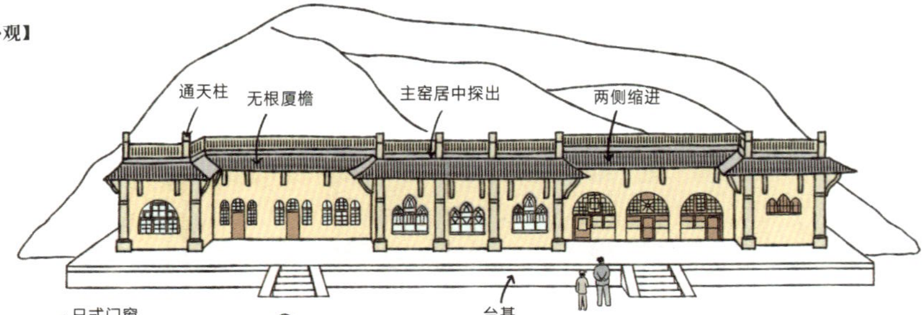

杨家沟马氏庄园是陕北地区最大的窑洞庄园，马家新院建于 1929 年至 1938 年，位于庄园西南侧悬崖上，坐北朝南。设计者将西方建筑元素和陕北传统相结合，代表了陕北窑洞的最高水平。

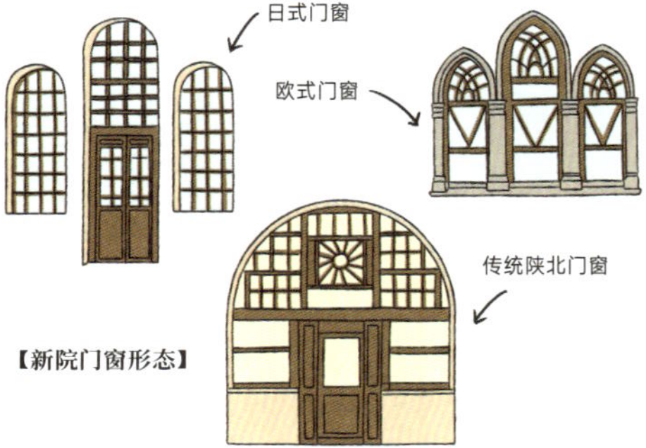

【新院门窗形态】

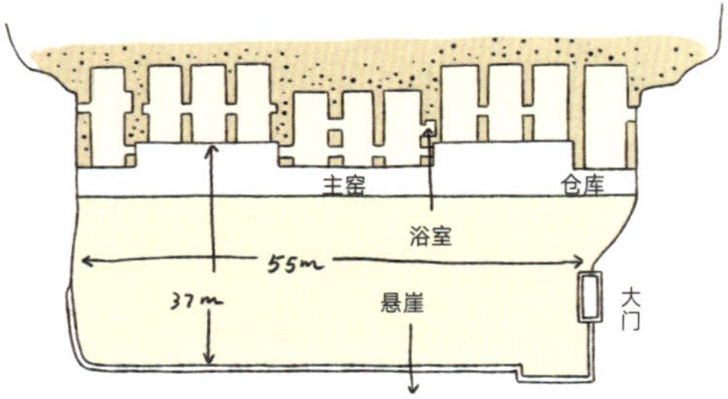

【新院平面图】

窑院于1929年开始修筑，1938年建成，马醒民将西方建筑元素和陕北窑洞巧妙地融为一体，从选址、设计、装饰到功能，都代表了陕北窑洞建筑的最高水平。

新院坐北朝南，大门位于东南侧，为石砌城堡式拱门，主窑坐落在半米高的台基之上，为十一孔连排靠崖石窑，正中三孔主窑突出，两侧六孔缩进，边侧两孔再伸前，平面呈山字形，主次分明、富于变化，寓意“稳如泰山”。窑洞前面为无根厦檐，出檐深度达到了一点八五米，比大部分明柱厦檐的前廊还要宽阔。为增强稳定性，挑梁由传统横梁改为三角形结构，挑梁雕刻应龙祥云，前檐下设搭檩飞椽，檐面青瓦滴水，窑上砖栏花墙。

主窑的门窗有三种形制，中间突出的三孔为哥特式风格，每组三个，呈山字形，为尖顶落地抛物线形，源自西方教堂，寓意对神的崇敬；右边缩进去的三孔为日式风格，呈圆顶长方形，也是每组三个，寄托主人青年留学的记忆；左上首缩进去的三孔为陕北式样，每组一个，为标准半圆形，喻示主人的根在陕北。虽然窗棂形制多样，但自西向东渐次过渡，因而并不觉得突兀，最初窗下是透明玻璃，上层糊窗户纸。主要前脸立有八根通天石柱，分别位于凸出的五孔窑洞两侧，既有装饰作用，又能承托屋檐，增加稳定性，象征天地一体。十一孔窑洞分为五组，两侧是仓库，东侧开门。另外每组内部贯通，中间三组东西两侧开门，前部形成通廊，另两组前面开门。西侧门板为民国式样，安置有铜把手，东面门板为陕北传统式样，所有屋门均有内、外两套。

在内部装修上，新院也别具一格。中心三孔是主人的客厅、书房和卧室，高三点八米、宽三点五米、深七点七米，前后有两列通道。窑洞内部地面铺着石板，石板下设有烟道，整体采用地暖，中间东侧窑洞墙壁上砌有拱形暖阁，作为独立浴室。

马醒民将这个宅子作为他毕生所学的集中展示，蕴含哲学理念，讲究风水地利，兼顾功能实用。现在展馆里还保留着他当年绘制的平面图。他下面主要负责人有三位，风水堪舆马聚财、石匠领班李林盛、木匠领班王应明。窑院建好后，他让夫人高克平题写了“新院”两字刻在大门上，意为新的建筑、新的风貌、新的起点。马醒民夫妇携年幼子女住在中间三孔窑洞里，东面中式门窗的窑洞住着他的长子马世均与妻子郑如芸，西面日式门窗的窑洞住着他的次子马世衡和妻子白素银，依然遵循着左昭右穆的宗法制度。

修建新院，几乎花光了马醒民的所有积蓄。1942年他对前来调查的八路军说：“现在每年的收入除去公家的负担之外，主要用来供给两个儿子、两个儿媳妇读书，从前攒下的积蓄都在建筑大院中用光了。”1947年，毛泽东转战陕北来到杨家沟，马醒民将自家新院捐出，自己带着妻子和两个小女儿去了兰州投奔上大学的长子。从1947年11月22日至1948年3月21日，毛泽东在新院中间的三孔窑洞里住了四个月，还在这里召开了著名的“十二月会议”。

这是中央前委转战陕北以来，居住条件最好、办公最宽敞的一处地方。这里不仅居住舒适，设有地暖，每天还可以洗澡，窑洞居高临下，视野开阔，西侧的防空洞直通山顶，便于迅速转移。毛主席曾对警卫员说：“马醒民不仅懂建筑，还懂军事。”

解放后，马醒民长子马世均在兰州人民银行工作，妻子郑如芸是兰州汽车总公司会计；次子马世衡是西北大学高级工程师，妻子白素银是中学老师；长女马佩昭上世纪三十年代参加了八路军，解放后在新疆建设兵团农二师医院做主任医师；次女在陕西省商业厅担任会计师；四女是河南焦作市第二中学的语文老师。

1971年，马醒民在兰州去世，享年七十二岁；1978年，马家新院作为革命遗址正式对外开放。

现在看来，马醒民当年花在建筑和教育上的钱都没有白费。

米脂姜氏庄园

姜氏庄园位于陕西省米脂县刘家峁村，是当地财主姜耀祖于清同治、光绪年间修建的，历时十六年。

姜氏祖上姜思政于明嘉靖年间迁入米脂，一直默默无闻，种地之外还在农闲时做木匠活。一直到第十代姜耀祖的爷爷姜安邦时，才在圪针店（吉镇）开了家商铺“崇德号”。道光二年，陕北瘟疫流行，崇德号靠卖砂锅和丧葬用品发财，进而逐步占据了圪针店近半数的商铺，现在民间还有“圪针店姜家半条街，马家半条街”的说法。姜安邦和他的儿子姜锦堂还通过典买在刘家峁附近购下六千亩土地，分布在十多个村子，成为县里能与马家抗衡的大财主。

姜氏庄园主院的形制，与马家扶风寨里的依仁堂、慎德堂两院非常接近，只不过年代要晚十年左右，也更为精巧细致。当地人说姜锦堂娶的是马家的姑娘，两家一直关系密切，因而两处庄园从设计到建造用的是同一批匠人。姜氏庄园动工于同治十三年（1874年），当时西北内乱余波未平，姜耀祖作为地方豪富，修建庄园的初衷应是安全考虑。庄园在黄土塬上劈山开挖，由下而上依山傍岭逐层修建，内外两座大门全部是通道式。正门位于院落东南侧，门前一条笔直向上的条石甬道，折返九十度，甬道的右侧由巨石砌筑的城墙高达十米，正好将两道山梁的出口封死，上面建有垛口，极为坚固。城墙转角处的井楼上设有炮口和瞭望台，可以远远看到进寨的人，井楼可以保证庄园的日常用水，即使被盗匪包围，也可自给自足。

姜氏庄园分为上、中、下三院，逐层上升，上院由主人居住，中院作为会客之用，中院宽十八点七米，进深二十二米，上院宽十九米，进深十六米，前院竖长，后院横宽，前后相连，高低错落，赋予了主庭丰富的层次感。下院位于两道门洞之间，住着下人长工，另有马厩、洗衣房、储藏室等作为服务区域。三个单元由台阶、隧道和暗道相连，主仆各行其道，平时互不干扰，遇到紧急情况时可以从暗道转移。

庄园正门极为窄仄，仅容两人并肩或者一辆马车进入，大门上方是姜耀祖的题匾“大岳屏藩”，旁边一行小字“姜耀祖建并书，光绪丙戌孟冬之吉”，时间为1886年。进入正门之后需要再右转九十度，经过城墙内部的斜坡通道才能上到第一层台地，至此从路边到进入下院，已经转了四个九十度直弯，到中院门前还要再转四个九十度，之后便有豁然开朗的境界。这种之字形道路原本在陕北乡村很常见，庄园通过城墙、坡度、涵洞、道路的组合变化，使眼前的景物从高到低、从窄到阔，先抑后扬，达到了防御功能和民居艺术的巧妙融合，虽由人作，宛自天开。

庄园下院坐西北朝东南，是一座下沉式窑院，主窑三孔，两侧各三孔厢窑，倒座是院门和马棚，大门硬山起脊，砖雕装饰华丽。这个院子从前住着下人和管家，但因为地处进宅的必经之路，所以院门也不马虎，青瓦硬山，五脊六兽，门道两侧置抱鼓石，门额上题“大夫第”。管家和下人住在这个院子，既临近大门方便进出，又可随时听候上面差遣。管家院北面靠墙处是井楼，整座庄园的命脉所在，里面有一口三十多米深的水井，安着辘轳，水井右侧有一个白石砌的巨型储水槽，打上井水后倒入这里蓄水。紧靠蓄水池有一个较小较浅的水槽，是洗衣服的地方，地板装有排水装

米脂姜氏庄园

【米脂姜氏庄园外观】

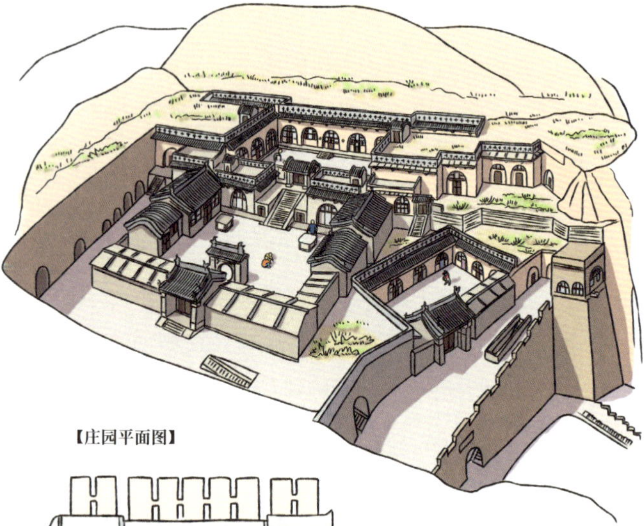

【庄园平面图】

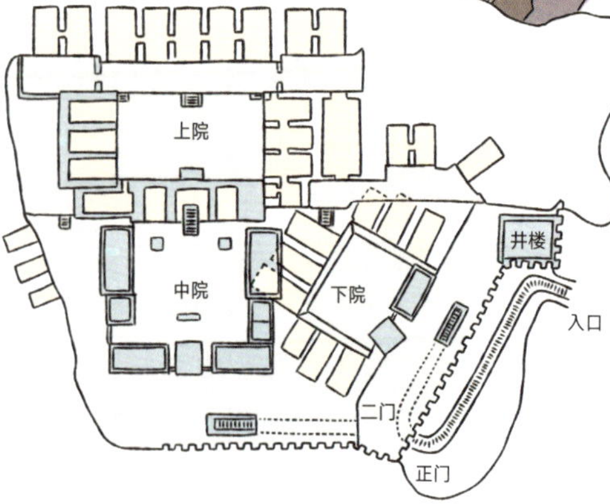

米脂姜氏庄园始建于清同治十三年（1874 年），分为上、中、下三院，逐层上升，上院由主人居住，中院作为会客之用，下院是服务区域，可看作传统窑洞庄园的代表，现在保存基本完好。井楼位于姜氏庄园入口处北侧，是庄园防御的重点，从外面看是一座瞭望塔，设有射击孔，上有垛口，内部是一座石窑洞，有一大四小五个券洞，两侧是四个暗窑。

【米脂姜氏庄园井楼结构图】

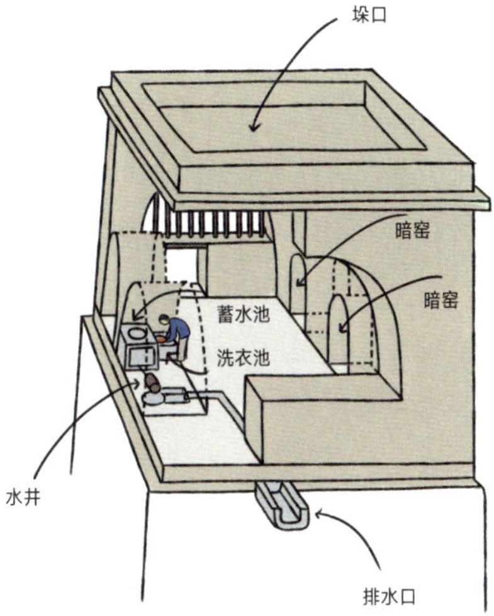

【庄园正门】

【井楼平面图】

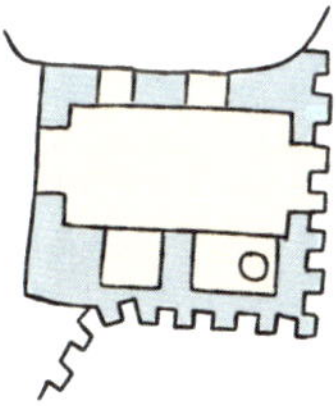

置，废水沿水槽排到院外。山陕一带的井窑很多，有自家的、有公用的，小一些的起个拱券，讲究点的盖一间石窑洞全部罩起来，但做成井楼，内部设置水房，上面建有瞭望口的，仅此一处。水房的内壁有两个小洞，是庄园主人藏宝之处，据说土改时曾经在这里挖出过财宝。这个位置是风水中所谓的出水口，因而有如此复杂的设计。

下院和中院连接的通道与地坑院入口相同，是直进式，里面有青石墁道，便于走车。出口右边就是中院门楼，门楼坐北向南，青砖石墙，雀替，驼峰，五脊六兽硬山顶，门额悬挂“武魁”匾。大门两侧各有石鼓门墩，上雕双狮捧面，麒麟负子，浮雕“福寿”图案，装饰比下院更进一步。门内是水磨青砖影壁月亮门，上有琴棋书画、姜太公钓鱼等画面，雕刻精美。

中院主要是账房和客人居住的场所，院内方石板铺地，倒座有石板铺顶的马棚，两侧各有三间厢房，附带有耳房，瓦筒卷棚，雕镂窗棂。厢房两侧各有通道，可直接与东西两侧仓窑、碾磨坊和通往后山的地洞相连。每孔仓窑内有十二个大石仓，每仓可存粮五十余石。修建中院时，陕甘之乱和太平天国运动已经结束，清王朝迎来了回光返照的“同光中兴”，所以主人有充分的时间和财力在此精工细作，因而姜氏庄园在整体装修上超过了马氏庄园，可谓“无处不雕、无处不琢”。中院北面有两座保留完整的石床，下面由青石支撑，底边床衬砌有石槽，上面铺着一点二米见方的石板，使用时在下面石槽里灌上水，可以防止虫蝎爬上来。石床既能下棋、坐卧，又可以当饭桌。陕北地区历来有夏天在院里吃饭的习惯，普通人家都是端着大碗在台阶上一蹲，讲究点的就弄个台面坐着吃。

从中院拾级而上，就到了上院。入口处的垂花门制作甚为考究，青瓦卷棚顶，四柱双层门，雀替、浮雕等制作华丽。上院是主人姜耀祖日常起居之地，采取了陕北地区最高等级的“明五暗四六厢窑”式窑洞院落，横宽纵窄。主窑位于一米高的台基上，为靠崖式，前面有无根厦檐，主窑为高抛物线拱形，高四点五米，合一丈三尺五寸，宽三点三米，进深八米。中间五孔明窑采光充足，视野开阔，两侧各有两孔暗窑，各自围成一个独立小院，相当于耳房，两厢各有三孔独立式厢窑。窑洞门窗花纹多样，有寿字纹、海棠阁、枪刺梅花、福字纹、背弓海棠等十多种。主人虽在庄园里盖了不少高大的瓦房，但自己住的还是最传统的黄土窑洞，这是生活习惯使然。

庄园动工时，姜耀祖年方十五岁，主导规划、择地的是其父亲姜锦堂。姜氏一门虽然豪富，但人丁不旺，姜安邦生有四子，但只有姜锦堂一支生下男丁姜耀祖，还是老来得子。到光绪四年（1878年），姜锦堂去世，十九岁的姜耀祖继续营建，到竣工时他已过而立之年。虽然姜氏为地方巨富、时间充裕，但是参与施工的石匠、木匠、瓦匠大都是当地农民，农忙时要下地干活，待到农闲才能施工。作为甲方的姜耀祖和匠师们一起边设计边施工，据说井楼的贮水大石槽是一块超大型石料，当年由十几人抬着上坡，半山腰停搁难以挪动，姜耀祖站在高坡上亲自喊号，工人一齐用力才抬上井台。据当地县志记载，姜耀祖虽然家资巨富，但并不欺贫凌弱，常怀慈善之心。光绪二十六年（1900年）绥德米脂大旱，哀鸿遍野，姜耀祖为三千多饥民散粮一百二十余石，在村中口碑颇好。

由于人丁不旺，姜氏庄园的规模远小于马氏庄园，只住着一家一户，更像一座大院，正因如此，庄园才可以在有限的空间内追求细节。如果说马氏庄园形如皇家别院，那么姜氏庄园就似江南园林，这种精细化程度在陕北地区绝无仅有。

临走时，我们与管家院里的管理员李丽聊了一会儿。据她说，这里前些年本来是收三十块钱门票的，下院和中院归米脂县古城管理处，上院原本住着一户姜家后人，后来搬走了。1947年土改时，姜家后代留了后院几孔窑洞，其余分给其他村民。前几年管理处把大部分都买回来，作为景点开放，驻有保安、保洁等工作人员，后来因为人少，再加上疫情影响，便实行免费开放。如今只设了她一个人在下院看监控，没人时就在院里坐着吃零食，下班后开车回县城。

姜氏庄园属于国保单位，如有损坏可以申请维修经费。2020年，中院马棚下雨时被冲塌，经过两年的审批，资金终于到位，2022年准备修缮。

巩义康百万庄园

看过两座陕北庄园，我们又来到河南，考察巩义境内的康百万庄园和张祜庄园。由于地理环境不同，两地的庄园也大相径庭，其中差别最大的是院落形态。陕北的窑院是横宽形，主窑数量多，厢窑数量少；河南的窑院则是竖长形，主窑少而厢房多。造成这种形态的主因是人口基数，陕北人口相对较少，人们选取采光好的崖面尽兴开挖，朝向不好的厢窑能少就少，如马家新院十一孔窑洞全部向阳，根本不设厢窑，形成连排一字院。而河洛地区人口密集，在保证耕地的情况下，向阳的山坡通常由几家合占，每家只分得一两孔，因而院落只能纵向发展，很多主窑内部还分为两层，或者在窑上开挖天窑，都是在有限范围内争取尽可能多的居住空间。作为庄园建筑，虽然主人都财力雄厚，但这种窄院落和多层窑洞的建筑模式依然保留着。

康百万庄园位于巩义市康店镇，前临洛水，背靠邙山，占地面积十六万平方米。现存三十三个院落，五十三座楼房，七十三孔窑洞及大小房屋五百七十一间，是河南境内最大的一处窑洞庄园。

康百万是一个家族，又名河洛康家。先祖康守信于明洪武七年（1374年）从山西洪洞县迁到河南巩县桥西村，自第六代康绍敬开始走入仕途，创立基业。第十二代康大勇通过洛河漕运迅速积累财富，并买下了邙山下、洛水边的土地建宅，桥西村也改名康家店，最初建起的是老院和中院两组建筑。与山西碛口一样，康家店的兴起也得益于黄河水运，门前的伊洛河西连洛阳，北通黄河，康店地处巩义西郊，却可以通过漕运将商业网络延伸到北方各省，其兴起的年代也与碛口接近，都大致在乾隆初年。到第十四代康应魁时期，康家一方面垄断了陕西布市，一方面从清廷拿到一份长达十年的订单，为嘉庆镇压白莲教提供军事保障，一跃成为河南首富。

清道光元年（1821年），在康应魁的主持下，康家开始增筑寨墙，在老院和中院的西南两面开山扩院，组成了七个相连的靠崖窑院作为住宅区，进而又在山下建起了作坊区、栈房区、南大院、祠堂、菜园、花园、果园等十九个区域。现在留下来的部分，约占原始庄园总面积的三分之一。

康百万庄园主宅核心区名叫上寨，位于邙山半山腰十二米高的台地上，南北西三面靠崖，东侧面向伊洛河，南北长八十三米、东西宽七十三米，面积八千平方米。上寨东面崖壁用青砖砌成寨墙，顶部筑有垛口，寨门坐西朝东，为涵洞上坡式，长三十米，出口设在上寨中心小广场内。广场是内宅的主要活动区域，西南角开有水井，中心设有更房。广场将上寨分为南北两个区域，北面是五座并列的窑院，都是坐北朝南，为主人居所，每院有不同的名字，分别为：花楼重辉、秀芝亭、克慎厥猷、知所止、芝兰茂。南面两座宅院均坐西朝东，曾是下人居所。

从高处俯瞰，上寨的建筑比陕北庄园密集得多，院落狭窄且多为两层，主宅的前院多采用古代园林传统的“障景法”来设计，用大量的假山、曲廊、月亮门及花墙来增加庄园的层次感，再辅以葡萄、石榴、竹子等作点缀。后院多采用传统的“衬景法”，以小衬大，以幽衬深。各院落之间又以狭窄的过道相通，由过道进入庭院，往往感到豁然开朗。

主宅区最东侧的“花楼重辉”又称老院，由第十二代当家人康大勇在清乾隆年间修建，格局为两进四合院，南北长五十四点八米，东西宽十四点五米，中间由过厅相连。过厅中间悬挂着一块“书卷额”，上书小篆“留余”，正文有：“留有余，不尽之巧以还造化；留有余，不尽之禄以还朝廷；留有余，不尽之财以还百姓；留有余，不尽之福以还子孙……”中轴线由南向北依次有倒座、过厅、垂花门楼和堂屋，建筑全部是砖木结构，只在堂屋西侧开两孔窑洞作为仓库。西侧的“秀芝亭”曾是老院的一部分，为康家未成年子女居所。此院南北长二十五点四米，东西宽十八点九米，也为两进，但比老院短了一半，前院为一倒座两厢房的小院，后院由一明两暗三孔主窑（当地叫上房窑）和两侧的二层厢房组成。其中最东面的一孔是极为罕见的三层窑洞，外面窑脸垂直分布着下大上小三个拱券，底层门洞上有砖砌叠涩屋檐、阑额、垂花柱，上层只起砖券。窑洞内部通高六点五米，宽三点六米，由楼板隔成三层，一层二点八米，二层一点八米，三层一点六米，横梁插在墙壁上的砖洞里，横梁上

康百万庄园

【康百万庄园上寨外观】

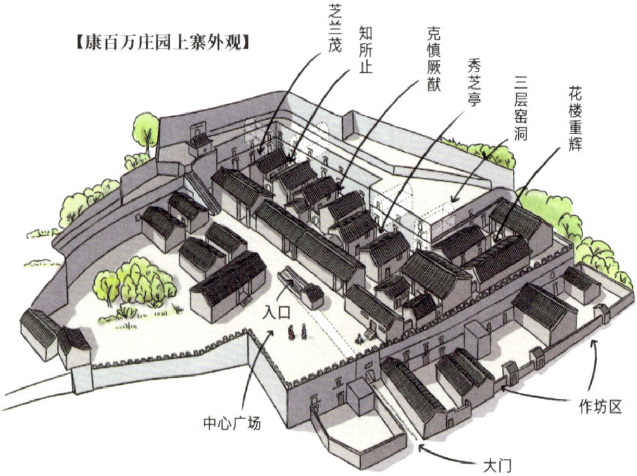

【上寨平面图】

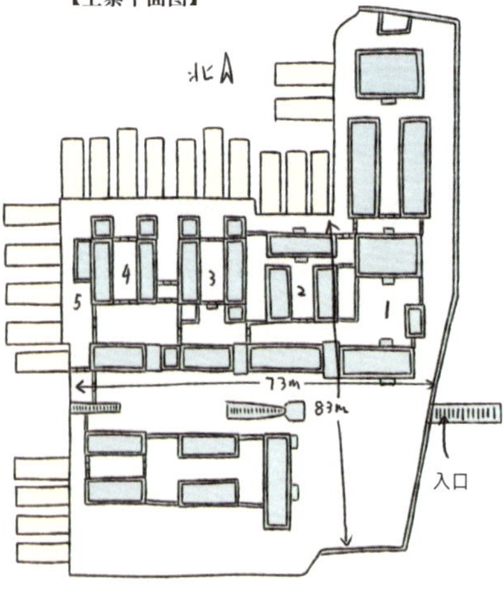

康百万庄园是河南境内最大的窑洞庄园，上寨是庄园的核心区域（始建于清嘉庆年间，道光年间建成），位于邙山半山腰的台地上，南北西三面靠崖，东临伊洛河，北面是五座并列的窑院，南面为下人居所。

【三层窑楼结构图】

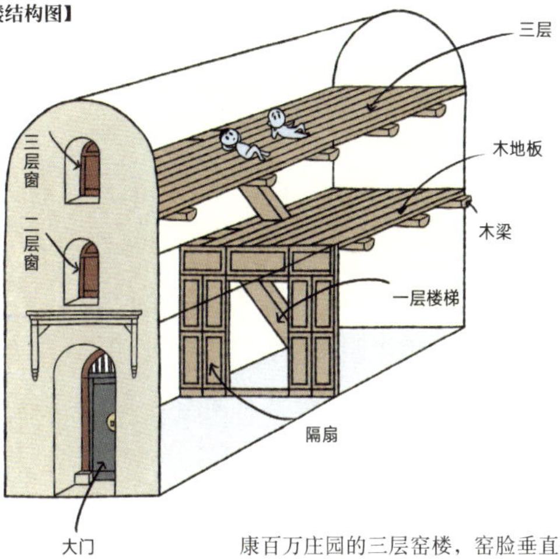

康百万庄园的三层窑楼，窑脸垂直分布着下大上小三个拱券，窑洞内部三层高度，逐层减低，一层由木隔断分为前后两部分。

【丁字拱结构图】

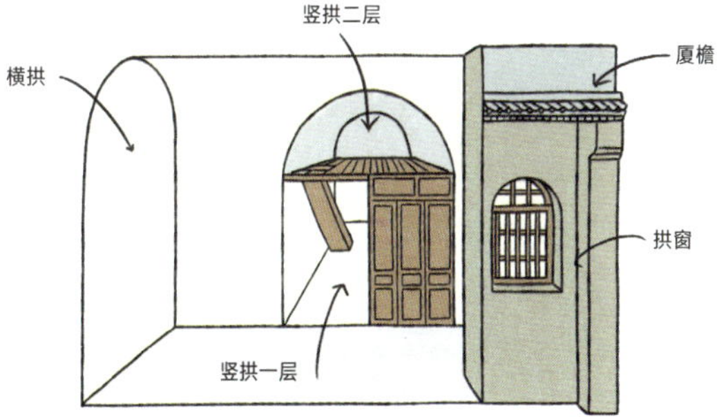

庄园西侧的敬直义方院中有一座靠崖式二层丁字窑，也是庄园独有的。窑洞坐西朝东，前为横拱，后为双层竖拱。

铺木板，中间设木梯相连，称为“二棚三层”，一层再由落地木格栅分为前后两部分，形成复杂的组合。这种多层loft窑洞为河洛地区的特色，将靠崖窑的利用率推到极致，双层loft一般下层作为客厅，上层作卧室或储物，还有些loft前面是双层，后面套着单层，居住、会客、仓储一洞解决。上寨北侧五院现共有十六孔靠崖窑，大部分都作为上房，其中单层的四孔，双层的十一孔，三层的一孔。

上寨东面的山崖下面，是庄园的作坊区，沿寨门两侧分布着坐西朝东的五座窑院，共有主窑九孔，都开在寨墙上，院落宽窄不一。这里曾经设有酒坊、木器作坊、粉坊、伙房等，供家里的长工伙计日常开销。庄园崖壁南侧是南大院，坐南朝北，东西三路，前后两进，占地面积三千平方米。正厅面阔三间，双层硬山带檐廊，是康家举办重大活动、招待重要来宾的场所，相当于小礼堂兼多功能厅，当年康家曾在这里和三十多位知县商议接驾慈禧太后的相关事宜。

院子东面康家学堂，西侧为敬直义方院，是主人办公的院落。院中有一座靠崖式二层丁字窑，也是庄园独有的。窑洞坐西朝东，前半部分为横拱，高五点三米，宽三点三米，长九点六米。前脸开拱形一门二窗，门高三点四米，宽二点二米，两侧的窗高二点二米，宽一点五米，由于门窗面积宽大，因而采光和通风都做到了极致。

正门内直通一竖拱窑洞，高四点六米，内部为“一棚二层”，下层高二点八米，上层高一点八米，宽三点三米，进深八米，前后组成丁字拱。如此大体量的丁字窑洞，且设计精巧的，国内仅此一处，代表了传统靠崖式窑洞的最高工艺水平。

二棚三层窑、双层丁字窑，此类高质量建筑也只可能出现在康百万庄园这种豪富之家，普通人家绝无此财力。当年第十七代主人康建德就住在这里。

从邙山下到伊洛河边，有一大片平地，这里设有祠堂、栈房、花园、戏台、轿房、菜园、牌坊、碑亭，再往南面，有砖窑、瓦厂、木材厂、造船厂，是庄园的工作区，也是康家店的店铺所在。康百万庄园与陕北庄园的不同之处在于，陕北庄园都以农业为基础，每个院落相互独立，以等级和宗亲远近来布局，相当于一个建有围墙的村庄；而康氏家族的基础是工商业，庄园更像一个大工厂，建有不同人员居住的别墅和集体宿舍、码头、仓库、礼堂、办公室、食堂以及生产车间、运输队。整体建筑布局按功能划分，临街有店铺，水边有船厂，山上有碉堡，已经有了近代化工业区的形态，这是其独特之处。

庄园自第十二代康大勇开始营建，到第十四代康应魁时期达到顶峰。同光以后，随着漕运的逐渐衰落，这个家族也逐渐日薄西山。1900年两宫西狩，大厦将倾的康家又花费巨资迎驾。慈禧临走时，康建德捐献了一百万两白银做川资路费，只换来了一个“康百万”的虚名，实则已是强弩之末。康家第十八代掌门人名叫康子昭，生于1903年，陕西讲武堂毕业，远赴东北参加抗日义勇军，任十一路军上尉副官。1933年在日军全面进攻下，义勇军被瓦解，康子昭回到家乡，散尽家财后开枪自杀。

巩义张氏柏茂庄园

柏茂庄园位于巩义市新中镇琉璃庙沟，属于当地富豪张氏家族。这是一片带有清晰年代延续的建筑群，可以看出河洛地区近代庄园发展的轨迹，东西方文化也在建筑上留下了鲜明的符号。

张氏家族于明朝隆庆年间从安徽凤阳迁至新中镇，最初几百年默默无闻，直到清道光年间，十六代张辉明靠放贷起家，逐渐在琉璃庙沟一带置下家业。因为最初山坡上有一片茂密的柏树林，张家便为钱庄起名“柏茂”。此时巩义康家已逐渐衰落，张家成为后起之秀。琉璃庙沟的地形是坐西朝东马蹄形，前面有一条小河。张辉明一支的宅院位于沟口里面，堂号叫柏茂元，占地面积最大，现存六个院落，是庄园的核心。其余各支分布在沿沟口外北，全部为坐西朝东，分别起名柏茂仁、柏茂信、柏茂永、柏茂和、柏茂恒，现存七个院落。

巩义现存三大庄园中，康百万庄园以工商业为基础，柏茂庄园以农业起家，另一处刘镇华庄园，由于主人是民国年间的河南军阀，庄园防御性也最好，当地人戏称为“工农兵”三大家。从庄园建筑布局来看，柏茂庄园确是以宗族血缘划分区域，是个典型的农业家族聚落。

柏茂家的早期建筑分布在沟口东北侧的山崖上，沟口内侧的三个院落建于明末清初。当时张家还未发迹，最初只有靠崖窑洞，后来在外面扩建了厢房，现在这组建筑正在维修，能看到厢房墙体里面的土坯。这几个院虽然建筑质量一般，但方位都是坐北朝南，占据了最好的朝向。张家发迹以后，逐步向南北两面扩建，为适应地形，院落都改为坐西朝东。沟口外的五个院落都是靠崖式窑院，呈竖长形，前面是两层的倒座房和大门，院中左右是两层厢房，硬山搁檩，墙体承重。

主窑有几种不同形态。进深浅的院落主窑是靠崖式双层，通常为一明两暗，青砖窑脸，中间为神龛，顶部有砖雕叠涩屋檐；另一种是窑上房，下层是横拱窑洞，一门两窗，上层将崖壁削去一些，设置左右厢房加主窑，形成一个窄小的三合院平台。进深长的院落呈阶梯式，前院在平地，主窑一明两暗，后院在山坡上，院子为横向，只开挖三孔主窑，不设厢房。这组建筑年代较早，代表了庄园的农业时代，当时张家主要以典地收租为业，这些院子屋后的晒台全是连通的，在山上绕了半圈，院中的二层厢房大都没有固定楼梯，上层作为粮仓使用。

琉璃庙沟中心是长房柏茂元一支，院落格局原本与外面相同，但第十八代张祐进行了扩建重修，风貌已迥然不同，现在俗称的张祜庄园，指的就是这一部分。

张祜1915年毕业于北京法政学堂，之后回到老家经营煤矿生意。他花重金引进国外先进设备，在琉璃庙沟、楼子沟、栗树沟、马沟、水头等地开矿，将家族生意做到最大。之后从上海请来设计师，在柏茂园西南侧削山扩地，建起了中西合璧的窑楼院。左手边的一组建筑为两个并列的中式窑院，三进三层，逐级后退，一层是倒座加两侧厢房，主窑为三孔二层石窑，一明两暗；二层各有三孔明窑，没有厢房，前面是横向的平台，视野极好。前面这一部分作为主人内宅，通过右边角门与南侧窑楼二层相连。三层台地面积最大，是一排六孔石砌窑脸的大尺度仓窑，每孔都有四米高，每三孔中间相连，用来存放粮食等生活物品。

右手边窑楼院，也是并列的两院，由中式屋顶、西洋立面、窑洞内室组成，土洋结合，有种大褂罩西服、足蹬旅游鞋的感觉，这也是民国初年建筑的常见风格。这两个院子曾作为张家煤矿的管理机构，具有公共建筑属性，院落前面是宽阔的广场，从前作为停车场。主院入口是左右对称的卷棚式月亮门，内衬四扇雕花木门，右手门匾上写着“耕读传家”，落款“中华民国十一年”，左手门匾上写“贰好堂”，落款“中华民国十四年”。

进入院中，能感觉到很明显的江南庭院风格，天井幽深，廊檐高耸，石柱通透轻盈。院里青砖墁地，楼前设有排水沟渠，与上海的石库门小庭院类似。院子中心是三座卷棚歇山顶二层小楼，称为转角楼，中间高大的为两院共用，两侧窄小的为左右两厢。转角楼主体结构为面阔三间，进深两间，砖石结构，墙体极厚，虽不是窑洞，但每面墙体上都开出了储物的拱券，门窗沿用拱形，与主楼一致。转角楼四面与主楼前脸都由回廊连接，下层檐柱为整根方形石柱，底部有雕刻精美的三层柱础。柱础顶部为圆形，中间裙袱收窄为八角形，最下面是四方形底座，柱础和檐柱四面都刻有花卉、家训和格言。张祜虽为商人，但颇有儒学渊源，这些题刻显示了主人的学识和为人处世态度。转角楼上层走廊铺设木板，檐柱为圆形木柱，外侧有木质栏杆，顶部是木结构明露造，为传统卷棚式样。

院落主体为三层砖石结构窑楼，每层六孔靠崖平拱窑洞，高三点三米，宽三点四米，进深八米至十五米不等。这种拱形流行于清末民初，属割圆拱，窑顶弧线平缓，内部空间大，采光良好。平拱结构其实很早就出现了，如赵州桥就是平拱敞肩，但作为窑洞拱顶时，曲线优势不明显，上面的覆土重量及窑腿宽度也要经过精密测算，因而到清末民初才被少量应用。这座三层窑楼虽是靠崖，但整体为砖石起券，窑顶很薄，窑腿间距只有一米，整体结构在当时属于技术创新，与绥德窑楼类似，但早了七十多年。窑楼除前廊东西两侧的常规通道外，还在窑洞最里面设有砖砌楼梯，前后都可出入，中间横向贯通，显得四通八达。这种设计除保证安

张祐庄园

【张祐庄园窑楼院外观】

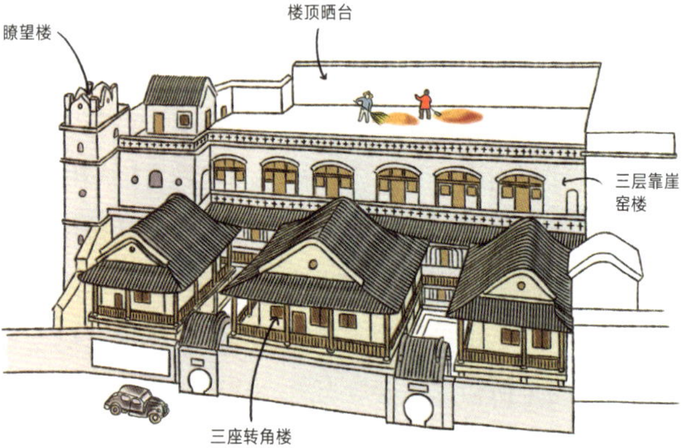

【窑楼院剖面图】

【窑洞装饰】

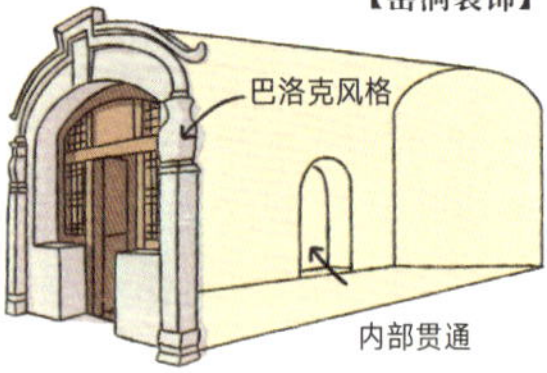

张祐庄园窑楼院建于1925年，为中西合璧风格，中式屋顶、西洋立面装饰、平拱窑洞内核，是一座土洋结合的新式窑洞办公楼。

全，主要来自功能上的考虑，作为办公大楼，各处楼梯通道可以满足不同人员穿梭往来，各司其职。

抗战时期，张祐的儿子张诰将窑楼部分房间让出，这里除了煤矿机构，还作为豫西八路军一支队司令部和豫西专署所在地，设有办公室、指挥部、宿舍和小礼堂，成为一座商住两用型写字楼。窑楼最南侧建有一座四层的方形瞭望楼，居于整座建筑的最高处，楼顶是城堡式弧形围墙，每层有射击口，保卫庄园的安全。柏茂家不像其他庄园那样设有高大的城墙、城门、垛口，它的防御形式是互通联防。如有敌情，所有人员迅速转移，在山顶和瞭望楼用机枪布置交叉火力网，已经是新式阵地战模式。

窑楼外立面采用巴洛克风格装饰，窑脸最外是砖砌半圆形立柱，顶部为立体花瓶造型，共有五十六个，拱头线上下两道，边缘上翘。每层窑脸都稍有变化，一层为一窄门、两方窗，采取传统式样；二层是整体四扇大门窗；三层是窗台与门窗组成的丁字形。虽然装饰元素以传统的莲花、宝瓶、念珠、灯笼为主，但凹凸多变的曲线和多种几何形体的组合，是巴洛克风格在建筑上的典型运用，这与传统窑洞以平面窗格纹样为主的装饰手法已经有了本质上的不同。设计者抓住西洋建筑的核心，但并不是单纯生搬硬套，可以说在窑洞革新方面，张祐窑楼从结构到外观都有了突破性改变。

如果说马家新院的设计理念是“中而新”，那么这座窑楼的理念则是“西而新”，代表了传统建筑近代化的两条思路。这种建筑上的革新往往最先出现在大户人家的庄园宅院中，他们有财力，有眼界，可以将新的设计理念付诸实践。

从这些新式窑洞的建造年代来看，井陉民国院为1924年，马家新院为1929年，张祐庄园为1925年。二十世纪二三十年代，是近代民族工商业最后的窗口期，也是窑洞发展的最后阶段。抗战爆发后，人们再无精力专注于此。解放后的几十年间，窑洞民居大都从实用性出发，仅满足日常所需，不再强调文化内涵。

九十年代以后，随着新型建筑材料的出现和交通的便利，窑洞建筑逐渐没落消亡。

过去人们喜爱建窑洞，是因为用料便捷，人力资源充足，农闲时可以动用大把的时间，而现在人工越来越贵，建一座传统窑洞的成本已经超过了砖砌瓦房，单是取土这一项就耗资不少。如今的窑洞分布区域一再缩减，以窑洞为载体的风俗文化也逐步消亡，陕北剪纸窗花、炕围画等技艺随之面临失传。如何对传统窑洞实行现代化改造，让它既可保留节能环保的传统优势，又能适应现代生活需求，实在是一个值得探索的方向。

北京的房子

赶 年

我决心已定：我要买房，我要买这里的房！

德胜门的灯光

1982年10月的一个周末，已是深秋时节，在北京林学院（现北京林业大学）读大学二年级的我，独自一人从海淀肖庄到前门游玩，傍晚时分，要坐公交车返回校园。前门是市内的交通枢纽，等车的人很多，我花了好大力气才挤上5路车。上车后，身小力薄的我被挤来挤去，难得脱身，那种被裹挟其中的感觉甚是无助。

一路颠簸，一路拥挤，行驶到豁口公交站，车厢内才变得宽松一些。豁口一过，售票员就开始逐个查验车票，并提醒乘客马上要到终点站德胜门了。

我抓着扶手，一边盘算能否赶回学校食堂吃晚饭，一边漫不经心地向窗外张望。彼时，天色已晚，我忽然发现远处一幢居民楼里一下亮了灯，灯光透过玻璃窗与我不期而遇。

那虽然是极普通的灯泡发出的昏黄之光，却像一道强光射进了我的心房。

“什么时候我也能拥有一扇开灯的窗？”

这个念头忽然涌上我的心头，甚至让我有心跳加速的感觉。虽然毫无征兆，一念闪现，但非常强烈，让我一时沉醉其中不能自拔。

恍惚间，德胜门到了，售票员开始催促人们下车，我才如梦初醒。后来是如何转车返回学校，到底有没有去食堂吃到晚饭，现已全无印象。

一盏灯，一束光，竟激起我一个荒诞不经的念想：拥有自己的一扇窗！

当时在北京已经待习惯了，反而没了身处京城的感觉，自己想要的那一扇窗是在首都北京，还是老家乡村，或是将来工作的地方，我全无概念。何况，我当时年方十六七岁，置身大学校园，只顾读书，无视他物，对未来一无所虑，这个想法无非一时起意，甚或痴人说梦。

但这束来自德胜门的光，已然深存于我的心田，被长期封存、埋藏，甚至被湮没在记忆的长河里。直至二十年后的又一个秋冬，它终于被激活、迸发。

选房

大学毕业后，我先是被分配回老家山西雁北一个国营林场，次年调入县里机关。说来惭愧，我大学读的是森林病虫害防治专业，在基层林场还能搞一些育苗、造林等相关工作，可到县里是做文秘，整天围着领导转，不是文件，就是会议，基本和专业不沾边。在机关工作，我同大多数同龄人一样，无非是领着微薄的薪水，上班下班，居家度日，然后结婚生子。那种庸碌如常、死水微澜的日子让我很是惶恐不安，总想干点儿什么。

2002年元月，在政府机关干了十来年之后，我被安排到一所成人学校。因工作单调，无所事事，不安分的我学别人做起了服装生意，想试水商海，看自己有没有其他的养家本领。2004年11月25日，我怀揣一万元现金，乘坐当晚大同至北京的火车，次日早晨六点，赶到丰台的大红门服装批发市场选货。

我一上午便将所有货品打理完毕，下午去北京站买了当晚返回大同的车票。然后闲得无聊，想起前几天曾听二弟说他和岳父在天津看项目，就给二弟打了个电话。电话中二弟说他们当天下午五点会从天津返回北京，入住前门的山西大厦，让我别回大同了，在北京不妨一聚。我说也行。晚上六点多，我赶到他们的住处，一起在附近的饭店吃了晚饭。饭后，我和二弟准备去正阳门的铁道博物馆售票处退票。

当时一张北京到大同的卧铺票不过四五十元，二弟的岳父说算了，没几个钱，我有些犹豫，二弟说反正也没什么事，去退吧。于是，我俩穿着劣质硬底皮鞋，一路向正阳门方向走去，到售票处足足用了半个多钟头，我的脚后跟都磨出了血泡。退票后返回宾馆的路上，我俩歇了好几回。晚上睡觉，二弟岳父让再开一间房，二弟说我们哥俩挤一挤就行了。记得那晚房间的暖气特别热，我俩挤来挤去，一夜未眠。

27日早上，二弟岳父原准备找老乡谈事，但打了一通电话后又改变主意，说想去看看几天前他们刚看过的一个在售楼盘，他有个远房亲戚在售楼部做财务。于是我们一起乘出租车前往。

一上车我就迷迷糊糊睡着了，下车时，司机要走我们五十八元的车费，还给了票。那时，北京出租车三公里内起步价是七元，之后是每公里一块二。后来我多次从小区打车到前门，车费从来都不超二十五，想必是那个家伙绕了多一半的路。

到售楼部，我们刚进大厅，那位白阿姨就急匆匆赶过来，她是二弟岳父的远房亲戚，向他连声抱怨："老弟，让你上次就把房子定下来，你偏不听，这下快卖完了才来，好楼座、好楼层、好户型都没有了，只能剩啥看啥了。"

售楼大厅里看房的人已不是太多，但装修得富丽堂皇，颇为奢华，售楼员个个俊男靓女，很是养眼。卖楼程序都是一样的，先给你发一沓楼书，然后召集大家到沙盘前介绍项目，女讲解员巧舌如簧，什么项目距天安门直线距离不到十公里，楼盘位于千年龙脉南中轴线上，什么旁边的南苑路要建地铁八号线等等，还描述了十多天前开盘时的盛况：有许多人提前三四天夜以继日地排队，就为排进前一百名，这样一是可以随心所欲地挑选房子，二是可以享受减免两年物业费的优惠。其间，有位面相和善的保洁大姐和我聊天，说她就住在马路对过的和义东里，这一带的交通和商业配套还算可以，劝我快买，每平米四千五，一点也不贵，现在北京东边和北边都是八九千甚至上万的房子啦。

直到此时，我仍是一个局外人、旁观者，懵懵懂懂地转，晕晕乎乎地看，虽沉醉其中，但跟自己没多大关系。

之后的环节是售楼小姐带我们上二楼参观样板间。进门前，每组客人都需要套上鞋套，这是我第一次用这玩意儿。踩着棕黄色的鞋套往里走时，参观卢浮宫的感觉油然而生。进到样板间，只见酒红色的木地板折射着微光，客厅宽大方正，水晶吊灯悬挂于上方，名贵沙发和茶几、电视背景墙等一应俱全，茶几上的道具水果令人垂涎欲滴，墙角的绿植叶子上挂着晶莹的水珠，香薰的味道沁人心脾。更为亮眼的是弧型阳台和曲面大玻璃完美结合，外面的景色可一览无余。接着进到厨房、卫生间，厨卫的地面和墙面全部由光洁亮丽的瓷砖铺设而就，各种厨具、洁具、柜体及配饰样样齐备，灯光也异彩纷呈，直让人目不暇接。最后，我们看了卧室。进入主卧，只见一束阳光照射到床上，温馨而又浪漫。

此时此刻，此情此景，我的心突然被触动，二十多年前德胜门的那束灯光如灵光乍现，遥远的光和现实的光交相辉映，让我心潮澎湃。

走出样板间，售楼大厅的背景音乐正在播放台湾歌手潘美辰的《我想有个家》，歌声低回婉转，句句入耳。等下到一楼，我就和二弟说："老二，我要买这里的房！"二弟回问："大哥，你有钱吗？"我尴尬地回答："身上还有进货剩下的一千多。"

回答他的同时，我也被重重拉回到现实中，问题的关键是，买房得有钱呀。但此时我决心已定：我要买房，我要买这里的房！

事不宜迟，我马上找到与我对接的售楼员小唐。他告诉我，想买房得先交两万元保证金，跟销售公司签订房屋认购书。我立刻联系在家的爱人，让她把家里所有的存折和现金凑起来。她说家里共有一万三。我让她赶紧想办法和亲戚借钱，凑够两万交给三弟，让三弟下午六点前从邮政银行汇过来。次日中午时分，我在和义东里的邮政所收到这两万元。

把钱取出来，我和二弟直奔和义西里售楼部，用这两万元换得一纸房屋认购书。

拿到认购书，才发现最下面有一行小字：十五日内若您不购买本房屋，此保证金将不予退还。

由于已到尾盘阶段，我只能选择小区最南边那栋楼五层的一套房子，两室一厅，步梯，户型和样板间相似，特点是客厅在北边，南北各有一个卧室，厨卫在两间卧室的中间，面积为八十一点六平方米，总价近三十八万元，可贷款，首付只需百分之二十。跟白阿姨和小唐商量后，我们初步商定付款方式为：首付八万元，贷款三十万元，贷款期限二十年。

当务之急，就是尽快回去筹措余下的六万首付款，并准备商业贷款所需的各项材料。

忙完这些，已近傍晚时分，我和二弟随便吃了个饭，匆忙乘公交车赶往北京站。当天的卧铺票已售罄，所幸还有硬座票。

现在回想起来，家里那位也调侃道：这事纯属荒唐。以自己当时的财力来说，在我们居住的县城也买不起房子。那时我们刚搬入爱人单位集资兴建的简易楼房，六十多平米，在顶层，虽然不需再寻房租院了，但冬天冷得要命，夏天热得够呛。当初一万多元的集资款，还是用了两年的时间才凑齐的。后来北京房价节节攀升，有人夸我有远见、有魄力，有人赞我是认知的变现，厚积薄发终得所愿，我哪敢认领，自己心里清楚，远没有那么夸张和超现实。

静下心来想，可能只有两个原因：一是在北京读过书，这对一个人的视野、心智、胸怀和格局都有很大的影响，造就了自己身上浓浓的“北京情结”，当样板间那束光照在床榻上，瞬间与学生时代那束德胜门的灯光交织，让置于心田的种子生根发芽，梦想随之开花；二是从首都高校毕业，返回故乡小城工作，落差实在很大。“名牌大学”的称谓经常被拿来调侃甚至被挤对，人们投来的常常是鄙夷不屑甚至幸灾乐祸的目光，让我总是尴尬又无奈，加之自己的性格也与官场上那一套格格不入，社会上吃不开，在单位只能做一个平平庸庸的小职员，结婚多年都没有自己的房子，今天住东，明天住西，让老婆孩子跟着受罪。生活虽不尽人意，但我努力向上的意志还未被完全消磨掉，工作之余，不辞劳苦地推销复读机，卖运动鞋，卖服装，改运、改命的决心从未动摇，努力把手上的烂牌打成好牌。机会一来，我就立马抓住，决不松手！

唯一没有想到的是，这个房子它会涨价。

买房

怀揣一纸认购书，从北京回到家里，马上就到了一年中最冷的大雪节气。按照认购书的约定，我必须在两周内筹够余下的六万元首付款。窗外冰天雪地，心里火急火燎。

所幸，没几天白阿姨就打来电话，说开发商因故延迟签约，所有购房者只需在春节前再汇去两万元，确认购房即可，其他事项等过了春节再说。这一下让我长舒了一口气。

春节一过，就该出去继续找钱了，整个正月我东跑西窜，四处张口，终于凑够剩下的四万元首付款。3月初，销售公司打来电话，让20号准时去售楼部签约。于是，我马不停蹄又奔向北京。

从北京西站出来，乘公交到售楼部所在地和义西里，需转三次车，得用上足足两个多小时。进入售楼部，整个大厅人头攒动，一派热气腾腾的景象。这是购房最为重要的环节之一：交齐首付款，并正式签订购房合同。

白阿姨告诉我，购买这个叫世嘉丽晶小区的业主，大多是在大红门一带做服装生意的商户，且以浙江人居多，北京本地人只占了不到三成，像我这样的山西人少之又少。

签约过程很烦琐，每位购房人须在销售的指导下，一次次地重复签字。一位北京大妈完事后抱怨道："签得手都快抽筋了。"

人群中一个场景吸引了我，只见两个本地家庭过来签约，还领着一个中年律师，那个律师拿着厚厚的一摞书，旁征博引，口若悬河，对销售公司提交的合同文本横挑鼻子竖挑眼。记得最离谱的是，他要求开发商将南苑路建设地铁八号线写在合同中，并保证兑现。我作为旁观者，心想：这哪是一个开发商能说了算的呀！几个回合下来，好几位售楼员被这位律师噎得接不上话，唯恐避之不及，最后只能由经理出面，请对方到二楼单间详谈。这些人走后，销售小唐不屑地说："买个八十平米的房子，还得贷款，阵仗倒不小，这帮北城人事儿真多。"

在大厅还遇到一位温州大哥，长得五大三粗，浓眉大眼，有几分南人北相。只见他签自己的大名时颤颤巍巍，大汗淋漓，还把姓氏“林”字写成了“木木”。但人家买的是一百四十六平米的大平层，四室两厅两卫，还是电梯房。关键人家是全款，八十多万一次性付清，眼都不眨。

有一句话：如果你想做某一件事，全世界都会来帮你。从北京回来不到一个月，白阿姨又打来电话，说刚好有个银行经理因资金不足，退回一套多占的房源，是小区最抢手的户型之一，南北通透，方方正正，明厨明卫，仍然是五层，但比我原来认购的户型强多了，面积才多了七个平方，让我携带三万多元差价款赶快过去调换。

机会难得，不容错过，当晚我就直奔北京，第二天上午，如约来到售楼部，在白阿姨及小唐的帮助下，先将上次的合同作废，补齐差价后，签了新房子的合同。

刚签好合同，就有一对小夫妻火急火燎地从另一个楼盘跑过来，要认购我退掉的房子。销售小唐见状，把我拉到一旁低声说：“您手上的认购书已经备案，按市场行情至少值五千。”我想人家即使给点“茶水费”，也不应该由我拿，就同白阿姨商量。白阿姨说算了，都是外地大学生，在北京买个房不容易，我就直接把认购书给了他们，这对小夫妻最终顺利买到这套房。后来我装修房子时，在小区院里遇到了他们，他俩热情邀我到家里小坐。交谈中得知，他们是北航的研究生同学，男主人刚到小区南边的航天部运载火箭技术研究院工作，女主人继续在北航读博。当初他俩在前面那个楼盘也是看中了别人退出的一套房，一纸认购书人家张口就要一万块的“茶水费”，给八千都不行。

这次北京之行，我还完善了所有的借贷手续，满足了银行的放贷条件。到7月份，我的贷款额度就批下来了：贷款金额三十万元，还款期限依照我的申请降为十年。

为何变为十年？是因为当初自己第一次接触住房抵押贷款，对相关知识知之甚少，况且那年我已快四十岁了，总担心若背上二十年的房贷，这要一直还到退休才算，关键是贷款十年，每月还贷金额只比二十年的多六七百元，想到自己出身农村，省吃俭用过紧日子是最本色、最擅长的，所以就毅然申请改为十年。同期购房的生意人，大多选的是五年期或十年期的，可能他们对自己未来的赚钱能力比较自信吧。而本地人大多是二十年期的，一位瘦高个北京人说：“急啥，慢慢还嘛，我还不上，让儿子还。”

从8月开始，我就走上了漫长的还贷之路。

我是等额本息还款法，每月须还贷三千元以上，而我那时的工资还不到两千，按规定是贷不了款的。当时的银行审贷不是很严，售楼员为完成销售任务也是极力为你想办法，同期买房的大多是生意人，哪有固定的收入，大家都是随便找家公司开个收入证明即可。记得银行的人问询我的收入情况，我说除了有稳定的工资收入，还经营着两个商店，每年利润超六万元，那位审贷员欣然签字同意。后来才知道，房贷是银行最稳妥、最优质的资产，人家是押下你的房子才贷款给你的，几乎没有风险。

这个小区位于南四环大红门桥南，离南苑机场很近，规划时严格限高，所以全部是六层的房子。由于规模较小，2005年11月底就全部完工并交房了。12月初，我顺利收房，拿到钥匙就开始装修。

买房一时爽，装修泪汪汪。好在有物业廖经理帮忙，介绍了一个还算靠谱的装修公司。到铺地砖的那天下午，来了一对农民工夫妇，年龄比我大五六岁，一听口音就知是河南人。他们拿着两个蛇皮口袋，一个袋子里装着简单的行李，另一个袋子里装着铺地工具、电热炒锅和半塑料袋大米，还拎着一把铁锹，这就是他们的全部家当。当晚，他们要住在这个毛房毛地只有玻璃窗的房子里。而我每天花二十五元住在和义东里的小旅馆里，晚上还有自己一个单独的床铺，于是幸福感爆棚。

也没别的事，我就每天过去帮帮忙或跟他们闲聊。熟悉后，得知他们来自河南新蔡农村，姓刘，老刘夫妇有两个儿子，大儿子中专毕业在江苏打工，二儿子还在念初中。他们那里人多地少，农闲时节大家都出来打工赚钱。老刘家并不宽裕，三年前才还清二儿子八千元的超生罚款，大儿子马上又到了适婚年龄，怎么也得想办法给他在县城买套楼房。我问他们县城的房价是多少，老刘说一套百十来平米的楼房，大概得七八万。我琢磨这个价格和我们县城应该差不多。当老刘得知我买这个房子花了四十一万多，连声说："太贵了，太贵了，我们一辈子也挣不到这么多钱。"

刘师傅活儿干得好，品行也端正，对某些事守口如瓶，绝不多言。记得当工程快结束时，我问他："装修公司给我的工费报价是一千八，你能赚到一千二吧？"他赶紧说："这个不能说，绝对不能说，说了就没活干了。"随着地砖和墙砖铺设完成，室内的基础装修也基本告一段落。只是到安装以前预订的坐便器时，我已囊中空空，只能暂时停工，返回家中。回家没几天，就到了春节。除夕夜，全家人围坐在一起看狗年春晚，赵本山演的"黑土"大叔说老伴"白云"：赶快写书吧，村长说，村头厕所已经没纸了。我的心为之一震，不由想起北京那间尚未装上坐便器的房子。

过了正月，单位没啥事，我又凑了点钱，打鸡血似的跑去北京。这一回已是轻车熟路，先把坐便器安好，接着把空空如也的厨房装修完工，再给两个卧室装上木门，给厨卫分别装了铝镁复合门，并将灯具和窗帘安装完毕。最后，去和义东里的旧货市场淘到一张二手双人床。至此荷包见底，也大功告成。

离开北京时，首都已是春意盎然，花团锦簇。我坐着公交车行进在南苑路上，看到两侧一排排的连翘正值盛花期，黄灿灿的繁茂枝条，在春风吹拂下身姿摇曳，像极了自己欢欣雀跃的心情。

转眼到了五一劳动节，那天下午，我正在县城的体育场练车，突然接到一个北京来的电话，是小区物业的廖经理。他说有人想租我的房子，他已领人家进去看过（我走时给物业留了钥匙），问一年租金多少。我不假思索说了个三万元。老廖说租户是位做服装面料的浙江老板娘，也住在本小区，可能会长租，建议我适当让点价就能谈妥。好事情，房子装好后不到一个月，就有人上门寻租。

事不宜迟，5月3日一早，我又风风火火赶到北京。到了小区，那位汪女士请我到她家小憩喝茶，我们两家离得很近，她已看过我的房子，比较满意，想给员工租住，以方便管理。汪女士家中的显眼位置都挂着“耶稣牧羊图”等题材的图画，书架上摆放着宗教读物，不问便知，她是虔诚的基督徒。有信仰的人做事都比较靠谱，而我也老实诚朴，所以房租很轻易就谈妥了，比我的要价少了两千元，且一年一付，双方只是简单签了个合约，她就给我转来款项，我给了她钥匙。

当晚乘火车返回大同，当火车驶离西客站，躺在上铺的我想到卡里多出来的钱款，抵得上我一年半的工资收入，用来还房贷也够九个月，不禁喜上眉梢。这北京的房子自己都会赚钱了，“以房养贷”变成现实，让我始料不及。

当房东

汪女士租下房子，让我的还贷压力一下减轻了许多。由于她弟弟小汪住在里面，后来房子的事我基本就与他沟通。

每年的房租也是我提前联系小汪，然后汪女士汇过来。转眼到了2013年3月，汪女士打来电话，说她家已搬到朝阳，空下来的房子准备让员工住，所租房子到期就不准备续约了。

5月上旬，我过去交接房子。进到室内，小汪他们已经腾空并打扫干净。七年了，房子还保持得很好，更好的是我们之间的和谐相处，我和小汪甚至成了无话不谈的朋友。交接完水卡、电卡及钥匙，我们到了楼下，汪女士诚邀我到她星河湾的新房看看，我婉言谢绝，准备和小汪喝酒叙旧。随后，汪女士开着她崭新的保时捷卡宴走了，记得七年前她租房子时，开的是一台有些年头的捷达。

晚上，我俩在一家温州饭馆吃饭。小汪不胜酒力，两瓶“雁荡山”啤酒下肚，就把他姐夫的发家过程和盘托出，让我听得如痴如醉，这也成了当晚的主要谈资。他姐夫姓林，林老板小我八岁，2002年来北京大红门做羊绒面料生意，但做得一直不温不火，并没有赚到多少钱。2004年购买这里的房子时，只买了个八十多平米的两居，还贷了款。但林老板读过中专，算是他们村的文化人，是个有想法又有章法的人。他已然察觉到中国房地产正在驶入高速发展的快车道，便义无反顾地投身其中。2007年中，以他为首，与三个本族兄弟合伙，在江苏某市成立了一家房地产开发公司。这四位股东以前都是做服装生意的，从来没有接触过房地产，但人家敢闯敢干，一上手就拿下八百多亩土地搞开发，启动资金有一多半靠的是贷款。公司半年内就完成了前期的规划设计及审批办证等流程，次年动工开发，分两期实施完成，是当地最大的商品房开发项目。

这帮温州人果敢敏捷，速战速决，到2012年就取得骄人的业绩，整个大盘去化率达到百分之九十八以上。之后他们无心恋战，将剩余不多的房源打包转售给销售代理公司，清盘并获利了结。年底分红，公司净利润达八九个亿，每个股东都赚得盆满钵满，林老板分得最多。佩服之余，我的好奇心来了，就问小汪："你姐在星河湾是那种带室内游泳池的房子吗？"他说不是，才二百八十多平米，是一套二手房。不过小汪透露，汪女士马上要回老家杭州，准备给远在美国读高中的儿子和闺女各买一幢别墅。

和义一带是商业区，小区的房子不愁出租。来北京收房之前，我已联系到一位卖鞋的老板沈总，他也是给员工租房，但这次恰好他和夫人都回青田总厂开会，我只能把钥匙留给物业廖经理，然后回家。没过几天，沈总打来电话，说他已看过房子，准备租用，问房租多少。我给的价格比小区的普遍租金要低，并告知房子的供暖费一直由我负担。沈总对价格没有异议，但提出一租三年，我勉强答应，但要求三年之后一年一租。5月中旬，我和老婆前往北京，这是买房九年来她第一次进到这个房子里。签合同时，沈总提议将起租日改为6月1日，没等我开口，老婆就一口应允。

从2013年6月起，沈总他们共租了五年，后两年的租金也不高，每年只涨了两千元。2014年8月的一天，我正在上班，一个北京的固定电话打过来，确定了我的身份和那个房子的信息后，对方让我尽快去北京市住房贷款担保中心去领取房本，我问道：“我们还有一年才能还清贷款，现在就能去取？”人家说：“这个没关系，房子已经解押，来了就能取。”

回到家里，老婆说别遇到骗子，让问一下小区物业。我打电话给廖经理，他说：“我们也不清楚这个事，不过，你去看看嘛，又不跟你要钱。”于是第二天一早，我俩乘大巴赶往北京。

出六里桥长途客运站，坐地铁半个多钟头就到了中关村辉煌时代大厦。看到来来往往的人都来办理产权证，便知这是真事无疑了。上到七楼，我把身份证交给人家，按顺序排了个号，不一会儿就轮到我。仅用了三分钟，工作人员就把大红本给了我。出门后，老婆诧异地问道：“啊，一分钱也没花？”

当晚，大学同学老程请我们吃饭。席间，一位女同学的先生问我：“你在外地工作，怎么能想到零四年就在北京买房？”我本来想说“上帝为你关上一扇门，同时也会为你打开一扇窗”，但想到人家是名校教授，只是敷衍了一句：“大概是脑子进水了吧。”

到2018年2月，我告诉沈总要卖房，若他要，就优先考虑他。沈总问了价格后，表示没有兴趣。我就请他在5月31日租赁到期时腾空房子，他爽快答应。

出租房子十二年来，我这个房东当得挺轻松，两任租客也都很实在。我们彼此信任，互利互惠，许多事情如封闭晾台、安装新空调、更换新坐便器等，都是委托他们去办，我只是最后结账付款而已。但有一件事，我必须亲自去办，就是到和义派出所办理外来人员暂住证。2007年开十七大，2008年举办奥运会，都要求得非常严格。记得2007年春晚，冯巩在小品里说："我在海淀有暂住证！"我不禁会心一笑，心想："我在丰台有暂住证。"

卖房

为什么要卖房子？道理很简单，到2017年底，这套位于南四环外不起眼的房子，单价已超过五万元，这让对北京房价一直钝感的我觉得不可思议，也有了将其变现、落袋为安的想法。

2018年春节回老家过年，和父亲聊起这个事，他说："你是外地人，北京那个房子再值钱也是纸面富贵，其实是个死宝，不如把它卖了换成钱，以后干啥不行？"又说："在农村，养猪、养羊，到了月份就得出栏，再养就不长膘了，还浪费饲料。"回到家中，我也寻思，因为阴差阳错碰上了一个机会，让自己搭上一台财富增值的快车，资产不明不白地涨了许多，对于出身农家、小富即安的我，这就够了，何必再贪？

另外，客观上也有卖房变现的需求：一是自家姑娘从北京交通大学硕士毕业后，于2017年6月参加工作，获得北京户口，将来要在海淀区工作生活，她的工作单位在北四环外，南北相距太远，姑娘用不上这个房子；二是这年我已五十三岁，爱人也从企业退休，我俩的工资不高，只在县城有一套楼房，还不是电梯房，我开的车也不行，卖了北京的房子，拿一部分钱提高一下生活品质，也在情理之中。我准备先买辆好一点的车，然后像其他同事那样，在大同市区买一套像样的房子，将来在市里过退休生活。况且，坐高铁去北京也方便得很，用不了俩钟头。

主意既定，便是行动了。之前我已联系好租客，让到期将房子腾空，然后上链家网，咨询售价。这个房子优点明显：一是户型好，南北通透，方方正正；二是交易税费少，因房龄满五唯一，面积不足九十平米，只需交百分之一的契税；三是交通便利，小区周边原来就有十几条公交线路，后来又增开了快速公交1号线，到2015年终于开建地铁八号线南延工程，明确在小区东侧设和义站，离小区东门不到三百米，将来是妥妥的地铁房；四是这个小区户数不多，物业管理完善，当时院内已经绿树成荫，鸟语花香，是和义一带口碑不错的小区。缺点只有两个，一是楼层高，由于在五层，又是步梯楼，估计中老年人不会关注；二是学区差，不要说和义地区，整个丰台都没有像样的学校。

说起学区，让我想起一件事。零六年装修基本完工时，物业廖经理介绍一个年轻人过来看我房子的装修效果。小伙子三十出头，长得很精干，把我的房子里里外外转了好几个来回后，连声说："这房子好，这房子真好！"我问他的房子在哪里，他说刚刚贷款买了个豆瓣胡同的房子。我以为是老北京那种平房，他说不是，是电梯房，不过是个一层西向的房子，面积还比我的房子足足小了十八平米，采光也一般，但价格却不便宜。我正得意时，他说了一句："没办法，为了孩子上学呀。"这句话，让我至今记忆犹新。后来我才知道，豆瓣胡同对应的学区是史家胡同小学，那是全北京甚至是全中国最知名的学校呀。

好在那时候学区房的关注度还不是很高，链家网也不把这个当重点。记得网站给我房子的综合打分是9.1分，蛮高的。至于售价，我不想纠缠，直截了当拿出一个非常合理的数目，比之前成交相同面积的房子足足少了八万元。中介也认为这个价格很有竞争力，他们一致认为挂出后不出两个月就能成交。

到5月25日，沈总他们已腾空房子，我让他把钥匙给了房屋中介。链家公司次日就派人去拍了卧室、客厅及厨卫的照片，当晚将房子挂在网上。5月28日，我赶去北京，与沈总进行了简短的交接，然后到和义东里的链家门店与中介们交流一番，便返回老家。

回到家中，我每天一到九点就利用网站上的"小喇叭"

功能向所有中介喊话，介绍房子的优点、小区的区位优势，并讲一些装修及出租过程中的趣闻逸事，群里甚是热闹。我还想每天发个红包让大家抢，但被告知没这个功能，公司也不允许这样做。从6月1日到6月14日，中介共带四组客人去看房，都没有达成购买意向。6月16日一早，中介小陈打来电话，说昨天有一对小情侣中午看完后，很感兴趣，晚上又领着两家八九号人整整看了一个多小时，末了还到小区院里转了个遍，他们觉得价格也相对合理。中午，小陈又打来电话，说对方给到的价格比我的底价低了三万，双方已完全可以到门店进行面谈，成交的可能性极大。

6月17日，我和三弟驱车赶往北京，晚上七点钟，准时到达中介门店与对方相见，进行面谈。由于双方都诚意满满，仅用了不到一小时就达成一致。最后，房子的成交价比我的底价低了两万五。

之所以不出二十天就成交，有两个因素：一是缘分天定，在恰当的时候遇到了恰当的人；二是应了那句楼市真言：没有卖不出去的房子，只有卖不出去的价格。

合同很快就签好，出了门店，我们哥俩已饥肠辘辘，赶快到小区前面的大连小海鲜填饱肚子。饭后，我要找宾馆住，三弟说："不要了，让我住住你北京的房子吧，以后再也住不上了。"

签约之后，我感觉轻松了许多，要做的只是在中介指导下签字画押走流程，并等待收款。倒是对方在交首付款时遇到了种种麻烦，导致比合同约定的时间整整推后了两个多月。毕竟小两口刚参加工作，都在医院从事医学影像专业，两人没有多少积蓄，全凭父母拿首付。男方家庭是房山区的农民，女孩家在大兴旧宫，家里在前年刚为她的双胞胎哥哥买了房子，也是捉襟见肘。其间这两个孩子甚至包括家长，多次向我说明情况，并表达歉意。我也出身农村，完全能够理解他们的不易，总是耐心安慰，从不苛责。

首付款到账之后一个月，他们的贷款也下来了，随后由监管账户转给了我。买卖二手房，需经历许多烦琐的程序，比购买新房麻烦得多。从6月中旬到10月上旬，我前前后后去了五趟北京。

2018年10月19日，我和老婆再一次前往北京。这也是交易的最后一个环节：交割物业。我们需结清水、暖、电、燃气及有线电视和物业等费用，到和义派出所办理无户口迁入证明。20日，仅用一天时间就轻松搞定，并把钥匙给了对方。按合同约定：五个工作日之后，若无任何异议，监管账户会把最后的房款打到我的账上。当晚，我和老婆坐火车返回大同。

子夜时分，望着窗外渐行渐远的北京城，我不禁感慨良多。四十年前德胜门的那道光，又一次浮现在眼前。

以书为生

不 不

二十世纪出版史上的十个切片。

哺育

1910年深秋，凌晨三点，八十二岁的托尔斯泰被开门声和脚步声弄醒，发现妻子索菲娅正在偷偷搜寻什么，很有可能是他的遗嘱或日记。这让他非常生气，呼吸不畅，难以入睡。托尔斯泰摸着自己的脉搏，九十七下，下定了离家出走的决心。

早上五点，托翁给妻子留下一封信，带着家庭医生杜尚默默离开。他在信中写道："我的出走肯定会让你难过，对此我很抱歉。但愿你能理解和相信，我已没有选择的余地。我在家里的状况越来越艰难，终于到了无法忍受的地步。除去种种原因外，我再也不能生活在以前所过的那种奢侈环境里……"

几天后，他的这个突然离家的举动传遍整个帝国，各大报刊纷纷刊发这一新闻，连远在巴黎的二儿子列夫都知道了。与此同时，女儿萨莎赶到父亲身旁，发现他的身体状态很差：浑身发冷，高烧无力，陷入昏迷。两天后，老人家咳嗽吐出的痰中带血，被医生诊断为肺炎。他所在的无名小镇阿斯塔波沃成为焦点之地。

1910 年 11 月 20 日（俄历 11 月 7 日）清晨，托尔斯泰去世。

当送殡列车开进扎谢卡车站时，成千上万的人聚集在那里，行列长达数里。葬礼上，托翁的儿子们和农民一起抬起灵柩，慢慢放进扎卡斯峡谷旁橡树下的墓穴。所有人摘下了帽子，主动跪倒，连宪兵都不例外。《永生经》里“永生不忘”的句子飘荡在空中。

葬礼结束后，出版人绥青目送跪倒的宪兵军官们画着十字一一离开，而他即将开始面对另外一场无声的战争——托尔斯泰全集的出版事宜。

托尔斯泰的亲族和律师穆拉维耶夫组成了一个委员会，找来德国出版商马克斯和绥青，提出一个建议：出版方需出资三十万卢布，作为全集的稿酬。委员会用这笔钱购买雅斯那亚 · 波里亚那的土地，并将这片土地无偿赠送给这里的农民，以完成托翁夙愿。

一开始，马克斯和绥青同意共同刊印全集。两家各出十五万卢布，然后按照各自的想法去策划出版。不过在听完绥青的预设定价后，马克斯反悔了，因为绥青打算推出两个版本，价高的一版五十卢布，价低的一版十卢布。出于某些因素的考量，马克斯坚持要绥青将书价至少定在二十五卢布之上。

两位出版人谈崩了，重新回到委员会面前。

委员会又提出一个建议：干脆由一家出版方来独立运作吧。委员会优先选择了马克斯。马克斯计算投入产出之后，又后悔了：他觉得三十万卢布代价太大，“这是亏本买卖”，拒绝该提议，退出了竞争。

绥青看了看那份一模一样的合同，并没有犹豫：“好吧！我同意签这份合同，履行你们原先向马克斯提出的那些条件。”

他没有改变原计划，依旧推出了两个版本：五十卢布（实际售价五十五卢布）的全集印了一万部，十卢布的全集印了十万部。而这些书是一点都没有赚钱的，所有的收入，仅仅是抵销了成本。绥青在其个人回忆录里这样写道：“之所以接受了那些遗产继承人的提议，只是因为我认为：一个出版工作者在良心上是有责任帮助委员会去解决一切有关雅斯那亚·波里亚那土地的困难的。”

简单说，托尔斯泰改变了绥青的一生。

最开始，绥青的命运和莎士比亚有点像。

1587年，二十出头的莎士比亚从斯特拉福小镇前往伦敦，进入“女王剧团”做演员。那时伦敦城内大约有二十万居民，年轻的莎士比亚就像一粒微尘。他一周大约有六先令的收入，能在两出戏中扮演四个龙套：士兵、凶杀犯、小偷和一位爱上王后的意大利勋爵。作为一个演艺界新人，“练习生”莎士比亚需要背诵六出戏的台词，懂乐器演奏，能歌善舞，还要学会打杂、打架、摔跤和决斗。最后，顺便也写写剧本。

大约三百年后，少年绥青也像莎翁一样，从格涅兹德尼科沃小村子里前往帝都莫斯科。终其一生，用无数书籍震撼了一个国家。

绥青小时候家境不佳，只上过三年学，接受的教育也很不正规：学校只有一间教室，醉醺醺的老师经常用鞭子抽打学生，或者罚不听话的孩子跪在豌豆上。同样，学生也毫无纪律，轻视学业。绥青厌恶读书，三年下来，除了认字之外，“脑子里什么东西也没有留下”。辍学后，绥青跟着毛皮匠兜售皮货，还想过给一个油漆匠当学徒。一个很偶然的机会，商人库齐米奇叫绥青去莫斯科，打算给他在那儿介绍一份有关皮货的工作，绥青就这样来到莫斯科，却发现皮货学徒的名额有限，于是在商人的转介下，进入一个书铺。

1866年9月13日傍晚六点，十五岁的乡村少年绥青去往莫斯科塔冈卡区的一家书铺打杂：“每天晚上必须给老板和伙计们擦干净皮靴套鞋，洗干净刀子叉子，给伙计们摆桌子上菜；每天早晨必须从水池里挑水，从堆棚里取柴，把桶里的泔水倒在污水坑里，把垃圾清理出去，到市场上去买牛肉、牛奶和其他的食品。”

书铺的老板沙拉波夫做的是家族企业，但他对图书经营并不算太上心，大多时候将各种事务交给伙计们操办，所以绥青在这里得到锻炼，结交了很多货郎。

当时交通不便，销售全靠一个个货郎用马驮着货物，步行数百里，把物品送到一个个小村庄里。每当货郎成群结队进入小村子，村民就用大钵子蜂蜜和白面包来招待他们，因为那时图书是稀罕物件，只有大城市里才有的卖，而绝大部分地区压根就没有书店或印刷厂。普通老百姓也不认字，主要购买的是木版画。十五世纪，木版画在俄国就出现了，主要形式是在图画下加一小段叙述性文字。起初它仅有宗教意义，后来反映日常生活或历史故事的插画逐渐流行开来，深受民众喜爱。

踏实勤劳的绥青在沙拉波夫的书铺里做了十几年工，攒下几千卢布，再向老板借了一张期票，开了一家石印厂。新业务开展得十分顺利，俄土战争期间，绥青开足马力刊印军事地图与战役图画，产品供不应求，他和工人们几乎“忙得喘不过气来”。

1883年，绥青和另外三个合伙人成立了图书出版股份公司，起名叫伊·德·绥青公司。很快，这位出版人就遇到了他命运中的最大转折：托尔斯泰的合伙人前来拜访。

年轻时的托尔斯泰是一个花花公子：嗜赌如命，欠过多笔数目很大的赌债，并且到处寻花问柳。在1853年的日记里面，他直言不讳自己的问题："我负了债。我输掉的比我手里所有的还多……我必须有一个女人，欲望不让我有片刻的平静……我和一个哥萨克姑娘幽会了两次，坏得很！已经让我自己很堕落了……昨天送别瓦列莉安和玛莎，晚上和一个女孩在一起……避免和你能够轻易得到的女人交往，当你感到强烈的欲望时，尽量用体力劳动来使你疲倦。我每天必须记下违反这些准则的次数。"

1855年11月，二十七岁的托尔斯泰来到彼得堡，在妹妹玛利亚的安排下，去拜访三十七岁的屠格涅夫，然后顺利进入文坛。但托尔斯泰的性格令很多人吃到了苦头，他在宴会上尖酸刻薄地攻击乔治·桑，在朗诵会上把赫尔岑贬得一无是处，最后与屠格涅夫彻底绝交。屠格涅夫曾评价："很少有人能像托尔斯泰那样，用多疑的眼光、三言两语恶毒的话就激起一个人的狂怒、扫兴和沮丧。"有一次两人大吵一架，朋友们赶过来劝托尔斯泰："您别激动，您不知道他（屠格涅夫）是多么器重您、爱您！"托尔斯泰回答道："我不能容许他瞧不起我，你看他走来走去，这是故意的，故意摆动他民主的屁股！"后来托尔斯泰在日记里写道："和屠格涅夫吵架吵得好，彻底吵翻了——他是个十足的下流坯，不过我想，以后我会忍不住原谅他的。"事实上，屠格涅夫直到去世也没有得到他的原谅。

分歧源自两者的理念差异。两人都是贵族，但屠格涅夫以贵族生活为荣，托尔斯泰则以贵族身份为耻。前者崇尚诗意，后者追求真实。前者爱抒情，后者讨厌矫情。屠格涅夫是一位艺术家，托尔斯泰则热衷于社会公益。与屠格涅夫名作《父与子》的主题相仿，这两位也多多少少有一些身处两个时代的意味。

花花公子托尔斯泰的巨大转折主要发生在年过半百之际，那时他已经写出了《战争与和平》《安娜·卡列尼娜》等巨著，誉满天下，内心苦楚，陷入精神危机。

目睹广袤土地上无数民众的无边苦难之后，托尔斯泰对自己奢侈的贵族生活生出忏悔之心。1881年6月，他脱下精致的衣物，穿上树皮鞋，背着麻布包，身着粗布长衣短衫，步行前往奥普京修道院朝圣，一路上风餐露宿，睡在干草堆里，和乞丐坐在一起吃饭，被雨浇得浑身哆嗦。他甚至觉得自己得到的巨额稿酬是一种罪孽，就想请人做一些真正有益于贫苦大众的出版事业。

1884年，贵族青年切尔特科夫找到托翁，倾诉自己的内心。尽管两人年龄相差近三十岁，切尔特科夫却与昔日的托尔斯泰一模一样，也经历过一段赌博、酗酒、烟花柳巷的青春岁月，陷入深深的自我怀疑之中。由于两人志趣相近，于是决定一起成立一家名为“媒介”的出版社，策划价格低廉但充满思想性的优质读物。为将这些书籍传递给更多读者，切尔特科夫前往拜访绥青。

1884年11月，头戴海狸皮帽、身穿毛皮大衣的切尔特科夫来到绥青的店里，掏出三本薄薄的小书，里面包括托尔斯泰所写的《人靠什么生活》和《二老人》。切尔特科夫想请绥青负责一些出版发行事务。毕竟术业有专攻，媒介出版社的专业经验肯定比不上绥青。

当时社会上普遍流行的通俗读物，大多是艳丽的图片、瞎编的故事、讲解算命圆梦的专著或者粗制滥造的历书，不过这些商品都非常赚钱。换言之，严肃正经的书是没法“搞钱”的。书商绥青面临着一个选择，前一条路是师父沙拉波夫传下来的——老老实实出版《可怕的巫师，又名恐怖的妖道》或《恐怖之夜，又名可怕的魔法师》等“火车站读物”，等钱财源源不断入袋为安；另一条路是切尔特科夫提出的——凡是媒介出版社的书稿，版权都是公有的，谁都可以任意刊印它们，另外装订要漂亮，但稿酬标准是最低的，相应定价也是极低的，以便穷人购买。

书商绥青选择了后者。

当时一本普通的书籍售价约为七至九戈比，而绥青书业批发出去的书籍，价格为每百本八十戈比，两者相差十倍。显而易见，销量差异极大。

切尔特科夫与绥青合作了十余年，其间绥青书业发行了不可计数的“廉价读物”。这些“廉价读物”润物细无声地流入千家万户，为那个古老沉重的国度输入新鲜血液。绥青特意安排了一个部门专门负责托翁的著作，曾将托翁的《黑暗的势力》在一年内销售了一百多万册。

托尔斯泰也会参与到编辑、印刷、销售等工作中。货郎们聚集在绥青的店铺里选择图书和木版画时，托尔斯泰就穿着长袄和散脚裤子，一身农民打扮站在旁边搭话。货郎并不清楚身旁的“老农”是全国最顶尖的作家，只有绥青店铺的账房先生巴夫雷奇和托翁说笑，称他为“列夫·尼古拉耶维奇老大爷”。

随着与媒介出版社的合作日益加深，只念过三年书的绥青也逐渐到达了一位顶尖出版人的境界。在托尔斯泰的帮助下，他请来作家波路欣担任编辑，策划了全新的读物，每年可以印至八百万份，还采纳作家波果热娃的建议，出版了众多儿童文学作品。此外绥青的公司做过科技科普、教材教辅、精装文集与军事百科系列。1915年，绥青出版公司已经推出了十八卷的《军事百科全书》，这套书由一流的军事学家花费五年光阴编著，总成本超过三百万卢布。这是一项史无前例的出版壮举，一度得到过沙皇的赞赏。

1880年代，绥青在托尔斯泰的家里认识了亚力山德罗夫。两人从出版聊到传媒，最后决定筹办《俄国言论报》，定价为一年五卢布。绥青找到五万卢布作为启动资金，亚力山德罗夫担任总编辑。这份报纸命运多舛，足足五年，绥青为它“受了一次耻辱又一次耻辱，遭到一次失败又一次失败，告密，陷害，阴谋，接着又是告密……”直到最终才获得胜利：《俄国言论报》成为“一份欧洲的大报纸”，“印数达到几百万份”。

一个平民的成功，往往会招致或明或暗的敌意。“1905年，一伙跋扈的官吏，在敌视文化的政体的包庇下，向绥青凶狠地寻仇……”

这年1月，彼得堡发生屠杀工人的惨案，引发全俄各地的工人纷纷反抗。因为绥青公司里的工人也涉及其中，所以当时莫斯科的最高行政长官杜巴索夫命令手下人一把火烧了绥青的工厂。当时绥青正在去往彼得堡的路上，在车站偶遇好友索耶多夫。

索耶多夫对他悄声说：“你出门吗，绥青？快些把你的手提箱交给我，立刻到行李车里去坐。护车的要多少钱就给他多少，可是千万要赶快！”“快些逃，”索耶多夫再三催促，“你有被逮捕和枪毙的危险。赶快到行李车里去，我就说你是到自己庄园里去了。”

绥青幸运地逃过一劫。等他到了彼得堡，才得知那晚在一大队士兵的把守下，三队消防员往图书和纸张上浇满煤油，然后四处纵火。价值几十万卢布的工厂在消防员点燃的火中化成灰烬。

几天后，绥青回到莫斯科，在五层高楼的残垣断壁中徘徊痛哭。他因此欠下了三百万的巨额债务。

马克制纸公司的老板听说后，主动向绥青提出，将五十万卢布的债务一笔勾销。而绥青并没有接受这个好意：“我衷心地感谢您，但是我不需要这样做。我要全部偿清我的欠债。”他把各路材料供应商召集到一起，向他们保证：“再过三个月，我把欠你们的钱全部还清。”

六个月后，被烧毁的工厂重新建好，出版工作也非常顺利地展开了。所有这一切，全部源于绥青的个人信誉——他们公司在所有的供应商和银行里几乎拥有着无限信用。很快，绥青出版公司重归一线。1914年，他们出版的书籍占领了全国四分之一的市场。

在这位出版人的一生中，发行过普希金、果戈理、托尔斯泰、契诃夫等无数顶级作家的作品集，编印过《平民百科全书》《儿童百科全书》《军事百科全书》等众多社科巨著，策划过种类繁多的图画书、教科书、手册、日历与通俗杂志。并且那些出版物大多价格低廉，印制精美，品质上乘。绥青将出版的教育功能发挥到极致，哺育了一代又一代俄国人。

2005年1月，北京贝贝特再版了绥青的回忆录《为书籍的一生》，出版人汪家明在序言里评论道：“在俄国近世出版史上，绥青无疑是个大人物，他的工作的价值，怎样评价都不为过。他是首屈一指的出版家，不但作家、学者和读者都了解他、尊敬他，连沙皇和海军大臣、圣教局总监、出版总署署长都知道他、熟悉他。他是一位拓荒者。他最好地履行了出版家的责任，把优秀的文化产品以最恰当的方式传达给尽可能多的读者（以亿万计）。”

启蒙

历史从不重复，它只是押韵。

1932年1月18日，日僧天崎启升等故意闹事。之后又有数十人纵火、游行、打砸抢，日本驻沪总领事还提出多项无理要求。1月28日夜，日方不理中方回应，向驻守在上海的十九路军发起攻击，淞沪战争爆发。

日军军官指出：炸掉闸北几条街很容易，但把商务焚毁，中国最重要的文化机关就再也无法恢复。

29日晨，商务印书馆被炸。宝山路上的商务总厂制墨部最先起火，然后纸库、书库、东方图书馆、四个印刷所等处无一幸免。

2月1日，日方再次赶往东方图书馆纵火，将幸存之书二次焚烧，“灰烬与纸片随火光冲天而起，飘满上海上空……”

张元济在沪西寓所园中，为花费三十五载心血收集的五十多万册书籍潸然泪下。其中两万六千册地方志书为珍品，全被付之一炬，无从复得。

2月1日下午，东方图书馆火势不减，商务旗下近百亩之地的工厂和货栈一片狼藉。居住在闸北一带的成百上千名商务员工中，有的将细软随身携带逃出火海，有的身无长物浪迹街边。

那时所有的银行商店一律关门，金融业务尽皆停顿，而能够栖身的旅馆价格高企。“上海四马路一间事务室内，挤满了无数喧嚷和哀泣的人们，或要求救济，或询问将来办法。但是这种喧嚷和哀泣的声音，总掩不住十里外传来的枪炮声，尤其是炸弹声。”

商务印书馆董事会召开紧急会议，在张元济的主持下，总经理王云五等人迅速做出多项决议：先是赶往各家银行，从后门进入，筹借现金，以向员工们发放十元救济费，解决数日内的食宿难题；继而宣布上海总馆与两分店停业，全体停职，另成立善后办事处；最后花费三十多万元用于薪金支付，使职工得以速离战地，去到更加安全的他乡。

经此大难，商务约损失一千六百万元。王云五在其回忆录里写道：“商务印书馆当此巨劫之后，财产去其大半，不独无救济的余力，即以清理债务而论，当时可以运用的资产仅足以偿还全部债务三分之一……如果商务书馆一蹶不起，以致破产清算，则按照剩余资产摊还债务，各同人不独无从获取救济金，甚至存款或尚不能收回三分之一……”张元济也在给胡适的信中慨叹：“商务印书馆两月以来众人精神完全对付工会。弟不忍三十余年之经营一蹶不振，故仍愿竭其垂敝之精力，稍为云五、拔可诸子分尺寸之劳。在此数十日中可谓吃尽生平未尝所谓资本家之苦。”

在传奇出版人张元济的坎坷生涯中，“生平未尝所谓资本家之苦”，应该还不是他人生的至暗时刻。

1867年10月25日，张元济诞生在一个读书人的家庭里。他有一个哥哥、一个弟弟和两个妹妹。1881年，父亲张森玉病逝，张家由此中落。家族中有势利者，甚至故意不让张家兄弟参加祭祀后的聚餐。此事对张元济的母亲刺激极大，多年后仍耿耿于怀。

母亲含辛茹苦抚养子女成人，平日里生活过得很艰难，别说荤菜，就连咸鸭蛋都很少吃。但是当两个孩子全都考中秀才时，亲友们倒是纷纷赶过来道喜。那天正好下雨，张家的门前有些积水，一位素无来往的族中长老就找人背着自己蹚水进门祝贺。

1889年，张元济去杭州参加乡试，与蔡元培、汪康年等友一同成为举人。三年后，他考中进士，授翰林院庶常馆庶吉士，步入仕途。

清廷在甲午海战中的失利，震动了很多人。张元济追述道："我们被日本打败。大家从睡梦中醒来，觉得不能不改革了。"1895年，张元济与康有为、梁启超等人交往，从一个循规蹈矩的传统官员逐渐转向忧时忧民的现代知识分子，他开始学习英文，阅读西方经典，思考维新与启蒙。

次年，张元济考取总理各国事务衙门章京，与陈昭常等人筹设西学堂（后改名通艺学堂），教授英文和数学等科目。很快，他迎来仕途生涯的高光点，紧接着就是一生大劫。

1898年6月，光绪召见张元济和康有为，君臣一一单独相见，详谈维新事宜。按理说，屋子里面只能有一君一臣，太监都应该在门外，不得入内。但是当君臣独对时，“见御座后窗外似有人影，亦不敢多言”。这个细节真实反映出光绪所处境地之险恶。

百日维新之际，新旧两派冲突不断，利益争夺反复不休。没多久，慈禧临朝，光绪被囚，康有为、梁启超远走，谭嗣同等六君子遇难。张元济身归新党之列，颇有获罪可能。但他无意避祸，反而照常外出，静待时运，写下“分作累囚候明诏，敢虚晨夕误衙班”的诗句。

因着种种，有说是光绪帝刻意保全的，有说是旧党害怕列强干涉的，有说是李鸿章出手相助的，总之张元济逃过了死劫，却遭“革职永不叙用”。三十多岁的张元济从此离开政界，不知前途去处。与此同一时期，蔡元培、张謇等也逐渐退离官场，奔赴他乡。

1898年10月，张元济携家南下，经天津抵沪，租了隆庆里一带的寓所，后搬入长康里。据张元济之子张树年回忆，儿时的生活环境并不理想：“在我家附近有好几家缫丝厂，日夜开工，冒出浓浓黑烟。码头上停靠大木船，装满大包小包的蚕茧，大都来自浙江湖州、嘉兴等养蚕地区。码头工人赤了膊，头上披了一块蓝布，将大包蚕茧搬入栈房。栈房附近臭味难闻，大门口有一人坐着看守……”

在隆庆里，张元济度过了几年低谷期，直到二十世纪初进入商务印书馆，与严复、林纾、夏瑞芳等好友一起为中国现代文明打下根基。

叶圣陶有言：“凡是在解放前进过学校的人，没有不受到商务的影响，没有不曾读过商务的书刊的。”

1866年，福州南台医生严振先因霍乱去世，留下十二岁、刚刚结婚几个月的儿子严复。家境窘迫，严复只能辍学。他多年后写下“上掩先人骸，下养儿女大。富贵生死间，饱阅亲知态”的诗句，折射出当时生活的艰辛。由于穷，严复不得不放弃科举这条“正路”，转而投考包吃包住的福州船政学堂。入学考试的作文题叫《大孝终身慕父母论》，他写下一篇情真意切的文章，深深打动了恰逢丧母之痛的主考官沈葆桢，以第一名的成绩被录取，开始学习英文、代数、几何、物理、地质学、天文学、航海术等课程。

1877年，俄国的托尔斯泰写完《安娜·卡列尼娜》，日本东京大学成立，美国的爱迪生发明留声机，清政府也在这一年正式派出第一批海军留学生，二十三岁的严复即在其中。他和刘步蟾、萨镇冰等人从香港出发，分赴英、法，留学三年。

留英期间，严复广泛阅读西方经典，比如赫胥黎的《进化论与伦理学》、达尔文的《物种起源》、亚当·斯密的《原富》、孟德斯鸠的《论法的精神》等。

1896年，留英才子严复帮助张元济在宣武门内创办通艺学堂，据说学堂的名字还是他想出来的。两人交往密切，学术民生无所不谈。后来严复译完赫胥黎的《进化论与伦理学》，改名《天演论》出版，提出“物竞天择，适者生存”，还提出翻译应达到“信达雅”标准，影响巨大。康有为称赞严复是“西学第一者”，蔡元培称“介绍西洋哲学的，要推侯官严复为第一”，胡适说读《天演论》是时代风气，鲁迅则喜欢吃着花生米和辣椒翻看《天演论》。

二十世纪初，翰林张元济弃政从商后，就带着翻译家严几道对清末参差不齐的出版业展开“降维打击”。此后多年，严复翻译的《群己权界论》《社会通诠》《法意》等书在商务陆续出版，启蒙了无数国人，也为商务印书馆的品牌形象做出巨大贡献。

严复是“开眼看世界”的第一批留学生，他将西方的社会学、政治学、经济学、哲学和自然科学译为中文，属于顺理成章的事情。但商务印书馆另一位翻译大师林纾尽管一门外语都不懂，也依然成为文学界的“翻译之王”。

林纾比严复大两岁，两位都是福建人。由于林纾选择了科举这条“正途”，导致他前半生时运不济、命途多舛。小林纾从五岁开始，学了二十多年，三十一岁时才考中举人。然后又花了将近二十年，七次进京赶考，七次名落孙山。1897年，林纾的夫人刘琼姿因病去世，四十六岁的林举人黯然神伤，被朋友王寿昌、魏瀚带往石鼓山散心。几人在游玩途中开始翻译小仲马的言情经典《茶花女》。先由王寿昌看着法文口译出中文，然后由林纾执笔，转译为文言文，最终书稿定名为《巴黎茶花女遗事》，由魏瀚投资刊印。

从策划角度讲，这是一个典型的图书组稿过程。王寿昌是编辑，林纾是译者，魏瀚是出版人。

《巴黎茶花女遗事》成为超级畅销书，被严复称为“可怜一支《茶花女》，断尽支那荡子肠”。随后林纾彻底绝弃科举之心，接受了商务印书馆的邀请，开始其“译界之王”的征途。从1902年到1924年，林纾翻译了一百多部作品，大部分在商务印书馆出版，内容涵盖小说、文集、教辅、史论等多种类型。而商务也非常尊重译者，当时一般的稿酬为每千字两三元，但林琴南的稿酬为每千字十元，有时还可以预支。就这样，在多位助手的帮助下，林纾一辈子翻译出英、美、法、俄、德、日、瑞士、挪威、西班牙、比利时等世界各国作品，成为无可复制的译界传奇。

在严复、林纾等人的“强力输出”中，加上张元济在教科书领域的耕耘，商务印书馆仅用八九年时间，就从一家名不见经传的小印刷厂摇身成为出版界重镇。

这时，大家猛然发现，创始人夏瑞芳把公司的钱“带跑”了。

1871年，夏瑞芳出生在江苏青浦县（今上海市青浦区）沈巷乡南库村，从小是一个留守儿童。1882年，孤单的小夏想妈妈了，一个人跑到母亲帮佣的地方。母子二人相拥而泣的场景感动了范约翰牧师。在传教士范约翰的帮助下，夏瑞芳得以进入清心书院念书。在书院，夏瑞芳结交到鲍咸恩、鲍咸昌、高凤池等好友。十几年后，这几人在江西路德昌里租了两间屋子，又从各处筹来三千七百五十元，购来几部机器，开了一家名为商务印书馆的小印厂。

商务印书馆开办之初，只有两个手摇式小印刷机、三部脚踏圆盘机与三台手动压印机，可以印制商业账册或广告之类的文件。但就是这样一个小厂，却在中国现代出版史上创造了众多“第一”：1898年，出版了第一部语法学学术专著《马氏文通》和第一部中英文对照排版印刷的英语教科书《华英初阶》；1899年，出版了第一部英汉字典《商务书馆华英字典》；1900年，率先使用纸型印书；1903年，率先使用著作权印花；1904年，率先编印出版了成系统的《最新教科书》，并创办《东方杂志》等系列期刊；1907年，率先采用珂罗版印刷；1908年，出版了第一部由中国学者自行编纂的《英华大辞典》；1912年，率先采用电镀铜版印刷……

1898年秋，张元济从戊戌变法中逃过杀身之祸，南下上海，主理南洋公学的译书院。他在这里翻译了一些书稿，编写了一些课本，需要找印刷厂，由此认识了商务创始人夏瑞芳。有一次，商务印了一些日文书，无奈销量不佳，眼看就要亏本。情急之下，夏瑞芳找到翰林张元济，请他帮忙。在张元济的编辑润色下，文质大为改观。由此，夏瑞芳对才华横溢的翰林有了延揽之心。

1901年，张元济入股商务印书馆。1902年，张元济协助夏瑞芳筹办编译所。1903年，夏瑞芳以三倍于南洋公学的月薪，聘请张元济担任编译所所长。夏主印务，张主编务，两人紧密配合，用八年光阴打出一片天地。

但到了1910年秋，因为受到“橡胶股灾”牵连，夏瑞芳挪用公司资金，背负上沉重的债务。此事成为商务印书馆创建以来的首个大劫，埋下诸多隐患。在张元济、高凤池等老友帮助下，夏瑞芳最终挺过这次磨难。不料到1914年，他又因得罪军方，被枪手刺杀。

1913年，陈其美在上海起兵讨伐袁世凯。蒋介石当时就在他麾下，还只是个二十多岁的小伙子。陈、蒋因攻打江南制造局未果，率兵退至闸北一带。夏瑞芳担心商务毁于战火，就和吴小敬等十七名商界人士一同请租界管理方出面，派人去闸北出入口布防，以驱散陈的士兵。陈其美记恨在心，暗中派出杀手，于1914年1月10日将夏瑞芳杀害。

创始人之死，给商务印书馆的发展蒙上了巨大的阴影。

夏瑞芳过世一年多，陈独秀在上海创办《青年杂志》（1916年9月1日出版第二卷第一号时改名《新青年》），宣传倡导民主、科学、新文学。1917年，北大校长蔡元培礼聘陈独秀，《新青年》编辑部随之北迁，鲁迅、周作人、胡适等人加入编委会，新思潮风起云涌。反观当时商务主办的《东方杂志》或《小说月报》等，就显得过于守旧，被人抨击。大清已逝，“后浪”冲击，商务印书馆反而深陷在内耗之中。

继夏瑞芳、印有模之后，高凤池代理总经理一职。他和鲍氏兄弟同为商务联合创始人，代表着元老一脉，张元济及编译所同人则属于“外来者”。夏瑞芳在世之际，尚可从中协调，但他的意外身亡，使得“元老派”和“外来者”之间再无斡旋余地，两派的分歧越来越多。张元济要辞退嗜赌好色的李彰生和吴炳铨，高凤池不许；编译所添购打字机，被高凤池婉拒；鲁云奇贪污，亏空七千余元，张元济想诉诸公堂，高凤池阻拦。张元济认为公司若一味保护老迈无能之人，必然会使更有能力的新人灰心，但高凤池却主张多用旧识，少作变更。

1920年3月，因为地产事宜再起争端，年过半百的张元济宣布辞职。高凤池无法挽留，只能与张元济一同辞职，两人一起改任监理。为找到合适的继承者，商务印书馆把胡适从北京请到上海。北大教授胡适在沪待了一段时间，不愿意当“为他人作嫁衣”的编辑，转而把王云五推荐过来。

王云五十一岁被父亲送去私塾读书，老师姓萧，是他的邻居。十四岁开始半工半读，白天在五金店里做事，晚上到英文夜校补习。他酷爱阅读，培根、达尔文、斯宾塞、孟德斯鸠等名家著作都看过，还以每月付款十二元的方式购买了一套三十多册的百科全书。后来王云五做过公务员、当过老师、编过报纸，还创办了公民书局。他和胡适相识于微时，两人年纪虽然相差无几，但胡适一直尊称王为老师。

商务印书馆在王云五的改组下，逐渐有了新的气象，但当1932年被日军轰炸时，王云五愁得几乎“一夜白头”。他和同僚奔波半年，煞费苦心，每天工作十六个小时，终于得以在1932年8月1日复业。

1936年，商务出版的书籍已占到当时市场总量一半以上，不过王云五的管理方式与夏瑞芳、张元济等大相径庭，导致他口碑不佳。后世出版人俞晓群曾在文章里提及：老商务人常对王云五直呼其名，喊夏瑞芳为夏老板，只有对张元济，尊称为“菊老”。

纵观张元济一生，亲历光绪、孙中山、袁世凯、蒋介石、毛泽东五位风云人物，主持编校、辑印《四部丛刊》《百衲本二十四史》等古籍，一手策划商务版教科书，参与撰写《辞源》，开辟了“以出版启蒙中国”的新纪元。最后，他甚至还培养出了商务印书馆的“一生之敌”中华书局——从名称上或可看出，“中华”二字，很有可能含带超越“商务”的野心。因为中华书局的创始人陆费逵，正是从商务印书馆里走出来的。

传承

1912年1月1日，民国纪元的第一天，上海最大的报纸《申报》刊出一篇文章，名为《中华书局宣言书》。开篇直抒胸臆：“立国根本在乎教育，教育根本，实在教科书。教育不革命，国基终无由巩固；教科书不革命，教育目的终不能达也。”然后提出中华书局四大纲：“一、养成中华共和国国民。二、并采人道主义、政治主义、军国民主义。三、注重实际教育。四、融和国粹欧化。”期望“从此民约之说，弥漫昌明；自由之花，矞皇灿烂。俾禹域日进于文明，华族获葆其幸福……”最后亮出自己的招牌产品：《中华教科书》（共初小四册，高小八册）。

这篇文章像利剑一般扎到了商务印书馆管理层的心里。

在商务版教科书之前，文明书局和南洋公学等都出版过类似书籍，例如《蒙学读本》和《蒙学课本》。但那些书既没有按照学制编写，也谈不上教学方法，只能起到代替《三字经》或《神童诗》等传统读物的作用，而商务则是首创编印全套中小学教材。张元济刚进编译所之时，就和高梦旦、蒋维乔等策划《最新国文教科书》，一经推出，畅销十年，发行至约千万册，为公司打开局面。1906年，清政府学部审定的一百零二种初等小学教科书里，商务版独占五十四种，为全国之冠。另外恰逢千古大转变，科举制度走向消亡，新式教育逐渐取代士大夫传统，社会上风潮涌动，人心思变，每年新增的学生以百万计，教材市场的蓬勃发展，将商务印书馆推向了顶峰。正是在这种时代背景里，中华书局向着商务最核心的业务，发起最猛烈的攻击。

1911年10月10日，革命党人提前发动起义，黎元洪莫名成为湖北都督。百日之后，大清就亡了。由于清廷亡得实在太快，导致商务教科书封面上还来不及撤换前清的黄底蓝龙红珠旗。而中华书局看准这一点，在初小国文课本里印上南京临时政府制定的五色旗。两者同时面对春季学期的订购潮，有一方不幸“铩羽而归”。

除了在名号和设计上煞费苦心，中华书局还在宣传上“插了一刀”：指出商务印书馆有日本人的股份，属于帮着他人赚钱。1903年，商务确实曾引入过日方资金，改为股份有限公司。当时总投资为二十万元，中日两方各出一半，由夏瑞芳担任总经理。中华书局创始人是从商务里出来的，对此事知根知底。但是由他们说出来，更增添了双倍的痛。

以国号为品牌，以国旗为标志，以国情为大义，这三招让中华书局一举成名。陆费逵、戴克敦、陈寅、沈颐、沈继方五位创始人共同出资两万五千元，就此踏上挑战拥有百万资本的商务之路。

这是一条极为艰辛的路，付出了陆费逵五十六年的人生。

“陆费”和“诸葛”“司马”一样，属于复姓，家族里曾出现过大编辑家陆费墀。陆费逵的父亲陆费芷沧曾在山东、河南等地做过幕僚，母亲是李鸿章侄女，有着很好的文化修养。父母给儿子做了很好的榜样，小时候母亲教他五年，父亲教他一年，师父教了一年半。十三岁的陆费逵就已经读过《左传》《诗经》《易经》等书，后来受到社会思潮影响，转而研究数学和地理。二十世纪最初几年，陆费逵随父在南昌，他经常带一点大饼馒头当午饭，到一个阅书报社里一坐一天。管理员渐渐和他熟了，直接连钥匙都交给他。于是陆费逵翻阅梁启超、林纾等人的代表作，自学成才，开始尝试写作，著有尚未刊发的《岳武穆传》和小说《恨海花》。

1904年，因为嫌书太贵，陆费逵和几个朋友在武昌开了一家小书店“以贩养读”。他担任经理一职，每月领六元的薪水，后来涨到十元。但是工作十分辛苦，经理室、卧室、厨房同为一屋，“夏天热得身上出油”。书店没厕所，白天还好，可以到隔壁的客栈，可半夜如果肚子不舒服，需要走半里地才能找到公厕。

1905年初，吕大森、刘静庵等人在武昌组织日知会，秘密策划反清活动，宣传革命。陆费逵血气方刚，加入日知会并担任评议员，参与起草会章。他在书店里大卖《警世钟》《猛回头》《革命军》等书。可以说这段经历影响了陆费逵的一生，埋下了日后反对保守、锐意进取的种子。

1905年夏，陆费逵接受《楚报》的邀请，转行去做记者。他在报上发表过《论群蠹》《论币政》《论道路》《论亡国罪魁》《论日俄仍有密约》《论改革当从社会始》等文章。从篇名就可以看出来，这绝对不像一位“顺民”。很快，张之洞下令查封《楚报》、逮捕主笔，为避祸，陆费逵被迫离开武汉，前往上海，踏上命运之旅。

上海滩鱼龙混杂，风云际会，既保有着孔孟之道、程朱理学，也能找到商农医法、声光化电。陆费逵进入昌明（图书）公司担任经理，策划组织上海书业商会，主编《图书月报》，编纂《本国地理》，踏上了图书编辑的不归路。

1906年，陆费逵跳槽去了文明书局，一面编书，一面兼任文明小学校长。他参与编写的《新编国文教科书》《新编算术教科书》《新编修身教科书》等在业界享有盛誉。除了当编辑，陆费逵还管着印刷、发行、商务等事，每天工作十几个小时。他同时结交到很多书业朋友，积累下广泛人脉。

1908年，高梦旦向张元济建议：文明书局有一个“普通职员”，既能执笔写作，又精通印制和发行业务，商务应该重金聘为出版部主任。

高梦旦有两个哥哥，都以文名著称，还是林纾多年老友。他自己最开始跟着哥哥学古诗文，还考取了秀才，后来因为清廷腐朽，于是远离八股，绝意仕途。高梦旦曾写了一篇《论废除跪拜事》，向梁启超创办的《时务报》投稿。梁启超看后大为赞赏，“从此两人书札往返，月必数次”。浙江大学堂的劳乃宣看到高的文章后，同样很钦佩，将他聘为总教习。后来高梦旦作为留学监督赴日考察，深感基础教育对于国家极其重要，归国后加入商务印书馆，主编小学语文教科书，先出任编译所国文部部长，后继任编译所所长。

后世有人称高梦旦是商务的三元老之一，也有人说他是商务的“参谋长”，总之高梦旦经常代表公司出席书业商会活动，结识了陆费逵。他惊讶于文明书局“普通职员”的才华，向张元济力荐。由此，二十多岁的陆费逵进入商务，成为编译所里最年轻的编辑。

最开始，陆费逵参与的是教科书编纂工作，如《伦理学讲义》等，半年后改任出版部部长兼交通部部长、师范讲义社主任。1909年，陆费逵主编《教育杂志》，发表了一系列针砭时弊的文章，其中《普通教育当采俗体字》影响深远，是倡导文字改革的先声。

1910年，陆费逵迎娶高梦旦的侄女高君隐。

1911年，陆费逵的学生吕烈曜去广州参加黄花岗起义，负伤后暂时无路可去，到上海投奔老师。陆费逵把他藏在寓所，等风头过去才让他离开。几个月后，武汉燃起第一把火，“无量头颅无量血”，短短两月，湖南、广东等十余省纷纷宣布独立。1912年2月12日，溥仪退位，清朝覆亡，结束了两千多年帝制。

与革命党人交往过的陆费逵深信革命终将成功，所以主张筹划一套新式教材以备时局。而大清旧臣张元济身处江湖之远，心系庙堂之中，对清廷仍有感情，认为“乱党”必将失败，此外编印“革命书册”还是重罪，商务作为大公司，不敢贸然铤而走险。

在好友戴克敦、陈寅的支持下，陆费逵便开始偷偷策划新版教材，有了另立门户之心。

1912年1月1日，《申报》刊出《中华书局宣言书》。随后中华书局以国号为品牌，以国旗为标志，以国情为大义，向商务最核心的业务发起最猛烈的攻击。这一下，高梦旦就很难做了。

新版教科书颇受欢迎。白天订货，夜晚断货，印刷出来的新书在库房里都存不了一夜。各省陆续传来源源不断的订单，中华书局有多快乐，商务印书馆就有多痛苦。有人骂陆费逵不地道，有人说高梦旦是“奸细”。幸好张元济深知高的为人，倚重如初，彼此间关系并未受到此事影响。多年后，还是高梦旦代表张元济，前往北大延请胡适南下考察。

商场如战场，既然中华敢下“战书”，商务也无惧“迎战”。为夺回主动权，商务祭出撒手锏——降价。商务董事会主席郑孝胥曾在日记里记录过两家价格战的细节。1912年11月11日夜，商务管理层开会，讨论如何应对。11月16日，郑孝胥、夏瑞芳、张元济等决定，每年亏损十五万，送赠书券，“商务印书馆的倾销办法是：购教科书一元，加赠书券五角；购杂书一元，加赠书券一元”。另外商务逐渐从日本人手里回购股权，到1914年1月，商务印书馆付出三十多万元的成本，将日方的股份全数购回。

由于商务将适用于民国的新编教科书以近乎对折的低价销售，并且大发赠书券，从而给新创立的中华书局带去极大压力。陆费逵忙到连吃饭的时间都没有，经常边干活边吃面包，“有时无暇吃晚饭，夜间另有事，又不能回家吃饭，便买一个铜圆的粥、一个铜圆的萝卜干，就是我一顿夜饭”。联合创始人陈寅也差不多，“开办之初，恒以一人兼数役。自朝至夜午，无片刻暇。其后人才日众，乃克分职”。

两家的竞争，给中国出版业奉上了一场颇为精彩的对决。教科书方面，商务策划了《最新教科书》《共和国教科书》和《实用教科书》，中华推出了《中华教科书》《新制教科书》《新式教科书》。古籍方面，商务策划了《四部丛刊》《万有文库》《丛书集成》《百衲本二十四史》，中华推出了《四部备要》《中华百科丛书》《古今图书集成》《聚珍仿宋版二十四史》。辞书方面，商务策划了《辞源》《新字典》《学生字典》《国音字典》《中国古今地名大字典》，中华推出了《辞海》《中华大字典》《新式学生字典》《标准国音字典》《中外地名辞典》。杂志方面，商务策划了《小说月报》《教育杂志》《少年杂志》《学生杂志》《妇女杂志》等，中华推出了《中华小说界》《中华教育界》《中华童子界》《中华学生界》《中华妇女界》等。

1936年，中国一共出版九千多种图书，其中商务印书馆出版了将近五千种，中华书局一千五百多种。两家的市场份额约为百分之七十，联手打造了上海书业的黄金时代。

后人总结过那时候商务印书馆与中华书局的异同。

甲午战后，中华民族救亡图存的思潮纷涌，亲历戊戌变法的张元济紧扣“维新”思路，在严复、林纾等译者帮助下大力编译西学新书，确立了商务在近代出版业中的王者地位。某种意义上，正是时代背景催生并加速了商务的发展。而陆费逵比张元济年轻二十岁，并且结交各路革命党人，他紧扣“革命”思路，树立“中华”品牌，单点突破一举成功，“都是时势使然”。

其次，当时商务与中华的运营风格亦有不同。虽然书局员工的收入大体上比商务略低，但工作氛围强于后者。王云五曾在商务推行较为严格的管理方法：统一计算编辑的工作量，以此付酬。据说他到公司后只需咳嗽几声，就能让数百员工鸦雀无声。而中华书局的生产进度偶有拖后，陆费逵也不会逼着下属加班。如有人迟到早退，陆费逵也不曾“计时扣薪”。工作之外，中华员工还经常聚在一起自由自在地闲聊，这种人情味让陆费逵的挚友舒新城感叹道：“老实说，我们用人的条件严于官厅及学校，待遇却不能超过官厅及学校。我们的同事所以还能维系，第一是靠着个人的志愿与兴趣；第二是靠着同事的感情；第三是靠着用人的大公无私，进退黜陟不讲情面；第四是靠着生活的稳定。”

再次，商务与中华的路径不同。当年商务印书馆是以印刷业务起家的，后来才涉足出版，但被日军轰炸之后，商务就逐渐缩减了印刷业务规模。而中华书局引入孔祥熙做董事，进而获得了印钞业务，“1935年上海澳门路新厂建成，印刷业务剧增，成为中华书局的经营重心所在。而到战后包括中小学教材在内的图书营业只占四成，其余皆为印钞所得。这是商务印书馆所不能比的”。到1937年，中华书局在上海和香港共有三处印刷厂，其中上海新老印厂的职工近两千人，彩印能力为一时之冠。

眼下，两者留下了各具风格的文化遗产，例如商务印书馆以“汉译世界学术名著丛书”等闻名，中华书局以古籍整理出版等闻名。亦教亦乐，长销与畅销并举。一中一西，滋养过百年华人。

虽然命运迥异，但两者的相同之处或许还要多于不同：两者都视出版为“良方”，改造着这个古老厚重的国度；两者皆为文化重镇，聚集过最顶尖的人才；两者曾有许多协同之举，将华语出版的传承功能发挥到极致；最后，和商务印书馆一样，中华书局也亲手培养出两者共同的“敌人”——世界书局。

从名称上或可看出，“世界”二字，很有可能是含带超越“中华”野心的。因为世界书局的创始人沈知方，正是从商务印书馆和中华书局里走出来的。

逐利

在上海书业的鼎盛时期，商务印书馆第一，中华书局第二，世界书局第三。三家出版方三足鼎立。如果用一个词来概述三家出版人的各自底色：张元济偏“改良”，陆费逵偏“革命”，而沈知方偏“搞钱”。

沈知方是绍兴人，和蔡元培属同乡，年幼时在水澄巷口的“奎照楼”书店里当过学徒。其实他祖上本来也是读书人，只是家道中落，沈父以摆书摊维生。1899年，十几岁的沈知方来到上海滩，先入广益书局，来年被夏瑞芳聘进商务印书馆，颇得赏识。据说沈知方常常迟到，被同事诟病，却每每得到夏瑞芳的回护。

由于入行较早，沈知方积累了许多业界人脉，张元济、陆费逵等都对他多有倚重。中华书局创建后，陆费逵就把沈知方拉过来，让他做副局长，主要负责运营和进货。需要留意的是，沈知方虽与沈继方名字极像，但实则无关，他并不是中华书局的联合创始人。

短短四五年间，中华飞速扩张，所筹资金从初期的两万五千元升至一百六十万元，职工人数突破两千。1917年上半年，公司的营业总额接近一千万元，似乎即将超越商务。异军突起之际，中华书局却出现了周转不灵的弊病。这年初夏，陆费逵因资金问题被控告，直至法院判决将印刷厂的机器抵押给银行方才出狱。因为这番波折，陆费逵曾暂时辞去局长职位。后来他总结这场危机的原因：一是预算失误，扩张过快；二是竞争激烈，亏本经营；三是某副局长破产，运营受其拖累。其中提及的“某副局长”，恰恰姓沈。

“一战”前夕，沈知方投机纸张生意，为自己和中华书局从国外定购了大量纸张，不料“一战”爆发后进口纸价大跌，公司损失惨重，沈知方本人也无力付款。为躲官司，沈从上海遁去苏州，甚至对外发出讣告说自己死了。

等风头过去，沈知方又从苏州回沪，创办了广文书局、中国第一书局和世界书局，同时出书。其中广文偏营严肃书籍，后两者偏营通俗图书。这样做了一段时间后，沈老板敏锐发现世界书局最能赚钱，于是便将工作重心转移过来。

1921年，在朋友的帮助下，沈知方将世界书局改组成股份有限公司，既当董事长又当总经理。为一炮打响，他特意将店面全部漆成红色，被时人称为“红屋”。此后“红屋”既出版武侠、言情、侦探等类型小说的经典之作，也出版朱生豪翻译的《莎士比亚戏剧全集》，既找人瞎编过《石达开日记》《当代名人轶事大观》等伪书，也策划过一百多种通俗学术系列丛书，并与商务、中华抢夺教科书市场，形成了“天下三分”的格局。

就在张元济进入商务没几年的时候，湖南平江的少年向恺然孤身赴日（向恺然留日的时间说法颇多，约在1906年至1908年之间）。

向恺然出生于小康之家，祖父是伞厂老板，父亲考中过秀才。十四岁时，向恺然受武术名家王润生影响，对拳术着了迷，以后一生习武，堪称文武双全。十六岁时，由于参与学潮活动，被开除学籍，不得已去日本自费留学，考入东京宏文学院，还加入了同盟会。

“鸳鸯蝴蝶派”的包天笑曾在文章里写过：“据说向君为留学而到日本，但并未进学校，却日事浪游，因此于日本妓寮下宿颇为娴熟，而日语亦工。留学之所得，仅写成这洋洋数十万言的《留东外史》而已。”1916年5月，《留东外史》面市，向恺然化用了一个笔名，叫“平江不肖生”，其出处是《道德经》里的一句话："天下皆谓我道大，似不肖。"

1922年，包天笑邀请向恺然撰稿。恰逢"红屋"开张不久，沈知方看到了向的小说，问包天笑"你从何处掘出了这个宝藏者"，并立即许以重酬，"挖取向恺然给世界书局写小说"。但沈书商提出一个要求：让平江不肖生"写剑仙侠士之类的一流传奇小说"，并取名《江湖奇侠传》。

1928年春，《江湖奇侠传》被改编为电影《火烧红莲寺》，一时间万人空巷。之后三年，这个"IP"连拍十七部续集，捧出胡蝶等明星，足见其商业价值。据不完全统计，1928年至1931年间，上海大大小小五十家电影公司，大约拍摄了四百部影片，其中近百分之六十是武侠神怪片。

平江不肖生是"红屋"的武侠台柱子。张恨水则是"红屋"的言情台柱子。

1930年，三十五岁的张恨水辞去《世界晚报》和《世界日报》副刊主编的职务，打算全职写书。同年秋天，沈知方便找过来，问"有什么稿子可以出售的"。张恨水答复《春明外史》和《金粉世家》，不过《金粉世家》还没写完呢。沈老板很爽快："愿意卖的话，可以出四元千字。"张恨水琢磨一下，两本书各有一百万字，"这波不亏"。后来两人吃饭，又约四本新书，"每三月交出一部。字数约是十万以上，二十万以下。稿费是每千字八元"，整个过程堪称迅捷，"连吃饭带谈天，不到两小时"。张恨水在《写作生涯回忆》书中写道："在当年卖文为活的遭遇说起来，我这笔收入，实在是少有的。”

签到张恨水六本书的同年，沈知方邀请程小青编辑《福尔摩斯探案大全集》。程小青是侦探小说大家，曾在《霍桑探案》的稿子里撒粉末，如有编辑退稿时，他就检阅粉末是否仍在，以此判断编辑是否审过他的稿子。沈知方逼着程小青半年内交出全稿。为了钱，程小青一咬牙：“说也惭愧，我竟依从了他的要求……完成了这一粗制滥造的任务。”

平江不肖生、张恨水、程小青等类型小说作者，虽然未被主流文坛推崇，但好歹也是各个领域的佼佼者。逐利的沈老板按照其各自的江湖地位，仍算礼遇有加，不过出版伪书这事，就有失职业操守了。

据中孚书局编辑郑逸梅在《书报话旧》中所云，世界书局至少出版过三种伪书。

一是假借吴趼人之名，瞎编了一本《当代名人轶事大观》。吴趼人是《二十年目睹之怪现状》的作者，被誉为“谴责小说”大家。“红屋”觉得“吴趼人在文坛上很有名望，借他的大名出书，可以多卖些钱”，于是既不管事件真假，也不管时间先后，一股脑编一些名人八卦，全部挂在了已经过世的吴作家名下。

此外“红屋”曾刊登广告，宣称：“在四川藩库中，觅得石氏（石达开）真迹日记数卷，特托友人，借以录抄，间有残蚀不全者，则参酌各家记载，略为润色，详加第次，汇辑成书。”这也是胡说八道。其实是常州人许指严欠了一笔钱，为还债，他找到沈知方商议："伪造《石达开日记》若干万言，保证两个月交稿，先领稿费两百元。"沈书商觉得有赚头，马上拿出一些定金。

前两本伪书很快随风而逝，第三本伪书《足本〈浮生六记〉》的文名，则流传至今。

《浮生六记》是清代作家沈复的自传体文集，其"浮生"二字的典故，出自李白名句"浮生若梦，为欢几何"。这本书曾有多个版本，但均为"四记"，即《闺房记乐》《闲情记趣》《坎坷记愁》和《浪游记快》。可是"红屋"于1935年增加了《中山记历》和《养生记道》，推出了《足本〈浮生六记〉》。郑逸梅评述道："从笔墨而言，上四记较轻灵，下补二记，比较沉着凝重，显得不相类似。"而且在"红屋"出版《足本〈浮生六记〉》之前，旧友王均卿还专程来找郑逸梅，以千字五元的价格，请他去写《中山记历》和《养生记道》。郑逸梅没有答应，最终认为"这二记是伪作的，不是均卿自己撰写，便是请人捉刀"。

在后人眼中，沈知方是"特立独行、锐意开拓、恃才狂放的出版家"，格外擅长策划畅销书。除类型小说与伪书，"红屋"还出过很多纪实报道或占卜算命之类的书籍。等到羽翼丰满，世界书局又挺进利润最丰厚的教科书市场。沈老板采用购书抽奖、低价倾销、贿赂老师、开拓渠道等方式，成功打败了商务印书馆与中华书局联手创办的国民书局。

1923年，当时中小学教科书的市场份额被商务与中华垄断：前者约有十之六七，后者约有十之二三。基本上没给世界书局留什么机会。

为弯道超车，沈知方可以说无所不用其极。他首先降低价格，许以发行渠道高额劳务费；其次用各种礼品去贿赂学校的负责人，让他们采购世界版教材；最后买书送大奖："凡购书满洋五角，可摸奖券一张，奖券分甲、乙、丙、丁、戊、己、庚、辛八种，赠品依次为一丈六尺加重杭熟罗长衫料一件，宝成银楼十元赤金券一张，全象牙自来水笔一支，磁面宝银德国香烟盒一只，时装美人镜屏、悬屏等。每日奖券二千张，包括甲种一张、乙种二张、丙种七张、丁种三十张、戊种六十张、己庚两种各三百张、辛种一千三百张。"

在共同的"敌人"出现以后，商务与中华决定携手合作，1924年，两家联合成立国民书局，"股本额定二十万元，商务三分之二，中华三分之一，陆续支用"。未来几年间，国民书局与世界书局针锋相对：1925年2月4日，世界书局推出初小教科书，2月13日，国民书局推出初小教科书；4月9日，世界书局计划补贴一万元给十九家小学，4月17日，国民书局提出"买一送一"；8月5日，世界书局宣布买书赠送教案，同一时间，国民书局宣布向全国小学赠送一套教科书，"敬求校长、教员审阅指教"。

这种"赔本赚吆喝"的竞争一直持续到1930年，国民书局因经营不善于7月关张，世界书局反而在竞争中逐步站稳了脚跟。

有了教科书的固定利润后，世界书局的版图开始向经典图书领域扩张。

由于是学徒出身，沈知方在名教授、名作家当中的名望无法和张元济等相比，但他自有妙招。孩子沈志明在复旦实验中学念书，沈知方由此认识了复旦大学的徐蔚南。他将徐蔚南聘请到世界书局工作，月薪五百，安排专车接送。此外，还礼聘弘一法师的弟子蔡冠洛做编辑。后来徐蔚南策划了一套“ABC丛书”，包括夏丏尊的《文艺论ABC》、洪深的《戏剧学ABC》、孙本文的《社会学ABC》、刘麟生的《中国文学ABC》等作。这套丛书内容扎实，制作精良，陆续出版百余种，畅销多年，为世界书局打响了品牌。据说王云五在商务推出的“万有文库”系列，也是受到了“ABC丛书”的启发。

除学者型的编辑，世界书局还发掘出一位作家型编辑：著名译者朱生豪。

1933年，二十一岁的朱生豪从之江大学毕业，进入世界书局开始工作。他住在平凉路平凉村28号，离着办公地点很近，天天除了编书稿、看电影或逛书摊，就是给恋人宋清如写信。两人鸿雁往来，历经劫难仍幸存至今的信件尚有三百余封。这些信里提及的电影名称约有六七十种，足见其影迷情结。因朱生豪文采出众，英语尤强，所以刚到书局就开始编纂《英汉求解作文文法辨义四用辞典》。除了编词典，他也会编注一些通俗小说，如《鲁滨逊漂流记》等。在同事施瑛的眼里，朱生豪一如大学时期“渊默如处子”的习气：“他是办公室里最沉默的人，往往整天不说一句话，旁人找他闲谈，他总是报以和蔼的微笑，更继之以脸红……”另一位同事胡山源回忆道：“在世界书局数年，他就坐在我的对面，我没有听见他说满十句话。别人与他谈话，大都以点头、摇头或微笑答之。”

1934年，鲁迅先生提出“拿来主义”，动手翻译果戈理的《死魂灵》，还写了几篇关于莎士比亚的文章。据说鲁迅曾联系过林语堂，希望他译介莎翁著作，只是林语堂没有答应。而喜爱莎士比亚的朱生豪则在世界书局英文部负责人詹文浒的建议下，开启了译著工作。

大约经过将近一年的准备时间，朱生豪于1936年开始翻译《暴风雨》。他曾为此写了篇《译者题记》：“本剧是莎翁晚期的作品，普遍认为是他的最后一本剧作。以取材的神怪而论，很可和他早期的《仲夏夜之梦》相比，但《仲夏夜之梦》的特色是轻倩的抒情的狂想，而《暴风雨》则更深入一层……”

朱生豪翻译莎翁著作的那些年，正是中华民族苦难深重的岁月。1944年，他在十分艰苦的条件下译出莎士比亚的四大悲剧以及三本罗马史剧等作，由此，世界书局也将出版事宜提上日程。在《译者自序》里，朱先生自陈道：“每译一段竟，必先自拟为读者，察阅译文中有无暧昧不明之处。又必自拟为舞台上之演员，审辨语调之是否顺口，音节之是否调和，一字一句之未惬，往往苦思累日……”

1944年12月26日午后，罹患结核病的朱生豪在病榻上轻呼“青青，旸旸”，“不一会，终于慢慢闭上眼睛，停止了呼吸。他带着对爱妻稚子的无限眷念和牵挂，也带着因为没有能最后译完全部莎剧的遗憾离开了人世”。

1947年，世界书局的《莎士比亚戏剧全集》一至三辑终于出版。当时的宣传页文案称：“原著光芒万丈，世界文学瑰宝，译文优美流利，保持原作神韵。”而朱生豪的妻子宋清如拿到第一本新书时，不禁百感交集，热泪纵横。

朱生豪进入书局工作，并开始琢磨翻译莎翁著作的那几年里，世界书局的主理人已经不是沈知方了。

1930年代中期，由于资金周转不灵，沈知方被迫让位，改由陆高谊担任总经理。除了内部的争斗，外部竞争也更为麻烦，国民党高官陈果夫等人为控制出版业，创办正中书局。正中书局依靠着行政力量，几乎垄断了中学教科书的市场。沈知方明白自己无力和官僚资本掰手腕，于是高薪聘请国民党元老于右任担任世界书局的名誉董事长，为他出版《右任诗存》。即使这样，世界书局依然无法挽回颓势。

1937年8月，日军进攻上海，世界书局的大连湾路总厂被日方强征为兵营。沦陷期间，曾有日方人士找过沈知方，说是想与他合作，帮他“东山再起”。一辈子狂傲不羁、不拘小节的沈老板在民族大义面前没有丝毫犹豫，坚决不与敌人合作。1938年11月，世界书局发行所发生了定时炸弹爆炸事件，职员一死一伤。那正是日本人的警告。与此同时，由于多年积劳成疾，沈知方已然病重，卧床不起。

1939年，沈知方留下遗嘱：“近遭国难，不为利诱，不为威胁。”命后人不得与日伪妥协，表现出令人敬佩的民族气节。9月11日，书业一代枭雄病逝于上海。

定价

第一次世界大战期间，英国某位二十五六岁的病房护士志愿者由于被调到药房工作，“摸鱼”时间突然变多了起来，“药房工作有时忙碌，有时闲暇，不像护理工作总闲不下来。有的时候，我整个下午独自一人坐在药房里无事可干。当各个储备瓶都已经灌满备齐之后，就可以随心所欲，想干点什么都可以，只是不得离开药房”。

这位女士便开始构思起小说。

她的身旁摆满了各类药品与毒品，所以想出一个投毒案件：庄园女主人在自己的房间里毒发身亡，而最大的疑犯——她的丈夫却有不在场证明。

故事写到一半，不幸卡住了，作者的母亲建议这位文学新人外出度个假，于是基本没上过什么学的文艺女青年前往达特穆尔，一处颇受欢迎的英格兰旅游胜地，在一家没什么客人的旅馆中奋笔疾书。半个月后，她完成了初稿。

接着是漫长的出版生涯。

最开始的退稿最迅速。“当我觉得全书无可改动时，就寄往一家出版商。不久我就收到了退稿。没有附加任何说明。退回的稿子整整齐齐，一点褶皱都没有，显然是没有谁阅读过。”之后在丈夫的引介下，她将小说寄往梅休因出版社，大约过了六个月，收到一封热情的回信：故事情节很有趣，值得发表。但是，这种书不属于我们的出版范围，所以……

稿件辗转到了下一家出版社，结局和前几次一样：您与您的作品很好，只是我们不合适。最后，无人问津的小说被寄往博德利·海德出版社。

博德利·海德出版社的老板约翰·莱恩出生于1854年，这意味着当他收到那本被反复拒绝的小说时，已经快七十岁了。书稿在博德利·海德搁置很久，无人能够想到老约翰突然对一个新人的处女作产生了兴趣。

某天，约翰·莱恩把女作家请到乱糟糟的办公室里，屋子里所有的椅子上都摆着东西，连个坐的地方都没有。即将出书的新晋作家仔细打量对方：“他身材矮小，胡子已经白了，举止温文尔雅，蓝色的双眼闪烁着狡黠的目光，这本应引起我的警觉。”

应该说，两位第一次的会面还算愉快。编辑指出作品的不足：最后一章里有关法庭描写的内容与现实出入太大，属于硬伤，必须修改，另外还有一些不太重要的问题。早已失去信心的作者立刻表示接受任何改动。接着编辑谈起稿酬：行业不景气，市场波动非常大，尤其是出版新人作品，基本上很难赚钱，万一有库存，出版社还要赔钱……最后，约翰·莱恩从抽屉里拿出一份早已准备好的合同，上面写着极为不合理的条件：只有该小说售出两千册以后，作者才会获得一些稿酬，另外出版方还享有将其在媒体上长篇连载以及剧本改编的一半收益。

用作者的原话讲："叫我在什么东西上签字我都心甘情愿。"

她甚至没有留意到合同里的一个重要条款：她此后的五部作品都要先交由博德利·海德出版社审阅，如果立项出版，稿酬条件只比第一本书略高一点。

就这样，1920年，三十岁的阿加莎·克里斯蒂终于出版了处女作《斯泰尔斯庄园奇案》，并很快收到二十五英镑的稿酬。

此后半个多世纪，她大约创作出一百部作品，销量约二十亿册，创下吉尼斯世界纪录。

由于首次合作的条款过于苛刻，在履行完前五本的约定之后，阿加莎同老约翰迅速分开，转而投向柯林斯，为后者带去极为丰厚的利润回报，只在博德利·海德出版社留下一个私人关系：老约翰的外甥，艾伦·莱恩。两个人成为终身好友。

而艾伦·莱恩的成就，甚至超越了阿加莎·克里斯蒂：他创办了著名的企鹅出版帝国，一个改变文化潮流的出版方。

关于莱恩为什么会创办企鹅，有各种各样的动因，其中最知名的说法也与阿加莎有关。

有一次莱恩在和阿加莎见面之后，准备坐火车回伦敦。他走得匆忙，手边没带书。偏偏埃克塞特火车站里的书刊全部都是地摊货，让无书可看的他大为光火。由此，莱恩决定策划一系列定价不超过一包烟钱、装帧简洁典雅、携带方便且内容精良的书籍。

莱恩找来两个弟弟理查德和约翰一起出谋划策，三人发现，如果真要把一本平装书的价格定为六便士（约为一包烟的价格），要销售一万七千册才能回本。他们将方案提交给博德利出版社高层，很快就被董事会否决。

1934年秋，莱恩去牛津附近的来朋学院参加出版行业聚会，又在会上提出六便士书籍的构思，遭到许多人的冷嘲热讽。有人说他出版的七先令六便士精装书都赚不到什么钱，又怎么可能靠着平装书的区区六便士赚钱？有人数次打断莱恩的发言，更多的人则无动于衷。接近五十位参会人员中，只有寥寥几人支持莱恩，其中一位是凯普出版社的霍华德。后来正是凯普出版社为莱恩提供了最初六本平装书的版权。

三兄弟终于艰难地凑齐了十本书的版权，其中包含海明威的《永别了，武器》与阿加莎的《斯泰尔斯庄园奇案》，莱恩用自己的钱制作出二十万册定价六便士的平装书。这些书的封面辨识度极高：上方大约三分之一为色块，只印“企鹅图书”品牌名称；中间的三分之一为白底，主要印书名与作者名；下方三分之一的色块上则有一只醒目的黑白企鹅。如果色块为橘色，说明这是本小说；樱桃红，代表着游记和探险；红色，意味着戏剧……

有了产品，三兄弟便开始分头推销，莱恩前往英国各地，理查德驻守伦敦，约翰去找海外客户。三兄弟一阵忙碌之后，一共收到了七千册订单。眼见就要巨亏，这时莱恩另辟蹊径，他不再去求书店进货，转而去找伍尔沃斯。

伍尔沃斯是美国“一元店”的先驱，1878年就在纽约开了第一家店，后在多国开设连锁店。走投无路的莱恩找到伍尔沃斯日用杂品部的采购经理克利福德，克利福德一开始对企鹅图书没什么兴趣，直到中午他的太太过来吃午饭，“对那位英俊的年轻出版商有点偏爱”，建议克利福德采购一些。就这样，企鹅出版帝国的命运在一位采购经理太太的偶然建议下起死回生。几天后，克利福德发来一份六万三千五百册的订单。

1935年夏，首批企鹅平装本图书上市，“那个星期五，莱恩上班路上在塞尔弗里奇百货商店外下了公共汽车，商店图书采购经理告诉他，每一种书的首批一百册几乎都已售罄，他立刻要各追订一千册。回到办公室，书商们要求订货的电话铃声不绝……”

一年后，企鹅平装书大约售出三百万册。企鹅在《书商》杂志刊登广告，夸口称企鹅图书平均每十秒售出一本，还说这些书可以从伦敦首尾相连到科隆。《星期六评论》称赞企鹅图书大小合适，便于阅读。《星期日裁判报》夸它装帧精良，纸张上乘，字体清晰。《观察家报》觉得，“六便士一本的色彩鲜艳的书是完美的阅读材料”。

由于企鹅版平装本图书取得过于辉煌的成就，所以人们一度将其视为平装书的开创者。其实自十六世纪威尼斯出版人阿尔杜斯发明平装版以来，曾有过很多次平装书潮流，尤其是1880年代使用木纤维纸浆以后，地铁连锁书摊上出现了大量廉价平装本。但这些书的大部分都设计成双栏，用小到几乎难以辨认的字体印刷，“大多数均为昙花一现的垃圾书，封面华丽庸俗，封底和封二封三都印着广告”。但企鹅做到了将品质优良、便于携带和价格低廉三种因素完美平衡，也寻找到了更新的渠道，再加上中产阶级的上升，于是造就一段传奇。

每一种流行文化都是历史里隐藏的密码。1870年，英国国会颁布《福斯特教育法案》，由国家拨款补助教育，并在缺少学校的地区设置公立初等学校，各学区对五至十二岁的儿童实施义务教育，还将宗教教义剥离出普通教学范畴，形成了公立学校与教会学校并存的初等教育制度。几代人后，培育出了对文学艺术和社科新知有所需求的大众读者群。哈里森曾在一篇报道里介绍过企鹅的受众：“有百分之四十一的中产阶级、百分之十七的工匠和百分之八的工人阅读企鹅出版的书籍，企鹅图书的读者中有百分之四十四的人受过不同种类的中等教育，然而有百分之八的人只接受过小学教育。另外，尽管那些从来不读书的人往往都是四十岁开外的工人阶级妇女，读塘鹅丛书的女性要比男性多。”

所谓“塘鹅丛书”，是指企鹅书业策划的人文社科丛书，莱恩把它定义为“选题涵盖艺术和科学领域，将当代最好的思想和艺术作品呈献给读者”。第一批塘鹅丛书1937年上市，包括萧伯纳的《知识女性关于社会主义、资本主义、苏维埃主义和法西斯主义的指南》、赫胥黎的《通俗科学随笔》、伍利的《挖掘历史》、科尔的《实用经济学》等。塘鹅丛书封面依然保留了“三段式”，只是用淡蓝色代替了文学类的橙色系，以及最下方的企鹅被换成了一只塘鹅素描。

“二战”爆发前，企鹅图书出版了三十五本专注于政治领域的特辑，其中包括两本小说：伯顿的《风尘》和哈谢克的《好兵帅克》。这些特辑风靡一时，曾在几周内卖出十几万册，奠定了公司在平装书市场的霸主地位。1940年冬，为缓解战争给孩子们带去的伤痛，企鹅推出海雀绘本系列，至此，企鹅基本完成了品牌建设。格瑞蒙德设计的一张海报上曾写道：企鹅是最好的休闲读物，求知的人们爱看塘鹅，海雀伴随着青少年成长。

人民文学出版社出版的《特立独行的企鹅》一书里，中文版编辑这样评价莱恩："他创立的企鹅出版社尝试以用一包烟的价格将伟大的书籍出售给千百万普通民众，让原先被精英文化排斥在外的大众接受普遍而优质的文化启蒙，由此开启了世界出版史的一次重大革命。"该书的前勒口写道："而企鹅自身也像英国广播公司和英国的福利制度一样，成为一个无所不包又良性的垄断集团。"

一家企业成功，往往意味着创始人的付出，但这些褒奖很难概括莱恩复杂的一生。

1902年，莱恩出生在一个普通的工薪家庭，父亲的年薪从未超过四百镑，母亲为三个儿子和一个女儿操碎了心，莱恩兄弟三人在一个普通学校里度过普普通通的青春期。转机出现在1919年，莱恩进入了舅舅的博德利·海德出版社，很快接触到萧伯纳、高尔斯华绥等诺奖得主，以及柯南·道尔等顶级畅销书作家。等到他完全熟悉了出版业，弟弟理查德和约翰也相继脱离演艺职业和保险公司，跟随哥哥一起创业。兄弟三人感情非常好，一起住过很久，"他们喜欢每天早晨待在一起，有时候要超过一小时，不停地讨论辩论最近发生的事情、他们的未来……"莱恩带着弟弟成功地策划过《尤利西斯》。

事业有成后，莱恩于1941年和莱蒂丝结婚。尽管两人终身没有离婚，却很难说是一段成功的婚姻：大部分时间里，莱恩和莱蒂丝都是分居的。莱恩自述："虽然开始我和莱蒂丝就发生了关系，但从未达到一个幸福婚姻中该有的频率。”不算圆满的爱情或许是源于兄弟三人“天生都是光棍个性”，两个弟弟都很讨厌大嫂，“尤其是约翰，他视莱蒂丝为入侵者，会冲进这对新婚夫妇的卧室，滔滔不绝地谈论企鹅的事务，根本无视她的存在”。当然，莱蒂丝也很讨厌约翰。

1942年，参军的约翰在战场上殉国，此事给莱恩带去毁灭性打击。阿加莎·克里斯蒂觉得莱恩对约翰的爱超过了任何一个人：“这事看起来完全改变了他的个性。在很多事上，他变得无法接近。”

1950年代，父母的离世让莱恩“境况越来越糟，长期以来忍受着越来越大的压力”，他终于和莱蒂丝分居，收留情人苏珊娜，仅支付给发妻极少生活费。“如此微薄，以至于她的很多衣服都是买的二手货。”老友威廉姆斯视莱恩为不安、善变、反复无常且不可靠的人，“你头一天可能还很受宠，第二天却已被打入冷宫。”

1960年，莱恩成功推出英国版《查泰莱夫人的情人》，引得读者排队购买。这本书的畅销使出版方的税前利润翻了好几番，让莱恩成为百万富翁，但他和理查德的感情却不复以往。莱恩购买了弟弟在企鹅的股权，兄弟俩为此失和。1970年，莱恩突然去世，把遗产的大部分捐给基金会，没有给妻子莱蒂丝留下一分钱。

审查

1940年5月1日，熬了一个通宵后，《巴黎晚报》二十七岁的编辑加缪写完《局外人》的初稿。5月中旬，德军绕过马其诺防线穿越阿登森林，北取色当，南顾巴黎。等到5月底，盟军被迫于敦刻尔克撤离。6月中旬，德军开入不设防城市。法国人由北向南，逃亡百万，其中就包括伽利玛出版社的创始人、《新法兰西评论》投资人加斯东 · 伽利玛，及其亲友如作家安德烈 · 纪德等一行共十三人。他们有一辆雪铁龙前驱车和一辆货车，“逃亡者脚步匆匆，车子上装满了东西”。而伽利玛出版社内部，正在焚烧有可能带来麻烦的文档、信件和资料等。

6月下旬，傀儡政权向德国求和。6月21日，在三十五岁生日当天的早上，萨特被德军当成战俘关押起来。很快，一百多个出版商都面临同一个难题：如果还要继续做生意赚钱，就要签署德国人的书刊审查协议，否则您就可以收摊了。虽然加斯东 · 伽利玛有足够的财力飞往美国，或者趁着纸价上涨直接卖掉自己的库存纸张，卖纸所得甚至要超过印书出版的利润，但他并未这样做。而宿敌格拉塞则犹豫再三，徘徊不定。

格拉塞和加斯东同于1881年出生，前者攻读法律博士学位，靠父亲三千法郎遗产在1907年创办了格拉塞出版社；后者降生在一个富豪家庭，父亲一生赋闲，以收藏名画为乐，资产增值过亿。加斯东三十岁之前游荡在马克西姆饭店与戏剧院的女人之间，直到1911年，他被后来获得诺贝尔文学奖的纪德看中，成为文学刊物《新法兰西评论》的出品人，花花公子从此踏上一条截然不同的人生道路。

1912年11月，同一阶层的马塞尔·普鲁斯特写信给加斯东，希望他出版自己的两本书。“每部各五百五十页，每页三十五行，每行四十五个字母。”作者的建议十分具体。

加斯东将两本意识流长篇转交给纪德等人。与曾将《追忆逝水年华》退稿的众多编辑一样，纪德厌倦于作者的长篇大论，于是普鲁斯特转而投向格拉塞。格拉塞并未看完稿件，直接提出由作者自费出版。就这样，1913年11月，格拉塞出版社推出了第一卷《去斯万家那边》。

图书上市后，加斯东意识到自己失去了一部杰作，于是再次联系普鲁斯特，怂恿他离开格拉塞。“一战”突然爆发，格拉塞答应解约，直到普鲁斯特获得龚古尔文学奖才又追悔莫及。加斯东陆续从格拉塞那里挖走夏尔·佩吉、雅克·德·拉克雷泰勒、马尔罗、贝尔等作者，两人结下无数梁子。1927年11月，布尔代的四幕喜剧《刚刚出版》在米肖迪埃尔剧院演出，乐不可支的观众一眼就看出整个故事影射了加斯东和格拉塞，“他们俩正在进行你死我活的竞争”。

1940年夏，法国向纳粹德国投降。加斯东和格拉塞相继做出了各自非常艰难的决定。

在如何拿捏审查尺度方面，希特勒相对宽松：“德国人总是好为人师，什么都要插手。军队高层的书刊检查机构应该保证，在新闻、电台、书籍、电影和戏剧方面，不激怒法国民众的政治意识，也不给占领军的安全带来危险。”于是德方提出一个审查协议：除了损害德方威严或利益的书籍以及被德方封杀的著作，法国的出版方可以自行出书。如果出版方拿不准书籍是否有问题，可以提交给出版商联合会审查，这样的书出了问题，责任由出版商联合会承担。如果出版商联合会也存疑，再提交给德国宣传部出版处检查。话虽这么说，但同时德国人没收了七十万册书，存放在大军团大街的一个仓库里，书店则被严密监控，德国驻法大使奥托·阿贝兹还提出一份名为“奥托书单”的查禁书目，犹太人更是处境悲惨。

面对入侵者，除极个别的反抗者，大部分出版商都是人在矮檐下，不得不低头，其中格拉塞显得尤为积极。他先向傀儡政权写信，申请担任出版界的谈判员和代表，然后又亲自跑上门恳求，甚至直接呼吁同行认清现实：“我想我会把法国色彩最浓和最法国化的文章交给占领者去审查，不管那是我的东西还是别人的东西。我只认别人强加给我的限制。”他这样为敌辩护：“待在自由区的法国人应该明白，占领者尊重所有值得尊重的东西。”

格拉塞之所以会为虎作伥，或许是与他的性格有关系。那是一位面色苍白、身材矮小的出版人，性情充满矛盾，“不是走这个极端就是走另外一个极端”，容易激动，做事常常不太公正。

阿尔芒是一位富裕的古巴诗人，曾在格拉塞出版社自费出过多本诗集。一次他向格拉塞抱怨出书的花费太高，骄傲的出版人只答了一句：“是的，但你的书让我丢脸。它们没有价值。”阿尔芒还说：“格拉塞出版社是个妓女，但这个妓女身价很高。”

为保住公司，加斯东于1940年10月22日回到巴黎。德国人对伽利玛出版社非常看重，据说奥托·阿贝兹曾讲过一句名言，“法国有三种强大的东西：共产主义、大银行和NRF（即《新法兰西评论》）”，所以《新法兰西评论》的总编很快就被换成了亲德的德里厄·拉罗什。还有一个德国出版商想收购伽利玛出版社百分之五十一的股份，被创始人断然拒绝。就这样，以牺牲一半心血的代价，加斯东保住了自己的另一半心血。

与格拉塞截然相反的是，加斯东努力保护着手下的犹太裔员工。出版社业务经理路易虽然被正式解雇，但实际上依然能够从公司领到薪金。被迫离职的雅克·希夫林也在纪德的资助下赴美，创办了后来享有盛誉的万神殿出版社，并且在战后通过老东家的人脉，于纽约出版了《局外人》的法文版。

有关《局外人》的写作过程以及在伽利玛的出版经历，也是一个非常精彩的故事。

1938年秋，二十五岁的加缪在笔记本里无意识记下《局外人》开篇第一句话“今天，妈妈死了”的时候，他依然挣扎在人生的泥潭当中，要靠着岳母索格勒与叔叔艾库的补贴才能活下去。

命运多舛的加缪出生在阿尔及尔的贝尔库尔贫民区，一岁时失去父亲，与当用人的聋哑母亲相依为命，凭借小学老师热尔曼的赏识争取到上中学的机会。对于该社区的孩子来说，上中学属于小概率事件。加缪十七岁不幸染上肺结核，被迫搬进屠夫叔叔艾库的家里，二十一岁结婚，二十三岁发现吸毒妻子的外遇而离婚，二十四岁出版了自己的第一本文集，首印三百五十册。等到二十五岁，他依然没有一份稳定的正经工作，想着当一名作家。

转折点发生在1938年10月，加缪成为《阿尔及尔共和党人报》的记者。他在跟踪报道多个审判案件之际，在脑海中把亲眼所见的离奇生活转化为另一种形态、数万字的荒诞故事雏形。1940年1月10日，报纸被政府勒令停办，加缪前途未卜，新未婚妻芙兰辛一家人视他为无事可做的混混。两个月后，前同事在《巴黎晚报》给他找了一个排版编辑的工作，加缪勉强凑齐路费，熬过将近五十个小时的旅程，来到“世界之都”巴黎。

为避开战乱，《局外人》的书稿跟随着主人四处漂泊。等到1940年12月，加缪再次失业，但一个月后，新人作者相继写完了《西西弗神话》和《卡利古拉》。法语文学共和国即将对这个年轻人张开怀抱。1941年11月，伽利玛出版社的资深编辑波扬在审稿报告里称《局外人》是一部“一流的小说”，这个评价奠定了整本书的命运。12月8日，加缪在家里收到出版方的正式邀约：伽利玛将支付五千法郎作为预付稿酬，并得到后续十部作品的优先出版权。加缪连合同都没签便答应了对方，并且希望能将另两本书稿一并出版。

德国宣传部书籍审查处的黑勒连夜看完《局外人》的送审稿之后，没有提出任何异议就签署了同意书。他觉得这本书缺乏社会性，也与政治无关。

至此，最令人担心的关卡都一一过去了。1942年5月，首印四千四百册的《局外人》在巴黎的书店上架，等到11月，首印全部销完，加印的四千四百册即将补货。

但是如果没有萨特的书评，本书仍然极有可能就此湮没在浩瀚的书海之中。1943年2月，萨特的《〈局外人〉解说》引发了法国知识界对加缪的广泛关注。想当年，萨特的成名作《恶心》也是由伽利玛出版，他还曾因小说一度被拒而向波伏娃哭诉：“我把我的一切都投注到这本书里了……拒绝了它就等于拒绝了我。”

萨特在书评中称赞《局外人》是部经典之作，其文风独特，每句话仿佛一座岛屿，岛与岛之间充溢着虚无。那些岛屿构成一个“被动的、无动于衷的、拒绝交流的、闪光的”世界。且那个世界和卡夫卡式的符号寓意迥异，它是极其现实的。

萨特对《局外人》的精彩点评似乎预示了这本经典的未来：在初次出版七十四年后，加缪诞辰一个世纪有余，《局外人》仅在法国一地就售出一千零三十万册。

客观地讲，《局外人》的出版在加斯东那里只能算是一个日常事件。终其一生，伽利玛出版社的作者团队获得了六次诺贝尔文学奖、二十七次龚古尔文学奖、十八次法兰西学院小说大奖、十二次联合奖、七次美第奇奖、十次雷诺多奖、十七次费米娜奖……加斯东少时雍容，中年得志，活到九十四岁，一生可谓顺风顺水。他最艰难的时刻，就是两次世界大战。

1914年，为逃避兵役，加斯东先是花两千法郎找人将自己的档案改成“已故”，后来发现这么做意义不大，于是开始装病。绝食，不喝水，长期卧床，体重减轻了二十六公斤，终于成功地被医生诊断为阑尾炎和肝炎。

重获自由之际，加斯东立刻去理发店剃去长须，一个人跑到马克西姆大吃一顿，离开饭店没多久，就吐了一地。由于长期装病，结果他真的病了。

1941年，法国七大出版社伽利玛、格拉塞、普隆、弗拉马利翁、斯多克、帕约和德诺埃尔，连同另外一些小出版社，全部和德国宣传部签署了一份公共宣言。这标志着法国出版界集体选择了妥协。

1944年8月，巴黎解放，“清算的时刻到了”。

伽利玛和格拉塞两只领头羊成为“出版清算委员会”炮口对准的对象。《新法兰西评论》的亲德总编德里厄·拉罗什选择自杀。伽利玛出版社身处风口浪尖，随时有可能万劫不复，这时，以往在伽利玛出过书的作者们站出来了。萨特表示：“加斯东·伽利玛用自己的行为不断地向我们证明他的真实感情。他清楚地知道他的出版社成了某些地下组织接头的场所，他不断地帮助抵抗德国的作家。”加缪写道：“1943年到1944年间，我在伽利玛出版社的办公室一直是‘战斗’组织的约会地点，战士们在那里与我建立联系……在1944年5月的批评时期，‘战斗’在巴黎的组织受到驱逐，伽利玛全家都坚决地庇护和保护我，我在此不得不向他表示我的诚意和敬意……”

数十位顶级学者、作家的信件，再加上加斯东拒绝德资等举动，为出版社留下一线生机。最终，《新法兰西评论》由于德里厄·拉罗什的所作所为被清算，伽利玛活了下来。

格拉塞就没有这么幸运了。1944年9月5日，格拉塞被捕。后来他得了抑郁症，接受电击治疗才得以痊愈。清算委员会建议判处格拉塞三年监禁。1948年，格拉塞出版社被判解散。“格拉塞当时六十七岁，脸色发灰，眼皮沉重，脸上抽搐着肌肉，神经质地晃动着烟嘴。一时间，他想在法庭前保护自己的出版社，那是他的孩子啊。”

在格拉塞为自己的心血四处奔走祷告求饶之际，他曾向出版界同行求助，许多人都伸出了援手。“但最大方的是加斯东·伽利玛。面对不幸，敌对的状态消失了。”1949年，出于对法国文学做出过巨大贡献，最高司法会议主席樊尚赦免了格拉塞出版社。

上市

1950年代，兰登书屋的两位创始人贝内特和唐纳德开始担心起公司的未来：如果他们两人当中有一个人意外过世，则很有可能面临被政府强制估算兰登书屋资产的风险。如果政府估值太高，活着的人就无力购买死者的股份；如果估值过低，两人一生的努力就会大打折扣。

两人于是私下达成协议：如有人去世，活着的人可以用五十万美元购买公司另一半股份。

1957年，在和某家意图收购兰登书屋的同行聚餐时，对方提出了报价。他们对兰登书屋的估值在两百万元左右。贝内特没有接受，转而去找华尔街的朋友艾伦。

艾伦帮助兰登走上了融资之路。

1959年10月2日，兰登上市，开盘发行价是每股十一元二角五分。由于当时出版业股票投机潮刚刚兴起，有一个星期，兰登股票涨到每股四十五元。

有钱之后的兰登开启了扩张之路，他们相继收购过克瑙夫出版社、万神殿出版社与辛格出版社。与克瑙夫出版社的合并登上了《纽约时报》头条，万神殿则为兰登带去《日瓦戈医生》等畅销书，辛格出版社使贝内特得以进军教科书市场，并附送了一项诺贝尔文学奖。

没过几年，兰登书屋的股票在纽约证券交易所公开发售，和美国钢铁、杜邦等著名公司站在一起。它引发了美国无线电公司的兴趣，该公司董事长沙诺夫将军联系贝内特。

沙诺夫先是提出兰登书屋的估值接近三千四百万，被贝内特否决，然后提高到四千万。兰登书屋不少人赞同接受，结果贝内特报价，估值为四千一百万。

贝内特在自传里写道："投资银行的人都对我咬牙切齿，说我要毁了这次交易。"

沙诺夫找到贝内特面谈：你真是又犟又蠢，竟然还要提价。你要么接受我的条件，要么这笔生意就黄了。

贝内特很淡定：那祝您好运。我们依然是朋友。

沙诺夫很生气：贝内特你大概没有意识到，你是在跟一个非常傲慢而自负的人谈判。

贝内特很淡定：好巧，我也是个非常傲慢而自负的人。

沙诺夫气急败坏：那我们明天再谈吧。

贝内特很淡定：抱歉，明天我要坐朋友的私人飞机去度假了。

谈判崩了。

第二天，贝内特带着妻子和朋友去棕榈温泉玩了十天。十天以后，谈判重启，成交。合同里面还规定，贝内特对兰登的业务拥有绝对控制权，美国无线电公司不得干涉。

贝内特这下才觉得，“兰登书屋达到了我梦寐以求的真正价值”。

或许在签合同的刹那，贝内特会想起自己花两万五千元投身出版业的第一天。

1898年，贝内特出生在曼哈顿。他的爷爷奶奶、外公外婆和爸爸妈妈都出生在曼哈顿，父亲马塞尔“很有魅力但没多少钱”，外公怀斯家族“很有钱但没什么魅力”。马塞尔在怀斯家当老师时，和自己的学生私奔了。外公怀斯自然不会欣赏这桩婚事。

贝内特十六岁生日的前一天，妈妈不幸去世，为孩子留下大约十二万五千美元遗产。在舅舅的引导下，贝内特考进哥伦比亚大学新闻学院，还拿到了双学位。在哥大，他结识了好友唐纳德，两人还曾同时追求一个名叫玛丽安的女孩。玛丽安一度和两人同时约会，最后选择嫁给了唐纳德，生下女儿露易丝。

毕业后，唐纳德回家继承家族的钻石生意。贝内特进入华尔街，认识了年纪相仿的艾伦，他们俩都拿着一周二三十元的起薪，但喜欢读书的贝内特并没有那么深爱这份工作。

1923年，大学好友西蒙打电话给贝内特，说他要从里弗莱特的出版社辞职，和舒斯特去创业，便来问问贝内特是否愿意去见见里弗莱特，考虑转行做出版。第二天，老奸巨猾的里弗莱特提出，让贝内特投资两万五千元，然后进公司当副社长。里弗莱特还建议贝内特当晚去陪发表了《嘉莉妹妹》和《珍妮姑娘》的德莱塞看场棒球赛。

二十五岁的贝内特跟华尔街的同事打了个电话："我今天下午不回来了。实际上，可能再也不回来了。我在考虑进入出版业，再见了，各位。"由此头也不回，一去不归。

很难说德莱塞对自己的出版人有多么深厚的感情。1925年，德莱塞的新作《美国悲剧》畅销一时，里弗莱特就和德莱塞约定，由他向好莱坞兜售电影版权："只要我把你的书卖到好莱坞，五万元之内全归你。超过五万元的部分，我们对半开。"

作者对此不抱希望："你从那里一个子也得不到，贺拉斯，没人会拍这种电影。"

没过多久，贺拉斯·里弗莱特请德莱塞和贝内特去丽兹饭店吃午饭。

作者问：找我干吗？

出版人答：我把《美国悲剧》卖了。

作者非常意外：真的吗？卖了多少钱？

出版人很得意：八万五。

德莱塞沉默了几分钟，掏出一支铅笔，开始计算房产的分期付款以及汽车价格。

出版人提醒作者：你不能全拿走啊，说好五万以上的三万五咱俩平分的。

德莱塞放下铅笔：“你的意思是，你要从我的钱里面拿走一万七千五？”

突然，德莱塞将一杯热腾腾的咖啡泼向里弗莱特，然后一脸黑线，头也不回地大步离开。

里弗莱特擦干污渍，看着贝内特：“记住这个教训吧。每个作者都是狗娘养的。”

在里弗莱特手下干了两年后，贝内特找老友唐纳德凑齐二十一万五千元，收购了“现代文库”，又于1927年成立兰登书屋。

不得不说，贝内特是一位充满天赋的出版人。

1921年，《尤利西斯》被美国和英国的有关部门判为禁书，不得出版、流通。1932年3月，贝内特请大律师恩斯特吃午饭，并问对方：“如果我能设法和乔伊斯签约在美国出版《尤利西斯》，你愿意帮我们打官司吗？”不过贝内特付不起恩斯特的律师费，仅仅承诺如果官司赢了，律师终生都能得到美国版《尤利西斯》的部分版税。

爱出风头的律师同意了。他还特地做了功课，准备把打官司的时间安排在伍尔塞法官的出庭期。因为学识渊博的伍尔塞素来支持自由主义文学。

贝内特远渡重洋，跑去找乔伊斯，留给作者一千五百美元定金。而乔伊斯为了见贝内特，被出租车撞翻以后，依然吊着胳膊、打着石膏、戴着眼罩按时赶到。

为打赢官司，贝内特买了本法国版的纸皮平装本，并在书内贴上了好几十篇文学家的正面评论，以便成为证据，“贴完之后，封面都鼓了出来”。然后，他叫人带着这本书从欧洲回美国，故意等着被海关查封。结果海关官员根本不开箱检查，只是一味盖章放行。兰登书屋请来的法律代理人急疯了，逼着海关官员开箱，还急不可耐地拿出那本禁书。

海关官员觉得他大惊小怪：“上帝呀，这书人人都带回一本，我们不管这个。”

代理人逼着工作人员叫来他的上级，还逼着对方没收。这样，这本贴满评论的书才成为恩斯特的证物。

在法庭上，律师用文学家的正面评论旁征博引，最终成功改判。1934年1月，贝内特出版了美国版的《尤利西斯》，还特意收录了“伍尔塞法官里程碑式的判决书”。

除了乔伊斯，贝内特还与尤金·奥尼尔、威廉·福克纳、辛克莱尔·刘易斯、萧伯纳等成为朋友，这几位是清一色的诺贝尔文学奖得主。尤金·奥尼尔死前将自传式剧本《进入黑夜的漫长旅程》托付给贝内特，要求兰登书屋在其去世二十五年后再出版。贝内特恪守这个承诺，无奈尤金的妻子夺回了这本书的版权，违背作者本人的意愿，找到耶鲁大学出版社出版了该书。威廉·福克纳每次到纽约，都把兰登书屋当成他的落脚点，“他会径直走进办公室，脱掉外衣……身着背带坐在那儿，抽着烟斗，看平装本推理小说”。刘易斯后半辈子的书都由兰登书屋出版，虽然他酗酒成性，很难相处，但贝内特依然很喜欢这位作家的著作。萧伯纳则被贝内特视为“精明的老头”，因为他要求自己的稿酬是尤金的两倍。

多年之后，兰登、企鹅、西蒙与舒斯特、柯林斯、阿歇特、麦克米伦，一度被媒体并称为全球出版业六大巨头。

1950年代，氢弹爆炸，第一颗人造卫星上天，科学家发现DNA的双螺旋结构，原子能发电站成为现实，铯原子钟重新定义了时间，粒子加速器探测到更多奇异粒子……西方科技文明开始进入前所未有的鼎盛时期。而对于美国书业来说，1950年代堪称群星辈出的时代。

1951年，罗塞特收购了濒临倒闭的格罗夫出版社。他迷上一位默默无闻的爱尔兰作家，跑到巴黎签下对方的一本书，首印一千册，花了两年时间，卖出去四百本。直到《等待戈多》在百老汇上演，出版人才扬眉吐气，宣称该书销量将超过两百万册。将近二十年后，萨缪尔·贝克特获得诺贝尔文学奖。

罗塞特的第二次赌注是《查泰莱夫人的情人》，持续一年的官司扭转了这本禁书的命运。接下来他又为《北回归线》打了大约五十场官司，终于获得这本禁书的出版权。1962年10月30日，格罗夫出版“垮掉的一代”的代表作《裸体午餐》，再加上后来的大江健三郎，罗塞特以一己之力开创了一个出版史上不容忽视的奇迹。

1952年，巴兰坦出版社成立。创始人巴兰坦夫妇来自英国，师从企鹅的艾伦·莱恩。莱恩将夫妇俩派往纽约，成立企鹅书业的美国分社，但两人一直梦想着拥有自己的出版社，最终还是选择创业。虽然巴兰坦推出过《指环王》等名作，但它始终未成功壮大，最终卖给英泰克斯特。兰登书屋又出手收购了英泰克斯特，巴兰坦夫妇就此成为兰登书屋的顾问。

《纽约时报》的头版很少刊登出版社的消息，除非是爆炸性新闻。1959年3月15日，由于“雅典娜神殿”的成立，出版业再次引起世人瞩目。兰登书屋的总编辑海登、柯林斯出版社的资深编辑贝西与克瑙夫出版社创始人之子小克瑙夫要联合创业。不过纸面实力并不意味着一切，雅典娜神殿没能重现经典，反而分崩离析。1963年11月3日，海登生日之际，三位创始人关系破裂。次年，海登离开。1975年，贝西离开。“三叉戟”只剩下小克瑙夫一人。

出版人西尔弗曼的《黄金时代：美国书业风云录》曾罗列过一百二十多位出版人和编辑的职业故事。1950年，哈里创办美国第一家专门出版艺术图书的出版社，策划《图说西方绘画史》与《艺术史：西方传统》等畅销书。1956年，圣马丁出版社独立，多年后用四千美元购买了丹·布朗的《数字城堡》，最终销量超越四百万册，后来还推出《沉默的羔羊》。此外，普特南出版社的沃尔特于1958年出版《洛丽塔》，登上《纽约时报》畅销书单第一名。

很难说兰登书屋的结局是喜是悲。

美国无线电公司收购兰登书屋，使得贝内特实现了财务自由，但对于这家出版社而言，却从此掉进了与资本艰难博弈的命运旋涡。

1892年，雅克·希夫林出生于俄国，“一战”后前往法国，与纪德成为好朋友，创办七星出版社。由于财力不济，雅克加入伽利玛，继续策划“七星文库”。

根据雅克之子安德烈·希夫林在《出版业》里的叙述，1940年8月20日，犹太人雅克被加斯东辞退。如果继续待在法国，肯定有杀身之祸，雅克便花费一年时间搞到签证，在朋友的资助下带着妻儿前往纽约，创办了万神殿出版社，主要策划严肃书籍。1950年代，首印四千册的《日瓦戈医生》在作者拿到诺奖之后，一时间洛阳纸贵，精装本卖了一百多万册，平装本超过五百万册，万神殿由此出名。

1961年，兰登收购万神殿。兰登高层邀请安德烈·希夫林来经营其父的心血，从此安德烈进入兰登，得以亲身见证这家公司的浮浮沉沉。

1980年，由于利润不及预期，美国无线电公司决定以六千万美元的报价出售兰登，但基本无人问津，“因而，当塞缪尔·欧文·纽豪斯找上门来的时候，伯恩斯坦和他的同事们都长长地舒了一口气”。作为贝内特的继承人，伯恩斯坦希望兰登可以在新东家手里光大。

纽豪斯在收购时信誓旦旦：他是冲着著名出版社的文

化价值而来，会让工作人员放手去做，并尊重兰登的历史传统。然后，这位传说中的百亿富豪用实际行动拼了命打脸。

纽豪斯先以接近于对折的价格卖掉了大学教材分部，迅速并购了一个以商业化著称的新公司，过几年又逼迫伯恩斯坦离职，改聘意大利银行家维塔尔来执掌兰登。这位银行家公开承认自己没空读书，没听说过诺奖得主克劳德·西蒙，办公室的柜子里什么书都没有，只有几张他的游艇照片。

银行家一改书业的尊严与传统：以畅销书的利润补贴不能畅销但极具价值的小众读物。维塔尔要求的是：每一本书都要盈利，从此充满家庭协作氛围的传统出版社变成了高楼大厦里面冷冰冰的格子间。编辑们不再判断选题的价值，而去追逐出名的流量担当。发行不愿意冒险，新作者的书籍不被重视。出版人和作家的关系，由一言九鼎的朋友变为唯利是图的生意人。

在银行家努力了八年后，除去坏账，兰登的利润率降到百分之零点一。“乍一看到这个数字，人们还以为是《纽约时报》的印刷错误。”终于，纽豪斯将兰登卖给德国贝塔斯曼集团。而贝塔斯曼集团在新闻稿中声称，希望兰登将来可以达到百分之十五的利润率。

出版业的黄金时代，就在这样一轮又一轮的并购中，渐渐消逝远去。

书展

大约在1450年至1764年间，德国的法兰克福集市渐渐发展成为全欧洲的图书交易中心。这或许要归功于约翰内斯·古腾堡。

1448年，在外漂泊十多年的古腾堡回到家乡美因茨市，一个位于美因河岸的带城墙的小镇。两年后，古腾堡以百分之六的年息借了八百莱茵金币，投资于其活字印刷术的发明。历史学家认为，他印刷的第一本书只有二十八页，名叫《文法艺术》，是一本拉丁文教科书。

1454年秋，古腾堡带着他的《圣经》样本来到法兰克福集市，引起强烈反响。一年后，印装完毕的一百八十多本《圣经》被订购一空。那是工人们将三百多万个字符辛辛苦苦排版为一千二百八十二页《圣经》，并消耗掉了将近六万张犊皮纸和纸张的劳动结晶。

1462年，由于战乱，古腾堡印刷工作坊的十多个工人离开了美因茨，他们将活字印刷带往欧洲各处。很快，欧洲各国都出现了至少一家印刷厂，图书的生产模式被永久性改变。“在古腾堡的《圣经》出现后的半个世纪，新出现的书籍的数量比之前几千年的总和还要多，自此图书产业加速发展……”1501年，德国有五十多个城市有印刷厂，意大利有八十多个城市可制作印刷品，欧洲共有大约一千一百多家印刷厂。

上千万册的印刷品需要各类交易，法兰克福的大集会就满足了这个需求。荷兰、比利时、法国、瑞士、英国与波兰等地的商旅纷纷赶到，“木桶是当时运送书籍最常用的包装材料”。

当塔楼上的钟声敲响，书展便正式开始。出版商在门窗上贴着书目清单，采购商们自由攀谈。当钟声再度响起，书展就宣告结束，没有卖掉的书籍会锁进租来的仓库里，来年继续出售。那时候，图书接近于奢侈品，买一本《圣经》的钱可以购买两头牛或六只羊。

除去技术迭代因素引起的出版繁荣，法兰克福能成为欧洲最大的书市中心，还与地理位置、商业传统密不可分。

因位于美因河下游地带，此处的水陆交通都十分便利，神圣罗马帝国时期，先后有多位皇帝在法兰克福加冕。在德国历史上，有很多重大的政治协议都是在这个城市达成一致的。眼下它仍是德国重要的交通枢纽中心。

另外，从十三世纪开始，法兰克福就是一个繁荣的商业城市，十六世纪以来又成为金融中心。信息的汇集使其博览会传统由来已久，“如果从1240年腓特烈二世颁发特许状举办第一届法兰克福商业博览会（相当于现在的大型集市）算起，则已经有八百年的历史。这无疑吸引了来自欧洲各国各行业的从业者和商人，法兰克福图书集市的兴起与此不无关系”。

进入十八世纪，法兰克福图书集市的地位逐渐被莱比锡图书集市所替代。1765年，莱比锡书商赖希在复活节期间成立了一个对抗盗版的书商联盟，吸引五十多家同行加入。1780年，赖希又和同行达成协议，采取现金批发折扣交易。此后，莱比锡慢慢成为行业中心，直到第二次世界大战结束，书业重新洗牌，以文化为主导的莱比锡书市没能适应最新的潮流，以市场贸易为主导倾向的书展卷土重来。

1949年，德国书业协会重启法兰克福书展。9月17日，书展于保罗教堂举行，光德国的参展商就超过两百家，提供了八千多种图书，吸引来过万访客。1950年，参展商的数量翻了一倍多，营业额达到六百万马克。此后，法兰克福书展年年壮大，终于成为全球规模最大的书业盛会。

然而，它的成功也并非没有波折，例如1968年的“警察书展”。

其实1967年的书展上已经爆发了一次学生运动，但活动负责人显然没意识到其严重性，甚至还在1967年第八十七期《德国图书交易报》里写道：“示威抗议活动的发生还是头一遭，对此我们迄今仍难以找到确切原因。因为这是一个在全球其他地方都不曾发生、在所有的政治及世界价值中都不曾有记录的特殊事件。法兰克福书展也提供年轻一代确立其定位的莫大机会，因此他们应当感到满意才是。”

1968年9月，来自五十多个国家的三千多位参展者带来大约二十万本书。活动刚开始时并无异象，德国书业协会会长与法兰克福市市长等一一致辞，只是为免意外，数千名配置了防暴水枪、运囚车和巡逻车的警察遍布展览会场内外。

未来的书展主席魏德哈斯那时候刚刚进入书商交易协会展览博览公司不到三个月，还是展览部里的新手。他头一次来书展，就亲历了意想不到的大场面。

某个学生团体在六号馆展位前连续几小时号召人们抵制前来领奖的塞内加尔总统桑戈尔，理由是桑戈尔执政不端。

不过，第二天的颁奖照常举行。在颁奖典礼进行之际，该学生团体于保罗教堂附近和警方展开了街头巷战，导致德国总统等贵宾只能在警方的重重保护之下出入，书展入口也关闭了约三小时。几乎所有的参展商与业界的参观者都酝酿着不满的情绪，所有人都群起参与，就连没有直接受到影响的人也在响应。

据统计，1968年的书展，共有十八起事件当事人被暂时拘留并接到刑事诉讼的起诉书。

对于这次风波，魏德哈斯并不意外：“这届博览会和我的前任经受的考验，对我的触动很小。这里所爆发出来的东西，在我内心深处早有预料，甚至有些希望它发生。这一切都是那个时代所期望的，至少对我们渴求新鲜事物的年轻人是如此。”

魏德哈斯所谓的“那个时代所期望的”，是指席卷东西方的“冲击波”。

1968年1月，披头士去印度求教，头发越来越长，穿起了嬉皮风格的衣服。嬉皮运动已然横扫全美，嬉皮士们抛弃传统的家庭观和价值观，拒绝工作与商业，尝试多种亲密关系，试图远离城市，寻找自由人生。3月，法国的学生们举起“严禁使用严禁”的牌子，冲击一切固有秩序。5月，数十万人涌上街头，进行罢工罢课。戛纳电影节停办，银行关闭，机场关闭，火车停止运行。商店被砸，街道被炸，大学生竖起街垒。萨特、歌手费拉和体育评论员库德克在索邦的圆形大剧场演讲。

8月，华沙公约组织的军队进入捷克斯洛伐克，杜布切克等人被送往莫斯科。

与嬉皮士、“五月风暴”、“布拉格之春”等重大历史事件相比，法兰克福的“警察书展”就显得没有那么严重了。

1969年，书展回归正常，除了零星几起个别抗议之外，令人担心的骚动并没有出现。

1973年，书展主席陶贝特退休，魏德哈斯接任。他俩的交接，意味着法兰克福书展从着重宣传名人畅销书的商业模式转向了更为广阔的国际视野，主题馆与主宾国的设立，就是其国际化的最大成就。

在魏德哈斯的努力下，法兰克福书展于1976年策划了拉丁美洲主题馆，马尔克斯成为那一届主题馆的最大受益人。此前马尔克斯的《没有人给他写信的上校》等作品在德国销量不佳，但书展为他提高了知名度。其余的拉丁美洲作家则没有那么幸运，墨西哥的鲁尔福、秘鲁的略萨、巴拉圭的巴斯托斯、乌拉圭的加莱亚诺、尼加拉瓜的拉米雷斯等人，都没有受到应有的礼遇。

拉丁美洲的魔幻现实主义浪潮刷新了欧洲读者的认知，由此法兰克福书展的影响力开始辐射到世界各地，成为全球出版重镇的焦点。

1980年书展的主题是“黑暗非洲大陆文化”，再次拓展了读者们的眼界。来自十余个非洲国家的二十多位作家出席书展活动，并吸引来五十多家非洲各国的出版社参展。

1986年，魏德哈斯首次将印度设立为书展的主宾国，每天都有印度作者在展会上朗读自己的作品，当然，还有音乐与舞蹈表演，特色饮食也吸引了很多西方读者的注意。场馆装修得富丽堂皇，展出过七千册左右的印度相关书籍。与1976年参展的两千三百多位记者人数相比，1986年出席书展的记者已经超过了八千人，标志着它成为全球最为瞩目的出版盛会。

2009年，中国首次成为书展的主宾国，继北京奥运会后，再一次向世界输出东方文明。

设计

1975年秋，彼得、道林、戴维斯和卡罗琳四人在露营车里装满行李，从伦敦开往德国。那是DK在法兰克福书展首次亮相，“这时节你可以把未来全压下去、把未来全赢过来、把未来全赔进去，或者只是坚守城池不进不退……到处有人在叫卖点子，到处有人在传阅写作大纲，预付款的行情要多加明察暗访，版权交易更要讨价还价……大老板、小编辑、经纪人、作者、绘手、摄影师、美术指导、公关、制作主管、营销人员、业务经理、印刷厂、组稿中心、贵族气派的出版大佬、长袖善舞的小暴发户、企业会计师、产业领袖、买空卖空的骗子、目中无人的奸商、执迷不悟的做梦大师、冥顽不灵的没用大师等等齐聚一堂……”

此时DK这家小公司成立的时间还不到一年。

两位创始人——美术指导彼得和制图师道林，还是前同事，靠着拿住房抵押来的一万英镑贷款成立了DK出版社。不过他们在动用贷款之前就已经挣到足够经费。1974年12月末，两人把编辑戴维斯拉进团队，窝在彼得的家里办公。那时候DK全员只有十个人，总共做出三本书：《摄影全书》《美酒赏味》和《约翰尼是怎么来的》。

大家做了半年，好不容易把三本书的图文都送到荷兰印厂将要印刷时，结果阿姆斯特丹的一场大火把印厂烧了个精光。精神崩溃的彼得请同事喝大酒，打算关掉公司认命，没想到同僚们反而因此患难与共，日夜加班拼命工作，死也要在书展之前赶出参展资料。

为了省钱，DK四元老开着大众露营车去参展，一路上风餐露宿，“四个人钻进又膨又大的羽绒被睡得像狗一样；

羽绒被打得蓬蓬松松，像一堆堆积云裹住你整个人”；为了省钱，四个人住进法兰克福红灯区里小旅馆的双人间，卫生条件不算太好，“窗外霓虹灯的光一打下来，还看得到有一堆蟑螂脚在蠕动，瘫软而无力”；为了省钱，所有的样书都靠人力搬运，“两边肩膀都背着这么大的袋子，很像驴子驮着两个驮篮……卡罗琳和我朝大出版社的摊位靠过去时，还是活像在托钵行乞”。

不过当戴维斯拿出DK图文并茂的出版样张后，所有懂行的出版人都把不屑换成惊讶，再把惊讶换成好奇，把好奇换成欣赏，纷纷追着要合作。“这样的遭遇再多个几次之后，我们就知道自己有了纵横全球的制胜利器在手。”

仅凭三本书，无人知晓的DK在法兰克福书展上一鸣惊人。《摄影全书》畅销百万，一举成名，“是我们打进欧洲市场的入场券”。两年后，DK又出了四本书，《古代人类图录》销量超过二十五万册，《自耕自食大全》销量超过百万，《摄影手册》和《你们的宝宝》销量达数百万册。这家扩张到二十个人的公司的庆功会从下午开到晚上，喝到醉眼蒙眬，最后一结账，仅仅花了一百英镑。

DK创业初期，给予最大支持的出版方是兰登书屋。编辑总监戴维斯甚至将兰登集团的托尼·许尔特称为“DK早年的教父”，因为许尔特大方地“为DK支付了头一批书的资金”。这对于一家靠一万英镑起家的小公司来说，无疑雪中送炭，“他们这般福至心灵，想出以这样的做法提拔新公司起飞，确实是要心性正直大器的人才做得出来”。双方的良好合作延续到了1990年代，DK在美国的长销书，有将近一半都是由兰登旗下的出版社卖掉的。

但DK之所以能火遍全球，凭借的肯定不仅仅是兰登的善意，而是设计、主控与直销。

两位创始人的审美是DK图书的第一法宝，图片、排版、封面以及活动邀请卡或圣诞节贺卡，都需要尽善尽美。“有哪一个美编拿无衬线字体的设计去给他看，一定大祸临头。彼得一看，准像有疯狗正朝着他的脚咬过来。”英国最顶尖的两位书籍设计师罗杰·布里斯托和斯图尔特·杰克曼都在DK工作过，最后也都因为彼得的严苛要求相继离职。

当然，为了达到几近完美，出版过程中临时增加额外预算就是家常便饭。彼得有一个计算成本的“公式”：在排版的费用预估上直接翻倍就差不多了。不过变态般的审美并不是彼得的唯一标准，DK所追求的是兼顾美感与实用性，除了抢眼的插图，彼得还希望扎实的文字内容能真正帮助到读者，所以DK总是搜寻各个领域的专家来撰写内文。这就是它的第二个特性：由DK主控整本书的制作，而非作者。

首先，DK会自己制图，能用图片说清的部分就不去使用文字；其次，DK建立了自有版权的素材库，这是它纵横全球的基础；再次，DK总是寻找专家根据图片来撰文，以保证知识含量；最后，DK的图文不带有任何地域色彩，无论是欧洲读者、亚洲读者还是非洲读者，都可以从中得到相同的收获。当然，和审美一样，要想主控整个链条，就需要付出巨大的代价，他们一本童书的全部成本高达六万英镑。《好家政烹饪图解大全》里面的上千道菜都有专人制作，试吃成功后再由专人摄影，最后拍出来六千多幅独家照片。

1990年，微软正在世界各地搜罗他们可以买的知识产权——画廊，摄影图库，出版权等等，比尔·盖茨看上了DK的素材库，重金买下出版社四分之一股权。DK上下自然全都欢欣鼓舞，但兴奋不了多久就变成泄气的皮球。因为比尔·盖茨不仅仅想控股，还想全资收购。为了抵御“门口的野蛮人”，彼得决定让DK上市。

上市之后需要盈利，彼得搭建起直销团队，经营“DK家庭图书馆”。尽管直销团队成员大多不是做出版的，他们更熟悉家政工艺、浪漫照明、保健营养品、纪念品、三明治塑料餐盘、女性情趣内衣，但由于DK图书非常受欢迎，大量童书依然被DK直销网络送进了千家万户。1996年，DK的销售额达到一亿七千四百万英镑。

创业初期，支持DK的是兰登。但真正令DK掀起“白底革命”的，却是伽利玛出版社。

1988年，DK已经是一个非常成熟的出版方了，但他们并没有找到独树一帜的设计手法——以纯白的背景衬托撷取出来的图像。“不过，伽利玛出版社的皮埃尔·马尔尚打来一通电话，扭转了一切。”

皮埃尔：老兄，日安。

戴维斯：嗨，最近怎么样?

皮埃尔：还记得《食材大全》吧? 我很喜欢里面的摄影风格，所以有了个新鲜点子。

戴维斯：老兄你到底想说啥?

皮埃尔：我们可以用类似的办法编一套非常漂亮的知识性的童书。

戴维斯：嗬，具体讲讲?

皮埃尔：比如说《登山大全》，可以把登山用到的所有道具做成去背景的图像，例如钉鞋、手套、护目镜、岩石、花卉、食物补给等。

戴维斯：嗯哼，回头面谈好吗?

在纯白的页面上印刷不带任何背景杂质的图像，听上去似乎并没有什么了不起。“你可以挑一个主题，像是鸟类好了，拍下不同品种的相片，拍下鸟的羽毛、骨骼、翅膀、鸟嘴、鸟爪、鸟巢，不管什么，只要鸟之所以为鸟的一切都可以。只是这样拍下来编成书，就会好看吗?”带着这样的疑问，两大公司开始合作，DK运用伽利玛提供的创意输入，负责这一书系的制作、印刷以及全球销售事宜，所得的净利由双方均分。

新书系被戴维斯命名为“目击者”，《鸟类、岩石、矿物》《骨骼》《武器和盔甲》等书大受好评。这套书推出不到一年，销量已突破百万册。后来“目击者”系列扩展到了一百多本，被译成四十种语言，在全球销售了五千多万册。

这套书给了DK很多启发，用戴维斯的话来讲，是一场“蜕变”：“DK上下因此悉数洋溢着成功的自信，有把握不管什么题材交到我们手上，我们都做得出来出类拔萃的漂亮图书，尤其是用我们的招牌摄影图版来做。”公司员工们的口头禅甚至变成了“没有无聊的题材，只有无聊的版面”。创始人彼得用可口可乐的易拉罐举例：把一个从水沟边捡来的易拉罐放在一张白纸上，拍下来，再加一点特效，“司空见惯的平常物品就像安迪·沃霍尔的康宝浓汤罐头一样焕发夺目的神采”。

但有时候，钱多真的不一定是好事。

戴维斯觉得：“公开上市会改变一家公司的动力学，尤其是搞创意的公司。”

早年的DK创业时，二十个人做七本书，氛围融洽，人人卖力，专心于内容，“炎炎夏日每逢傍晚，大家聚在羔羊圣旗外面的人行道上小酌啤酒，患难与共的强烈向心力油然而生”。并且公司还有一项特殊制度：每一年只要有分红，每一位普通员工都可以拿到，且会优先派发给基层人员，有时连持股的董事都没份儿。

可是公司壮大后，两位创始人渐渐出现意见分歧。道林带着女友卡罗琳退隐江湖，整日植树种林，作画度日。四元老一分为二，只剩彼得与戴维斯。等到1998年，DK的正式员工有一千三百多人，全球的直销商逼近两万三千人，出版了两千四百多本书，总销量超过三亿五千万册。彼得也搬进了宽敞明亮的高层办公室，不再和戴维斯亲近。“董事长、总执行官和集团总经理尽量靠得近一点，当然言之有理，但这一搬，也表示我们的关系有变。”

为了DK的发展，彼得开始寻找接班人。新任的总执行官被戴维斯称为“营销王”。他很快取得老板的信任，夸口说要在五年内使DK的年营业额达到五亿英镑。营销王上任后的第一把火，赌在了《星球大战》丛书上——他逼着下属印了一千八百万册。第二把火放在内部的人事上，戴维斯被迫提早退休。第三把火烧在自己身上，《星球大战》丛书只卖掉五百万册，DK由此背负一千三百万册的滞销库存，营销王备受唾弃，被迫离职。

DK二十多年的奋斗，营销王仅仅用几个月的时间就把一切都毁了，股价断崖式下跌，银行纷纷拒绝贷款，约三千万英镑的账单把现金流枯竭的公司逼上绝路。“员工一个个惊慌失措，士气涣散，像在做梦，连茶包也要几个人合用。一整间公司过一天算一天，苟延残喘，每花一分钱银行都要盯着。”

走投无路的彼得不得不拱手送出拼搏一生的心血：把DK卖给培生集团，董事会解散，近半员工被裁员。值得一提的是，当年艾伦·莱恩去世的第二天，因为不想被麦格劳·希尔兼并，企鹅也与培生集团合并。两家各具创意的公司殊途同归，终究不敌资本与时光。

培生一度误以为自己捡了个大便宜，直到它发现DK还有七千五百万的外债。为收拾残局，戴维斯又被培生请回来做发行人，但无奈昔日的DK灵魂已经消失，“管理系统如槁木死灰，出版计划贫乏老套。员工的信心值原本高到破表，这时候却像一群历劫归来的难民，步履蹒跚，只知茫然等待高层通知他们在两边整合后可有落脚的地方”。

搬入培生集团昂贵、整洁的大厦里办公之后，戴维斯心中怀念的却是多年以前，和几个同事白天做事、傍晚喝酒的自由岁月。

人脉

编辑的技能有许多种，可以“写而优则编”，从作者转为出版人，可以陪作者一同成长，可以建立起独家风格的策划能力，也可以拥有独家思路的包装技巧，但最难的是，如何取得作者的信任，让作者对编辑不离不弃。在这方面，日本出版人见城彻与歌星尾崎丰的交往分外令人唏嘘。

当见城彻被分配到角川书店书籍编辑部时，有次在大街上很偶然地听到了尾崎丰的歌，他感慨“这首歌里那种哀伤的感叹真是不寻常”，于是跑进唱片店里询问是谁唱的，并下定决心要为尾崎丰出书。等联系到歌星所属的事务所，却被告知讲谈社来过、集英社来过、小学馆来过……角川已经是第七家前来洽谈的出版方了。

“狼多肉少”是出版界的常规生态，见城彻并未因此灰心，依然向经纪人提出见面要求，终于得以在六本木的高级牛排店里请歌星吃饭。当时尾崎丰还不到二十岁，“是个很白净的青年”。编辑不停地抒发着对作者的热爱，要么询问歌词创作，要么送上兰波和吉本隆明（吉本芭娜娜父亲）的诗集，最终打动歌手，合作了《谁在鸣笛》。这本书成为尾崎丰二十岁的生日礼物，卖出三十万册。

就在见城彻要策划第二本书的时候，歌手突然孤身一人去了美国，断了联系，后来在美国因吸毒被捕，回到日本又濒临破产。与此同时，三十五岁前后的见城彻陷入中年危机：作为《角川月刊》的主编，所有业务都有部下处理，一不缺钱二不缺时间，却怎么也提不起生活热情。

这种情形下，“对自己厌烦”的编辑与彻底过气的作者再次相遇。

尾崎丰身形发福，长出白发，脸上的棱角都已消失。直到自报姓名，编辑才认出作者。为让昔日的歌星重新振作，见城彻帮作者开了公司，指导写作，还要安抚他的情绪。尾崎丰常常和工作人员吵架，某次突然狂打机器，弄到自己满身是血……

《角川月刊》制作《尾崎丰：沉默的方向》特辑，为作者连载小说《落日大街》，出版他的新书与写真集。在见城彻与两位朋友的帮助下，歌手的新专辑重登排行榜第一名。得知这个消息后，编辑与作者在酒吧相拥哭泣，“这是我们在相互确认东山再起的瞬间……充满了戏剧性”。

藉由这次重启，见城彻也再次鼓起干劲，“我有一种多余的肉全都被割除了的感觉。我开始感到，把已建立起来的东西全部摧毁，一切从零出发也不是坏事”。靠着这股激情，他在四十多岁时选择辞职，靠一千万日元艰辛创业，十年之后公司上市，市值四百亿日元。

1950年，见城彻出生在日本静冈县清水市，父亲是工厂员工，社区里的每个家庭似乎都过着类似的生活。上小学时因为个矮体弱，见城彻常常受人欺负。有次课间休息时，见城彻的手无意中挂起了女同学的裙子，被人叫成“好色卷裙男”。初中也好不了多少，被同学冠以“章鱼”的外号，导致他一辈子不肯吃章鱼或鱿鱼之类的软体动物。能安慰他的只有漫画和图书，“就这样，我开始讨厌与人接触了，变成了一个整天泡在书里的人。书挽救了我，书就是保护我的防空洞，就是我的朋友”。

大学毕业后，见城彻决心去当编辑，无奈被集英社、小学馆、新潮社一一拒绝，只能进入广济堂做自己并不热爱的实用类书籍。结果他一入行就策划出《公文式数学的秘密》，畅销三十八万册，继而通过记者高桥三千纲认识作家中上健次等人，开始想做文学类书籍。在高桥三千纲的推介下，见城彻先进入角川书店的《野性时代》杂志部，负责《人性的证明》小说连载。这本书后来被改编成影视剧，各种版本共卖出四百万册，得以让编辑一举成名。

见城彻在角川书店工作了将近二十年，天天与各色作者相处，总结出“易懂、原创、极致、感染力强”的畅销四法则，积累下广泛人脉。他与作家交往的方式也有四招：喝酒，给钱，赞美，写信。

作家李长声在《日下书》里提及，三十岁之前，见城彻几乎天天都是凌晨三点后才回家。“他和坂本龙一是至交，大约有四年，几乎每天工作到夜里十一点，然后和他去喝酒，喝到上午九时许。”见城彻自己也说，几乎每晚都和中上健次等人到新宿一带喝酒。有次中上健次酒后闹事，打伤了别人。对方提出要么给三十万日元私了，要么就报警。中上走投无路，向酒友借钱，发誓“我若得到芥川奖，再用奖金还你”。见城彻刚收到五十万年终奖，二话不说，直接就带着中上到银行取款。后来中上健次凭借《岬》成为芥川文学奖得主，特意跑到见城彻家门口鞠躬还钱。再有借钱之际，他总是用很神气的口吻说：“文学之王要来向你借钱了。”

见城彻进入角川书店时，五木宽之已经是畅销书作家，每出一本书，都能卖出五十万册以上。为向五木约稿，见城彻读了作者所有的长篇小说、散文以及采访对谈，写出五十篇作品读后感，并拼命赞扬无人发现的作家用心之处。“对这样的作家，如果你写不出让他觉得受刺激，同时又有新发现的读后感，那就很难给他留下深刻印象。”

在给五木寄信之前，见城彻甚至会双手合十击掌，就像祈祷一样。等写到第十七封信，终于收到回复。等写到第二十五封信，五木同意见面，答应在《野性时代》连载《燃烧的秋天》。这本书后来被拍成电影，各种版本的图书总共卖出了近一百万册。

1993年，见城彻离开角川书店，想要创业。他辞职时有二十多个部下愿意追随，最后有五个人各掏十万日元入伙。11月12日，见城彻注册成立新公司幻冬舍。

从1993年12月28日到1994年1月7日，见城彻坐在空空如也的办公室里，每天给四五十个作家写信，一天可以写出四五篇作品的读后感。“那些天，我忘记了吃午饭，也忘记了给谁打电话，甚至都记不得什么时候上的厕所。我整天痴迷于叫A的作家、叫B的音乐家、叫C的演员、叫D的运动员，不停地写信，因为我觉得我一定能打动对方的心。”

1994年3月，幻冬舍最初的六本单行本面世，包括五木宽之的《鸱枭漫步》、村上龙的《五分钟后的世界》、吉本芭娜娜的《玛莉亚的永夜/峇里梦日记》等。注册资本仅一千万的出版方为打响名号，在《朝日新闻》上豪掷六千万，打出整版广告。这主要是靠一家广告公司的副社长帮忙，他出面担保：“如果见城不能打广告的话，我替他支付所有费用，让他打广告。”不过六本书很快成为畅销书，顺利支付了所有费用。

见城彻写过一本书，名叫《异端的快乐》。他在书中自述：“人若不狂妄，是什么也做不出来的。”他出版的《永远是孩子》首印只有三万册，却投下高额广告费，需要销售二十五万册才能收回成本，所幸最终卖掉了一百七十万册，让出版方大赚一笔。

创业第三年，幻冬舍进军文库本市场。文库本是一种低价且便于携带的小开本书籍，此前光文社曾因一口气推出价值六亿日元的三十一种系列文库本备受业界瞩目。而见城彻为打破这个纪录，特意一次性出版六十二种系列文库本，总价值十二亿日元。很多人都觉得他疯了，为此，见城彻在报纸上登出一句广告词：“新出道的家伙不冒险干吗？”

十二亿日元的赌注，虽然风险极大，但品种数也很多，还不至于像之后的个案吓人。

一般来说，一本书首印三万册至五万册，已经是非常优秀的成绩，可见城彻把歌手乡广美的《父亲》首印高达五十万册，令业界瞠目结舌。

见城彻与乡广美相识十年，其间这位明星一直想出版学英语或打高尔夫之类的书，均遭婉拒。直到他向老友透露，与妻子感情不和，两人将要离婚。见城彻立即意识到此事的商业价值，建议乡广美将离婚心路写出来。歌手听取了这个意见，把自己的自卑感与对未来的愿望都写进书中。“这本书算是他的泣血之作。”见城彻冒着一旦失败幻冬舍就要倒闭的风险，将《父亲》首印五十万册，上市第二天又加印了三十万册，最终大获成功。

见城彻在他所写的《编辑这种病》书中，把出版人的工作定义为“从无到有；将人类抽象的思想与意识，制作成商品（书籍）借此赚取利润”。另外还离经叛道地把坂本龙一与尾崎丰等作者视为异端：“真正的表达者往往都是异端，换句话说，都是怪胎。他们天生具有异端的DNA。”可能正是与众不同的认知，让见城彻能够和作家推心置腹，取得“异端”的信任，达到双赢的效果。

可对于幻冬舍而言，屡屡将全部身家押注在畅销书上，或许是不得已而为之。

1980年代，日本经过二三十年的高速增长，正处于巅峰期，出租车起步价达一万日元。1986年，日本公司买下了纽约蒂芙尼大厦，几年后，三菱财团买下洛克菲勒中心多栋大楼，东京市中心土地价格不断飞涨，有人甚至放言“卖掉东京就可以买下整个美国”。1989年，日本经济泡沫到达顶点，各项经济指标创下空前的高水平。但福兮祸所伏，由于资产价格无法得到实业支撑，土地和股票价格即将下降。大藏省在1990年3月发布的《关于控制土地相关融资的规定》，与后续的金融紧缩政策加速了泡沫破裂。1990年代，股市与房地产相继崩盘，经济泡沫破灭后，日本陷入长期的经济衰退。

大环境的变化逐渐影响到出版界。根据《出版大崩溃》一书记载，二十世纪最后十年，日本约有一万家左右的出版社、印刷厂、书店倒闭或转让，职员超过一千人的讲谈社与其竞争对手小学馆双双效益下滑，在赤字边缘徘徊。图书的退货率节节攀升，从1970年代的百分之二十跃升到百分之四十多，“在许多仓库里，成为退货品的图书堆积如山，被无奈的出版人戏称为‘死书累累’；杂志每年大约印刷六十亿册，其中有三十亿册要变成退货品，许多成捆包装的杂志从进货仓库发到书店，再从书店原封不动地回到退货仓库”。数千家出版公司一年的销售额，只占日本GDP总量的百分之零点五左右。从业者这样议论：“出版行业的全部销售额只相当于一个本田汽车公司。”

简而言之，日本书业在1990年代陷入“滞胀”，即经济增长停滞的同时又有通货膨胀，众多出版社陷入“内卷”，只有少数企业能够在竞争中获得发展。正是在这种行业背景下，幻冬舍豪赌畅销书并且逆势成长，就分外引人注目。

“获取利润是我最后的心愿，我只能以此在资本主义社会中生存。所以我一直追求出版最畅销的书籍。”从1994年到2007年，十四年间，幻冬舍策划出版了十四本百万级别的畅销书，成为日本书业的传奇。

用海报合个影

陈 腊

影迷海报，是影迷给电影的情书，哪怕这封情书只是单相思。

我喜欢看电影，还做过平面设计师。当年对市面上那种堆砌演员大脸的海报颇为不满，就利用闲时自己做了一些电影海报。那时热衷于买碟，看到那家叫作“标准收藏”（The Criterion Collection，简称CC）的公司出的碟片封面时，我发出了“电影海报还能这么做”的感叹，就模仿CC风格做了不少电影的海报（见《读库0703》）。

几年后，不知不觉把这个事情就给停了。一是当年做得比较粗放，就是粗糙不细致，不禁看，随着对自己的要求越来越高，出图的效率自然也就越来越低了；二来当时主要沉迷于形式或是风格的模仿之中，现在回头看，不少是空有其表，其实和电影本身的内涵还是有不少的距离；再有就是，虽然以华语电影为主，但也做了不少外语片，缺乏目的性。简而言之，就是没太把这个当成一个事来干。

机缘巧合，2018年，我来北京正式从事海报设计工作，也算真正进入了这个行业，同时也对电影的物料制作有了更充分的认识。2021年初，我重新萌生了自己做点海报的想法——而这一次，我想把这个事真正当个事来做。

这个项目的全称是“中国老电影海报再创作计划”。

早年间看电影，先是香港电影，然后以好莱坞电影为主，其间也接触了不少欧洲的小文艺片，那时对内地老电影还颇多看不上，觉得论表演不如欧洲自然，论场面不如好莱坞热闹，论娱乐又不如港片撒得欢，讲故事一本正经的，显得老气。随着近几年阅片量的增多，我却开始逐渐关注内地老电影（泛指2000年以前的）。被各种没啥剧情的新电影轰炸几年后，再看这些老电影，就一个感叹：真好看啊。为啥好看？故事好。同时我发现，网上有不少影迷在自发给一些老电影做影迷海报。而据我观察，港台电影做的人多，欧美电影做的人也多，唯独中国内地老电影，做的人不多。

既然我爱电影，也爱看内地老电影，恰好又会一点平面设计，那么为什么不为内地老电影做几张海报呢？

随着近十年来中国电影市场的规范化，物料的分类也较以前更细致了。

单说海报。可以说，包括预告片在内，目前的电影宣传物料上，没有哪一样如海报这般被分得如此仔细。从功能上，海报有先导海报、概念海报（先导海报和概念海报常常是同一张，没有太明显的区别）、定档海报、角色海报、关系海报、终极海报。随着电影宣传进入白热化，甚至还会有台词海报、票房海报（电视剧有点播量海报）等。除先导海报和概念海报之外，其他类型的海报基本都与“商业”二字紧紧挂钩。比如不少影迷和设计师最鄙夷的终极海报（常说的堆大头海报），很多时候却往往是最给制片方带来收益的——这些海报可能不好看，但很有用。

概括起来，现在常见的海报可以分为两类，一类是告诉你我们拍了一部什么电影；另一类是告诉你我们电影快上映了，准备掏钱买票吧。

一个很残酷的现实就是，影迷和设计师最喜欢的那一类艺术海报（先导海报和概念海报常常也被纳入艺术海报的范畴），对于诱导观众掏钱这事上，其作用是不如带有演员形象的海报。但艺术海报是否真的没用？答案当然是否定的。电影是一个商品，但同时更应该是一种独特的文化产品。

作为影迷，我觉得，一部好电影理当拥有至少一张艺术海报。

再看不少内地老电影的海报，我突然发现，或许“得益”于当年电影市场不成熟，商业化较弱，以各地国营制片厂为主要制片方的老电影，反而留下了不少现在可以称之为“艺术海报”的宝贝。而这当中，又以八十年代以前的电影海报给我的惊喜最大。那个年代基本不存在电脑设计，风格各异的手绘海报基本是主流，诸多让我惊叹为“艺术品”

的海报，大多出自这个时期。而八十年代的电影海报则呈现出一种独特的气质，改革开放后，电影创作在八十年代进入一个百家争鸣的时期，敢写敢拍，可能受此影响，海报也敢做，出现了不少设计风格大胆甚至超前的电影海报。

但由于那个年代海报的功能不如现在这么细分，也缺乏更多更广更高效的传播平台（当年的海报主要是贴在电影院门口），而影迷海报或多或少也忽视了内地电影，使得如今网上流传的老电影信息，就只有寥寥数张海报。更由于当年的技术限制以及各种时代局限，依然有许多电影无法拥有一张理想的海报。

给中国老电影做海报的另一个原因，是想用画面来呈现我对一部电影的理解，哪怕这部电影已经有了可能不止一张优秀海报——这是一个影迷的贪恋。

这事就这么开始了。

我的初步目标是先完成一百张海报的设计，中国电影的厚重，当然远不是这区区百来张影迷海报可以丈量的。作为影迷，我只是希望能用这种“自私”的方式，完成一次和中国电影历史的合影，在中国电影的历史卷轴上，留下我这不起眼的一点解读。

海报，继续做。中国电影，继续往前走。

《茶馆》

舞台艺术胶片化

如果中国只能保留一部话剧，在我心中，毫无疑问只能是《茶馆》。曹禺先生说《茶馆》是中国话剧中的瑰宝，这一点都不夸张。

《茶馆》从戊戌变法写起，围绕一个茶馆七十多人的人物命运，展示半个世纪的时代变迁，一茶馆而窥天下，带着史诗般的家国情怀。该剧创作于1956年，并由北京人民艺术剧院在1958年首演。到1992年北京人艺建院四十周年之际，《茶馆》在首都剧场演出了第三百七十四场，这是以于是之、郑榕、蓝天野“老铁三角”为代表的老一辈演员的告别演出。

1982年谢添执导的电影《茶馆》，可以看作话剧《茶馆》的“电影化”。由于电影《茶馆》的存在，多少使得没机会看到当年“老铁三角”在舞台上表演的观众，可以从电影里感受到他们的舞台魅力。话剧的舞台魅力，被包裹在电影的胶片之中。我对电影《茶馆》的喜爱，也源于此。

《茶馆》是我看过次数最多的国产电影之一，所以开始准备为中国老电影再创作海报时，《茶馆》便成为首选。

一部电影的艺术海报，其“艺术性”不仅体现在表现手段上，更重要的是迅速抓到这部电影的核心。而《茶馆》的核心，无疑是“为自己撒纸钱”这一幕——不仅是王利发、秦二爷和常四爷三人给自己的命运送葬，也是给那个没有活路的旧时代送终。《茶馆》的原版海报起点颇高，其中一张还是讽刺漫画风格，寥寥数笔，画的便是“撒纸钱”这一幕。

准备设计《茶馆》海报那一刻起，我便明白，除了将“撒纸钱”这个画面表现到海报上之外，没有第二个选择。

风格上，我选用了更具年代感的版画风格。画面上选择了居中一只枯槁的手（虽然电影中王利发的手并不枯槁，但这只手不仅仅是他的，也是秦二爷、常四爷这些被逼得走投无路的千千万万同胞的手）置于漫天飞舞的纸钱中，背景是“莫谈国事”的牌子。画面构图上没有太多突破之处，不过算是完成了我的表达，也完成了自己对这部电影的致敬。

绘制好图案后，将其刻成版画模板，然后再用最传统的方式印制到宣纸上，最后扫描成数字成品——从数字到传统，再从传统到数字，兜了一大圈，但效果还算满意。

《甲午风云》

没于宫墙之中

谈起黄海海战这场丧权辱国的战争，《甲午风云》是一部无法绕过的艺术作品。尽管以今天目光来看，与历史事实存在一定出入，表演有一定脸谱化以及一些有违常理的画面出现（比如李鸿章给丁汝昌写的纸条上是钢笔字），但瑕不掩瑜，仍是一部极具凝聚力的电影。尤其结尾时李默然饰演的邓世昌握紧双拳高喊“撞沉吉野”的画面，曾让小时候的我激动不已。

遗憾的是，这部1962年拍摄的电影，却成为同类题材中一座难以逾越的高山。《甲午风云》的原版海报也是一张难以超越的佳作。整张海报构图对称，邓世昌紧握双拳，立于被劈开的海浪之后，身后烟云滚滚。无论从设计的美感角度，还是从表现电影的气质角度来看，都堪称“又好看又看得懂”。

如果我以邓世昌作为视觉中心来重新设计海报，不仅无法突破，也不能完成要挖掘这部电影更深层次思想的目的。所以，不妨把目光跳出电影之外，来看这场发生于百年之前的大海战。

国人或多或少都听过或者看过表现当年北洋海军腐朽不堪的文字和画面，比如大炮上晒衣服、军费被挪用修颐和园……抛开经历过维新改革的日本是否因为制度更先进才打赢了这场战争的争论不说，北洋海军的失败，确实不仅是军事上的失败，而且也是已经走入黄昏的清政府各方拖后腿的结果。对于北洋水师而言，并非船不坚炮不利，而是船底下有太多看不见的“礁石”。

这么一琢磨，海报设计的切入点就有了：北洋败于海上，北洋则败在庙堂；致远没于深海，致远则没入宫墙。用通俗的话来说，北洋水师的失败，更多是清廷的失败。

思路有了，画面很快就有了——就是让致远号在高墙内“沉没”。

定下方向后，我跑去故宫。好在故宫还有一些墙面没有修葺，留着诸多墙皮剥落的红墙，在那里兜了小半天，顶着烈日拍回一堆素材，然后拼成“海面”的样子，再从电影里抠出致远号放上去，加点黑烟，这画面就成了。

于是，海报视觉上看起来有点儿像军舰在海洋上沉没，只不过深海成了高高的宫墙，海面的波纹成了宫墙上的黄瓦——致远没于深海，致远则没入宫墙。

《开国大典》
人民万岁

我们常用“史诗片”来形容一部电影的恢宏，然而真正担得上这三个字的电影少之又少。视觉上的宏大仅仅是基础，不代表有了大场面，这电影就是史诗片。视觉上的“大”只是“表”，而“里”应该是能以时间为尺度，以大视野来塑造电影里的各种角色。表里兼具，才是真正的史诗片。

说来容易，但做起来很难，尤其沉迷于大场面叙事时，很容易徒有其表而失其里，近年诸多号称“史诗片”的电影，问题大多出自这里。

而《开国大典》，则真正称得上“史诗片”。这部电影所呈现出的历史厚重感，是后来许多同题材作品所不及的。

为这部一百六十四分钟的电影，导演李前宽和肖桂云整整准备了八年，最后用七个月时间拍出四个季节，全片共有一百三十八个有名有姓的历史人物，用肖桂云的话说，就是比《水浒传》的一百单八将还多出三十个。平均一个角色分到的片长大概就一分钟多，这么多角色，还要做到出场有故事不敷衍，对剧情有推动，其难度可想而知。

《开国大典》虽然是一部传统意义上的主旋律电影，但对领导人的塑造更加有血有肉，对失败的国民党一方的表现，也足以成为日后同类型影片的教科书。

2019年，《开国大典》4K修复版上映，这部我在电视荧屏上看过数遍的电影，第一次这么清晰地呈现在眼前，我就有了为它做一张海报的想法。

然而，怎么做？当时的我丝毫没有答案，想了好些，都觉得配不上这部电影。直到2021年8月，再次把这部电影翻出来看了一遍，又琢磨着如何为它设计海报。

影片最后，古月扮演的毛泽东，在天安门城楼挥手高呼“人民万岁”，让我突然有了醍醐灌顶之感。这层纸，就在此时突然被捅破了！

我想做的海报，瞬间在心中有了画面：领袖脱帽向人民致敬。

几天后，看到李前宽导演去世的消息，还有一段他生前接受采访的视频。他说道：“要求演员喊的时候，要像当年有人说，毛主席嗓子都喊哑了。……要让人民知道，来之不易，江山来之不易，所以我在礼花中，叠了那么多长镜头的战士，在爆炸中，一个一个地倒下，话外音是毛主席喊的‘人民万岁’，最大的力气喊出来……”

我觉得，我找到了这部电影的魂。

《永不消逝的电波》

暗夜中的太阳

2021年10月6日，《永不消逝的电波》以4K彩色修复版的形式再次公映。根据公开资料，全片修复共花了七个多月的时间，修复帧数超过了十六万帧。至此，《永不消逝的电波》成为中国首部黑白转彩色4K修复故事片。

这种极具意义的方式，让这部新中国经典“谍战片”再次走入人们的视野。

不同于近些年在影视剧里看到的那些谍战片，没有上海滩十里洋场的灯红酒绿，没有主角的风流倜傥，有的只是最纯粹的潜伏，以及最伟大的牺牲，《永不消逝的电波》更像是一个标准的红色电影的剧本——参加战斗直至献出生命。然而这部电影之所以好看，最关键的还是“纯粹”二字，包括李侠和何兰芬因为工作最后结为伉俪，所透露出的也是浓浓的生活气息。

4K修复的重映版官方海报，视觉重点是男女主角，而早年的官方海报，大都将画面重点放在了电波之上，孙道临戴着老式耳机发电报，几乎成为这部电影的视觉化符号。

当我要为该片设计一张海报时，首先确定下来的，就是要用“电波”做主视觉——毕竟，电影的片名叫作“永不消逝的电波”。

但如何将电波做出花样，却不是一件容易的事。

解决这个问题的办法很简单也不简单，就是再把电影找出来，反复地看，看看哪个画面可以突然打动我，听听哪句台词可以触动我。其间一度想从“同志们，永别了，我想念你们”这句台词入手，无奈没有成功。

一天在家翻阅老宣传画，里面常常出现日出的画面，看到这些太阳，我突然找到了方向——我想到了电影里出现多次的发报机上的小灯泡。

方向找到，剩下的事就简单了。重新构图，还是用电波做主视觉，补上发报灯和手，差不多一天时间，海报就完成了。电波不仅是声音，还是光波，是李侠在闷热的阁楼里发报时，发报机上那个闪烁的小灯泡。白色恐怖下的上海是黑暗的，而那个小灯泡，正是驱散黑暗的太阳。

《背靠背，脸对脸》
魔幻现实主义喜剧

二十世纪九十年代之前，西安电影制片厂佳作频出，其中不乏好看又深刻的作品。《背靠背，脸对脸》便是个中翘楚，更是中国现实主义电影中难得的佳作。

当我着手给自己喜欢的老电影设计海报时，有两部电影是同时开始的，一部是《茶馆》，另外一部便是《背靠背，脸对脸》。

这部电影可供解读的角度很多，单从题材上看，想做出一张出彩的、有意思的海报不算难——用句俗套的话说，这片子存在一定的题材优势，很容易出图。就好比文艺片，做出一张看起来有格调的海报并不难。

难就难在，要找到别人还没找到或者不容易找到的点。

影片既是剧情片又是喜剧片，很容易把海报做成喜剧风格，之前的几张官方海报，也多往这个角度上设计。所以，不将其做成喜剧片，是我的第一个想法，总感觉，太喜剧的话，就轻了。毕竟，喜剧只是这部电影的壳，其内核还是现实主义。

还是用老办法，再多看电影。

电影里王副馆长的晋升之路也是一波三折，各种匪夷所思的事一茬接一茬，而他为排挤那些个“空降兵”，损招也是一招接一招。一个小小的文化馆里，人事关系暗流涌动，一点不亚于古代朝堂之上，看起来非常魔幻。

魔幻加现实主义，就是魔幻现实主义。

我想做的海报基调有了，就是魔幻一点。

影片文化馆的取景地是河南省南阳市社旗县山陕会馆，建筑整体钩心斗角的，正如片中的人心一般，是非常重要的视觉符号，这层楼叠榭的，恰似一片小小的权力森林。因此在最后的设计中，将这些钩心斗角屋顶屋檐都给叠到画面里面，似庙堂宫廷又似层峦叠嶂，画面下方一个提着公文包的背影——有朋友说这有一点打网游的感觉。虽是批评，但想想也对，影片里的王副馆长，不就像我们现在打游戏一般，过一道道坎，斗一波波人，艰难地往权力密林深处走嘛。

《黑炮事件》
初生牛犊不怕虎的怪胎

在黄建新导演的作品中，如果要找一部能和《背靠背，脸对脸》一争高下的片子，无疑是《黑炮事件》。

这两部电影犹如黄建新的一对左右拳，拳拳打在那个时代官僚主义的脸上。只不过，《背靠背，脸对脸》看起来更欢乐，而《黑炮事件》则更沉重。由于题材的相对敏感（当年若不是吴天明导演帮忙，这部片子可能都无法过审，饶是如此，影片也是修改了几十处后才得以顺利上映），论其批判力量，《黑炮事件》远超前者。

如果说《背靠背，脸对脸》是一个优秀导演的成熟作品，那么《黑炮事件》则让我们看到了黄建新导演的初生牛犊不怕虎。试问，有几个导演的处女作，能做到如此惊艳？

现在我们常把《黑炮事件》同《错位》《轮回》称为黄建新的“先锋三部曲”，顾名思义，就是这三部电影超出了那个年代。《黑炮事件》许多桥段的布景，充满了与那个年代格格不入的不真实感，比如会议室里有一个硕大的钟，比如阴暗昏沉的宾馆走廊等。尽管八十年代的讽刺电影并不少，但《黑炮事件》独特的影像风格使其格外与众不同。

《黑炮事件》是魔幻主义和现代主义相结合的“怪胎”，因为一颗象棋而引起匪夷所思的“怪”，也对应了这部电影的气质，就如同其结局那光屁股玩多米诺砖头的孩童一样——光怪陆离。

当年《黑炮事件》的海报也带着强烈的先锋影子，一张带着蒙德里安画风的海报，颇有与众不同之感。无论从电影

的拍摄还是相关宣传物料的制作上，《黑炮事件》都远远领先于那个时代，甚至在新世纪初中国电影市场化开始走入亿元票房时代后，这样的大胆也是从未见过的。

在我看来，仅仅“先锋”一词，还远不足以褒奖这部跨时代的影片。我要寻找影片中的其他元素，来完成自己对这部电影的理解。

电影中火风唱歌时的背景图，作为我设计海报的背景，而影片的核心颜色，恰恰就是黑白红。主视觉元素的选定，让我费了一点脑子，最后采用的方式是“缝合”——把两个不相干的元素组合起来达到比喻效果，这也是电影海报设计的常用手法——将拧在螺丝上的螺母换成“黑炮”，至此，我想要的意思也就出来了。

是螺丝捅破了棋子，还是棋子错安了螺丝，就见仁见智吧。整体画面最后也有点构成主义的味道，这算是我这一批设计的海报里，看起来最有所谓“设计感”的一张。

《阳光灿烂的日子》
满眼都是青春的影子

很少有导演能像姜文那样，把原著改“飞”了后，依然能改出一部好看的电影。电影从文学性的维度来看，也不比原著差，还略有超越。《阳光灿烂的日子》和《鬼子来了》，便是姜文改编作品里最为知名的两部，前者改编自王朔的《动物凶猛》，后者改编自尤凤伟的《生存》。

十几年前模仿CC风格制作华语电影海报时，我就曾做过这两个片子。不过当时主要是在视觉上模仿CC风格，对影片的内涵并没有做更多的解读，也没有想过太多要如何在一张图上将电影的核心提炼出来。当初对《阳光灿烂的日子》最大的印象是停留于“文革”时期，所以在海报上简单用红底加了个五星，而《鬼子来了》则是一面黑色的太阳旗做底再加上英文片名。那两幅海报当年做得颇为得意，觉得视觉上统一了风格，又是一红一黑，挺好，现在回头看看，与电影的意思差之千里。

因为故事时代背景的关系，《阳光灿烂的日子》一直存在各种各样的解读，同时由于原著《动物凶猛》的故事背景说得很明白，所以将这部电影看作对那个特殊年代的解读，甚至是对那个年代的反思，都是情理之中。然而这部电影的神奇在于，不同年龄的人能在里面看到不同的内容，不同年代去看也会有不同的感悟。第一次，我将这部电影作为那个年代的“窥视镜”来看，而慢慢的，再看这部电影，却有了不一样的角度。

直到想再设计一次《阳光灿烂的日子》而去重看时，我满眼都是青春的影子了。

逃学、打架、暗恋……时代不同，但青春的投影往往是相同的，至少，和我的青春是相同的。此时，这部电影让我想起了著名的《美国往事》，电影里主角们的孩提时代，和这部姜文的处女作颇有相似之处。为印证这个感觉，我又将《动物凶猛》找出来读过一遍，就更印证了自己的感觉——这部中篇小说，讲的分明就是一个七十年代《十六岁的花季》的故事。

影片最后，孤独的马小军一个人静静仰躺在游泳池水面之上，一切喧嚣都已消失。我终于确认，这是一部仅属于中国的“青春片”，甚至可以说是到目前为止中国最棒的青春片——阳光、泳池、男孩。

这还不够吗?

我不敢说原版几张官方海报的主题就是青春，但阳光下一同坐在金水桥上，在屋顶上行走于阳光之中，这在我眼里，同样也是青春。

这次的画面上，我也仅仅留下了阳光、泳池和男孩。阳光灿烂的日子，这是一个时代的结束，也是一个男孩青春期的结束。

《鬼子来了》
鬼子还没走

《阳光灿烂的日子》之后，便开始设计《鬼子来了》。

前者明媚，后者犀利。

《阳光灿烂的日子》在对原著大刀阔斧的改编之下，还留下了原著故事的内核，而《鬼子来了》对原著《生存》的改编，则简直是换了一个故事，甚至连角色的名字也不一样——除了人物的设定有一定相似之处。

原著《生存》可以视为魔幻现实主义，不过无论是魔幻还是现实，却不吝于对人性的赞美。而脱胎于《生存》的《鬼子来了》，则是一部塞满了悲剧内核的“喜剧”，几乎每一帧都塞满对人性的无情批判。这便使得《鬼子来了》成为国内抗日题材中最为另类的一部作品，从诞生的那一刻起，围绕它的各种争论就没有停止过。

在我看来，《鬼子来了》所有官方和饭制海报中，最精彩的是那张“剪影版”，日寇的队伍作为剪影，画面中间一个鬼子，很点题，简单利落有力量，风格上带着强烈的解构性，就像这部电影一样。

影片的大部分时间里，日本鬼子和我们以往看到的完全不一样。一开始，村民居然和鬼子们和睦相处，这很难让观众一下子适应过来，而正是这种近乎癫狂的颠覆性设定，让这部电影直到今天都存在争议。有说姜文的风格接近费里尼和库斯图里卡，但在我看来，这部《鬼子来了》更像库布里克，甚至有点《奇爱博士》的味道。相比《阳光灿烂的日子》，姜文的第二部电影，可供解读的元素就更多了。如果

将两部电影都看作一本书，《阳光灿烂的日子》是一页一页解读，而《鬼子来了》可以一个字一个字地解读。

现在回顾我之前做过的那张海报，看起来是对的，但又不大对。说它对，是因为黑色的太阳旗多少和这部电影的气质有相似之处；说不对，就是太浮于表面，不具备独特性。

这也是我思考电影海报时常用的一个角度：所谓独特性，就是这张海报，是否只能用于这部电影？或者非这部电影不能用？很显然，黑色的太阳旗不具备这个条件。

那么，《鬼子来了》，最具独特性的镜头，无疑就是影片最后那个唯一的彩色镜头，也就是马大三被砍头的那个镜头。

马大三的脑袋，是这部电影所有悲喜剧的矛盾最后交融之处，这颗落下的脑袋，承前于日军的残暴，启后于国军的荒诞——一个战胜国的百姓在自己的土地上被战败国的士兵砍头，这不是荒诞还是什么？

鬼子来了，而且鬼子还没走。

所以我最终选择了用马大三的脑袋做视觉中心，底下飞溅的血液绽开，和那颗脑袋隐隐组成一个太阳旗，是为“鬼子来了”。

《寻枪》

不举的枪管

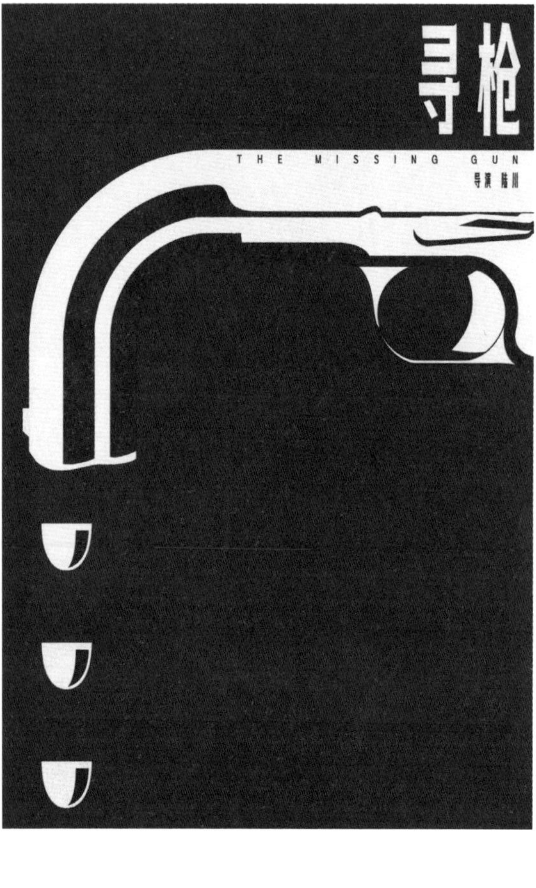

《寻枪》是一部非常有意思的电影。

当陆川拿着剧本去找姜文时，恐怕也不会预料到，最后拍出的片子会是中国电影史里如此独特的一部。该片主创恐怕也不会想到，直到今天，关于这电影“谁主谁从”的争论还以各种坊间传闻在影迷口中流传。

我相信，拍摄过程中，陆川和姜文的合作必然会产生很多争执，也必然撞出了很多火花。同时我觉得，与其纠结于虚无的“谁主谁从”争论，不如把这部电影看作一个充满激情的新导演和一个充满想法的戏骨之间一次华丽的碰撞，一次互相成就的合作。

《寻枪》是一部典型的迷影电影。这部充满魔幻色彩的影片，适合一帧一帧拆开了看，一段一段肢解了解读。消失的手枪，突然不见的手铐，莫名其妙跑动的无人自行车……再去琢磨这部电影，你会发觉它拍得更像是一个失意男人的梦境，也就是那个丢了枪的马山的梦境。

为做出我心目中的《寻枪》海报，翻阅各种资料，阅读影评人的解读，甚至找到小说原著来读，结果不读则已，一读糊涂，再读混乱。《寻枪》就像哈姆雷特似的。枪？梦境？迷宫？自行车？手铐？……一部电影里能有这么多符号性元素，对海报设计人员来说，是种幸福，也是种痛苦。幸福是，可供解读的角度实在太多太多；痛苦的是，如何只用一张图、一个元素，做出最准或者说尽量准的解读？更何况，你的解读，还未必是别人的理解。

最后，我的思路又回到了“枪”这个核心元素上来。寻枪寻枪，没有枪怎么行？枪才是主要的。

枪，对于警察而言，是身份的象征，又是这个职业阳刚一面的体现。而影片中的丢枪警察马山，同时也被男人的难言之隐所困扰。无论是性别还是职业角度，马山都丢掉了最不该丢掉的。影片里他一直在寻找自己丢的枪，同时也在各种人物面前寻找自己作为一个男人的尊严，包括生理上的，也包括心理上的。

因此，让枪头垂下，再滴出三颗子弹。这个画面，不敢说触及了电影的核心，但至少，是一个不会太错的角度。

或许这部电影有着更深刻的解读，但就我的角度来看，既然它在中国电影史上如此独特，那么我从一个有点难以启齿的角度来看这部电影，应该不算过分。

《野火春风斗古城》

这也是一部爱情电影

若给新中国电影史上的谍战片列一个清单，排在前面的，除了《永不消逝的电波》，《野火春风斗古城》也必然占有一席之地。和其他同时期的谍战片相比，《野火春风斗古城》更多了些许浪漫气息，里面的感情戏是那么难能可贵。可贵之一在于那个年代拍这种题材的戏居然这么细腻；可贵之二在于当年的主创们在一部谍战片里拍了感情戏，却依然干净得让现在诸多影视人感到羞愧，如同他们所展示的坚定信仰一样，那隐忍又热烈的感情始终触动着我。

“纯真”，是那个年代老电影里一种普遍的品质，也可以说是一种“质朴”，更可以说是一种特有的浪漫。

然而当年在改编剧本时，片中杨晓冬与银环的感情戏却因为时值批判“修正主义”而可能被删除，好在导演严寄洲顶住压力，留下了影片中那些朦朦胧胧的“爱情”戏。

所以，海报该怎么做，影片的最后已经给了我答案。

分别之时，杨晓冬与银环一同走在山头上，阳光从云层里投下，一道道丁达尔光线如同给他们的事业指明了前进的方向，同时也给他们的感情罩上了圣洁之光。他们望向阳光，望向的不仅是自己的未来，也是中国的未来。

《野火春风斗古城》，是一部出色的谍战片，同时也是那个年代一部优秀的爱情电影。这就是我制作时的思路。

《祝福》
灯笼与墓碑

在鲁迅的小说人物里，最著名的应该有三位：阿Q、闰土，然后就是祥林嫂。

《祝福》这部电影，就是改编自鲁迅先生的同名小说，编剧是左翼电影运动的开拓者、组织者和领导者之一夏衍，导演是桑弧。桑弧另一部广为人知的作品，便是1972年的歌舞电影《白毛女》。

电影《祝福》有三个知名的“第一”：这是新中国第一次进行文学名著的电影改编，也是第一部将鲁迅笔下的人物搬上大银幕的电影，还是新中国第一部彩色故事片。1956年，影片首轮在北京“首都”“大华”两家影院上映，连映五十五天、三百七十场，盛况空前。

有意思的是，片中的水乡外景并不在绍兴，而是北京十三陵附近和玉泉山搭的外景，“强行”让北京郊外出现了江南水乡。

提到祥林嫂，人们就会想到她那段著名的“唠叨”，不过影片的优秀之处在于，没有过多纠结于这段台词上，而是着墨于人们对祥林嫂“寡妇”身份的偏见，并在影片的最后着重表现四叔一家不让她触碰祭祀用品——那几段戏拍得极其精彩。原著中这部分仅仅是几行文字，而电影则把藏在文字底下的封建礼教的丑陋给剥开，近乎赤裸裸地摆在观众面前。

电影和原著，各自用不同的手法，揭露了封建礼教以及旧社会对女性的压迫。原著是中国短篇小说中的精品，而电影同样是中国电影的瑰宝。

因此，电影里那条用来祭祀的鲤鱼，便成了影片中最引人注目的影像符号。鲤鱼有着美好祥和的象征，也几乎成了祥林嫂最后的精神寄托，最后当她发现哪怕给寺庙捐献门槛之后，压在自己身上的偏见依然没有挪开，整部电影的情绪在此刻达到了最高潮。这也是原版海报选择这一幕作为画面主题的原因。

而我要做的，依然绕不开那条鲤鱼，但围绕着鲤鱼来做，又没有超越原版海报的信心。

在素材网站搜索的过程中，剪纸鲤鱼突然给了我灵感。

剪纸鲤鱼是传统佳节里常见的节日符号，那么，为何不试试将这个祥和的文化符号变得死气沉沉一点？于是，我将购买的剪纸素材加以修改，将其改成死鱼的样子，并贴到一个绘制好的白色灯笼上。作为白色灯笼背景的红灯笼，在我一次不经意地旋转后，居然呈现出了墓碑的样子，这算是“推敲”过程中的一个意外收获吧。

就这样，一个能表达我想法的画面，突然就完成了。

《白毛女》
把一头白发扎起来

《白毛女》是一个极具代表意义和辨识度的文化符号，故事通过喜儿这一角色的命运变化，控诉了旧中国地主阶级对农民的残酷剥削，成为新中国主旋律电影的经典之作。

1945年，延安鲁迅艺术学院集体创作出歌剧《白毛女》并在延安公演，引发了巨大反响。在不断的演出中，剧本也在不断修改润化，这个改编自晋察冀边区的民间传说故事，在土改运动和解放战争中起到了巨大的宣传教育作用。

电影版《白毛女》有两部，一部是1972年的歌舞电影，而更为中国观众所熟悉的，则是1951年公映、由王滨和水华联合执导的黑白音乐电影。

1949年北平和平解放后，电影局局长袁牧之和艺术处处长陈波儿决定把舞台歌剧《白毛女》拍成电影。原定仍由歌剧《白毛女》的编剧贺敬之来撰写电影剧本，但因他无法抽身，最后改由八路军作家杨润身担任编剧，那首耳熟能详的“红头绳”，便出自这一版本的电影。

筹备舞台剧《白毛女》期间，有着丰富表演经验的陈强，一开始想演的是杨白劳，然而最后组织上分配给他的角色，却是大恶霸黄世仁。虽然一开始心有不甘，但接下角色后，陈强还是开始琢磨如何演好这个大反派。这一琢磨不要紧，差点把命给琢磨丢了。

1947年舞台剧《白毛女》在河北公演时，台下看戏的一个小战士忍不住举起枪朝着台上的“黄世仁”扣动了扳机，幸好一旁的班长眼疾手快，拨开战士的枪口，陈强才躲过一劫。不过躲过了子弹，却没有躲过板砖，在另一次演出中，陈强被台下飞来的石头砸中，落下眼疾。

音乐电影《白毛女》开拍后，演喜儿的是田华（舞台剧的扮演者是林白），而黄世仁仍由陈强饰演。一个经典的黄世仁，便在这一秒二十四帧的胶片上留下了身影。

2021年，陈强去世九年之后，舞台剧《惊梦》公演。剧中的昆曲戏班班主阴错阳差要在战场上给解放军演戏，剧里要演的戏，就是《白毛女》，而黄世仁的扮演者，便是陈强的儿子陈佩斯。在剧中，黄世仁也差点被解放军战士的子弹击中。陈佩斯以这种方式完成了一次对父亲的缅怀。

《白毛女》是一部非常纯粹的电影，对旧社会的批判几乎是毫无保留的，所以成就了白毛女这个形象的艺术高度。在设计海报时，我曾试过多种方案，最终选定了一条白色的麻花辫来作为海报的主视觉。白色的麻花辫，以及麻花辫上的红头绳，我想，观众看到这个画面，大概都会想到“白毛女”这三个字。

为什么要把一头白发扎起来？原因在于这部电影虽然是一出悲剧，结局却是好的：喜儿和大春苦尽甘来喜结良缘，恶霸黄世仁被枪毙。一头散开的白发重新扎起来，既是对那个黑发喜儿的怀念，也是告别那个曾经的白发山鬼。

《父子老爷车》和《二子开店》经典不灭的父子搭档

比家美客店
顾客您好
天生我材必有用之
二子开店
ER ZI HAS A LITTLE HOTEL
导演 王秉林

二十世纪八十到九十年代，陈强、陈佩斯父子多次在电影中联袂出演。父子搭档的组合，无论在中国还是世界电影史上，都是不常见的。而且，他们的搭档还不止一次，以致观众将父子俩一起出演电影看成了理所当然，似乎本来就应该如此似的。

在诸多父子搭档的电影中，又以“天生我材必有用”系列最广为人知。

“天生我材必有用”系列的首部电影为《父与子》，公映于1986年元旦，随后四部分别为《二子开店》（1987年）、《傻冒经理》（1988年）、《父子老爷车》（1990年）以及《爷儿俩开歌厅》（1992年）。该系列的五部电影，居然一共有六家制作公司。其中王秉林导了《父与子》和《二子开店》两部，段吉顺为第三部《傻冒经理》的导演，第四部《父子老爷车》的导演为刘国权，最后一部《爷儿俩开歌厅》的导演则是陈佩斯和丁暄。演完这五部电影，演员陈佩斯成了导演陈佩斯，长发陈佩斯也变成了那个光头陈佩斯。

虽然这个系列电影，制作公司不一，编剧不一，导演不一，却难得保持了相当一致的调性，人物性格基本一致，故事的连贯性也不显得突兀。

其中第三部《傻冒经理》，更是喜剧讽刺电影中的佳作，达到了整个系列的巅峰。说该系列为中国喜剧系列电影中的瑰宝，一点都不为过，尤其在更多是喜剧电影而非讽刺电影的当下，这个系列就更难能可贵。

开始做老电影海报再设计时，“天生我材必有用”便是我决定要做的一个系列。

风格很早就确定了漫画形式，但漫画的风格很多，选用哪种却让我纠结颇久。在寻找参考图的过程中，我刻意避开了电影海报，而去书籍封面里面找，这期间翻阅了大量企鹅图书和《纽约客》杂志的封面，最后选定一种比较偏矢量、带一点《纽约客》风格的画风来绘制。

画面上构图也采用统一风格，角色就是父子俩，配以电影中的重要道具，比如《二子开店》中的三轮车，《父子老爷车》中的老爷车，环境背景就是电影中的故事背景，前者用的是旅店外景，后者是影片里的游乐场和酒店。另外三部将来也会按照这个思路进行绘制。

《盲井》

埋葬人性的头盔

我是先在《十月》杂志上读过刘庆邦的小说《神木》，然后才看的电影《盲井》。初看《盲井》时，并没有将它和我读过的那篇中篇小说联系在一起，看着看着觉得剧情似曾相识，一查才知道，两三年前读过原著。

原著写的什么，现在倒是忘记了，只记得把人骗下煤矿打死，再找煤老板讹钱这个事，电影完全给拍出来了，真实到有点吓人。《盲井》算是我观看中国独立电影的启蒙之一，当时完全没有想到，主演王宝强日后会成为明星。

因为这部电影给我的印象过于深刻，所以当年模仿CC海报时，《盲井》也是其中之一。当时仅仅从网上找了一个

煤矿工人仰望的脑袋简单衬个黑底，感觉是有了点，但和这部电影的内核还是相隔十万八千里。那个更像是煤矿工人的宣传海报，呼吁人们关爱这个职业的那种。

官方的原版海报非常好看，画面凌厉，有着强烈的摇晃感和不安全感，和这部电影的风格很一致。

所以，我做的话，是否可以反着来？

现实和魔幻往往只有一纸之隔，《盲井》就是此类电影的代表之一。片中那种现实又不真实的感觉，以及宛如平行世界里与己无关的残酷，都加深了那个被煤尘笼罩的世界的魔幻感。

影片最后，拿着“赔偿金”离开煤矿的王宝强，给电影留下了一个足够开放的结局。那漠然且冷静的表情，让你无法判断他接下来的路，究竟是拿着这笔钱回家安心过日子，还是尝到“甜头”、成为另一个无情的杀手。

背影，死亡，未知，魔幻……几个关键词在我脑海里渐渐串起来，我要的画面也渐渐清晰了起来。

矿井就是坟墓，那些断裂的木梁，就是他们的墓碑。什么是魔幻？广袤的大地上躺着一个个如同坟墓的矿工帽，碎裂的矿灯前面一个即将离去的背影，这便是我所理解的《盲井》。

《棋王》

禁锢在棋笼之中

华语电影里，《棋王》有两部。一部是徐克导演的《棋王》，将大陆作家阿城的小说《棋王》与台湾地区作家张系国的小说《棋王》做了一次“缝合”，有着那个年代香港电影里浓浓的“传奇味”。我更喜欢滕文骥导演、谢园主演的《棋王》，不是因为这部《棋王》完全脱胎于阿城原著，而是这个版本恰好没有港版的“传奇味”。

提到《棋王》，很容易想到另一部和其风格很接近的电影，就是陈凯歌的经典作品《孩子王》。滕文骥的《棋王》和陈凯歌的《孩子王》，故事年代接近，电影气质也很接近，原著作者都是阿城，并且影片中都出现了极具代表性也极具寓意的“烧山”，甚至两部电影的主角都是谢园。所以影迷们很容易将两部电影放在一起，而对比的结论基本都是：《棋王》不如《孩子王》。

不过在我看来，哪怕有如此多相似之处，两部电影仍然不具备太多的可比性。《孩子王》是一部极具浪漫主义色彩的电影，而《棋王》在我眼中更加现实主义。滕文骥将该片拍成了一部年代感散文，对王一生棋艺的展示，固然不如徐克版本那么“惊心动魄”，但这种去传奇化的描述，使得王一生更像是一个“真实的传说”——他是那个年代里固守着自己一片天的人的缩影。

火，无疑是《棋王》中最重要的视觉符号。除了烧山有火，知青们的家也是被火烧没的，而最后王一生下完车轮棋后被抬出来，迎接他的不仅有近乎疯狂的人群，还有一支支熊熊燃烧的火炬。

火是拓荒者又是毁灭者，在影片里，火焰几乎就是那个年代的缩影，炙热却难以控制。而王一生则像游离于火焰之外的孤独者，他用棋盘给自己打造了一个笼子，把自己关在里面——棋子是他的世界，是只有他一人的世界。但当被人群簇拥到火把之中时，他依然是那个时代洪流中的一分子。

有了以上的理解，一个由棋盘组成的牢笼的画面，便浮现在我的脑海中，而棋笼里，是默默沉思的王一生，棋笼下面，则是熊熊大火。这火，可以是烧山的火，也可以是烧毁他们草屋的火，当然也可以是迎接他的那一支支熊熊火炬。这些火，就是那个特殊的年代。

至于棋笼里的王一生，是在笼里躲避火焰，还是在忍受着火焰的炙烤？这便是横看成岭侧看成峰的理解。

至少，我对《棋王》这部电影的理解，已经完全用这样一幅图表达清楚了。

《孩子王》
熊熊烈火中的驻足

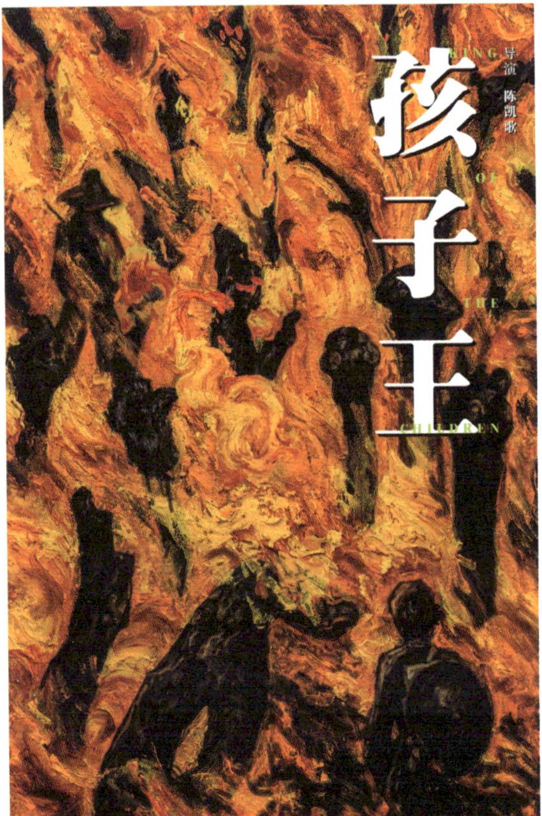

如果要选陈凯歌最优秀的作品，估计很大一部分人会选《霸王别姬》，但我相信，依然会有一部分人选《孩子王》。《霸王别姬》属于那种可被复制的传奇，就是说，将来很有可能会有另外一个导演，复刻出一部类似《霸王别姬》这样充满年代感和传奇感的电影，但未必能有导演再拍出一部《孩子王》。因为这部电影，无论画面还是气质，或者故事的精神内核，都太独特了。

谈论《孩子王》，就绕不开“烧山”。作为这部电影最明显的视觉符号，同时也是原著作者阿城在云南插队时最深刻的记忆之一，“烧山”这个画面承载了影片的绝大部分隐喻——山火熄灭后在焦黑的土地上竖立着那一根根扭曲的黑木，再联想到故事的时代背景，以及影片里老杆那种“格格不入”的教学方式，我们就很容易感悟到“烧山”在电影里的意义。

如同那冒着浓烟的山火，《孩子王》也成为陈凯歌作品中最具思辨性的一部。“希望真能有一把无形的火，把一些传统的旧东西烧掉，然后创造一些新东西出来”——陈凯歌想拍的，远远不只一个“支教”故事那么简单。

在李翰祥《与陈凯歌谈〈孩子王〉》一文里，陈凯歌说到“烧山”：“当时在视觉上看，就是这么一个想法，毫不觉得可惜，可是当我在二十年后又重到云南，看到那些烧焦了的枯木，就感慨得多了。觉得那些被传统文化束缚的孩子们，在条条框框里成长之后，会不会变成那种歪歪曲曲的样子呢？……当初我们这些孩子，就被下放到山区去破旧立新，砍掉成千上万没有用的旧树，如今想想旧是破了，新呢？也没立起来，有些地方又生出来七歪八倒的新树，可怎能和千年的苍松翠柏比？”可见对那个年代文化破坏这事，陈凯歌是耿耿于怀的，而《孩子王》正是他这些“憋屈”后的抒发。

在我眼中，这部看起来非常安静非常文艺的电影，实际上充满了铿锵有力的呼喊。这部现在看起来满满浪漫主义气息的电影，可能是陈凯歌最“愤怒”、最“不甘”的电影。所以，我也选择了“烧山”这个画面，来完成自己心中的海报——之前诸多官方以及非官方海报，在我看来都少了点“愤怒感”。

海报风格选择了油画厚涂，看起来粗糙且缺少细节，大火前一个背影，是谢园扮演的老杆，也可以是陈凯歌导演。电影里的老杆和电影外的陈凯歌，都在渴望一场大火可以烧掉一些旧的再带来一些新的，但同样也对大火的破坏力感到担忧——旧的被烧掉了，新的真就是自己想要的吗？

至于大火中那个尿尿的放牛童，我也说不出为啥一定要把他放进去，只是觉得，把这个有点游离于电影之外的超现实主义视觉符号放到大火之中，可能会多点意思。

《七 · 七事变》
不仅仅是电影海报

《七·七事变》的导演是李前宽和肖桂云，《开国大典》也是他们联合执导的。老导演执导这类影片时，“正剧”味总是非常浓，其情感也非常纯粹。

影片不仅是有着宏大叙事的史诗片，更是充满了细节的群像片。老导演的家国情怀，渗入到影片的每个角落每一帧里，出场人物众多，不少人物虽着墨不多，却都性格鲜明。而这对于拍过《开国大典》的李前宽和肖桂云来说，可谓驾轻就熟。

七·七事变，是中华民族无数苦难之一，也是中国人一致对外驱逐外敌的里程碑，因此，我不想去展示被侵略的苦难，更希望表现出反战反侵略的民族决心。

海报风格还是选择类版画风格，并在一开始就决定了要在海报上使用卢沟桥上的石狮子元素。石狮子加上压顶的黑云，这张海报大致的气氛有了。

但石狮子加黑云，几乎是任何一个设计师都能想到的画面，到这一步还远远不够。好在我很快找到了突破口——石狮子可以是石狮子，也可以是抵御外敌的子弹，所以这张海报所有的元素都齐了。

立在子弹壳上的石狮子，既是卢沟桥的护栏，也是准备射向侵略者的子弹。

加上片名之后，不仅是电影海报，也是谨记这段历史的海报。

《英雄儿女》

英雄的画面

2020年，电影《一秒钟》公映，被誉为“写给中国电影的情书”，它让一首歌和一句台词再次唤醒了中国人的记忆。影片中，大礼堂播放的电影，正是《英雄儿女》。

作为和新中国一同成长的电影导演，我相信《一秒钟》里有关电影的一切，都是张艺谋导演的记忆再现，也是那个年代中国人对中国电影的共同记忆——《英雄赞歌》的旋律响起之时，只要有中国人的地方，都有可能出现《一秒钟》里的大合唱。《英雄赞歌》属于《英雄儿女》带给我们的经典记忆，另一个就是那句耳熟能详的台词：“向我开炮！”

从片名“英雄儿女”到插曲“英雄赞歌”，再到这句“向我开炮”，这部一百零八分钟长的电影，浓缩到最后两个字，便是“英雄”。

所以，我也要让“英雄”出现在海报上。

没有比志愿军战士拿着爆破筒站在山顶上、准备一跃而下和敌军同归于尽的画面，更能展示“英雄”二字了，之前《英雄儿女》的多张官方海报选择了这个画面。尽管我也希望设计海报时在主视觉元素上有所突破，但思来想去，已经无法找到更适合这部电影气质的画面了。

这看起来似乎是一张没有什么突破的海报，却是我对这部电影的所有感悟。

《一轮明月》

冥冥之中的回响

《一轮明月》这部电影的海报设计，本来不在我的计划之内。原因很简单，之前我不仅没看过这部电影，甚至都没有听说过。

2022年夏天，一个做出版的朋友找我帮他想一本书的封面，那是有关中国古代书画的一本书。简单了解对方需求之后，我很快给了几个方案，其中之一，就是从“挖掘历史”的角度来设计封面：将中国的绘画层层叠叠起来，就像地质考古的剖面图一样，再将中国古画中的人物立于“地面”之上——这些人，是“活”在国画之中的，而国画，就是层层叠叠的土地，代表着历史。

第二天朋友反馈，他们团队担心这个方案对他们的受众而言过于概念化，难以让大家接受，便没有采用。但我个人非常喜欢这个想法，觉得就此舍弃不用是非常可惜的事，便决定找部合适的电影给用上。

这是我做海报设计以来，第一次先有画面再找电影。

一开始想找一部同样是讲述中国国画的电影来用上，比如类似韩国《醉画仙》那样的，但找了许久，发现这个领域的内地电影，寥寥几部都不合适。

这个过程中，我无意看到一部相对比较小众的影片，《一轮明月》。

该片讲述的是弘一法师李叔同的传奇一生。作为中国近代文化艺术先驱，李叔同不仅是音乐家，还是美术教育家、书法家、戏剧活动家，更是中国话剧的开拓者之一。可以说，李叔同的一生是一本记载着中国传统文化发展的巨作。

严格意义上来说，《一轮明月》是一部有点过分规矩的传记片，濮存昕的表演也很收敛。然而就是这种淡淡的直叙，让我对这部电影有了一种莫名的喜爱。如果说有什么不满的话，就是整部电影的片长——一百零五分钟，对于大师恢宏且传奇的一生来说，还是太短了。

不管如何，我脑海里的那个画面，可以用上了。

海报执行起来很快，首先买来宣纸，撕扯出毛边再叠起来，用相机拍下毛边的那一面。接下来就是选图、调色，从电影截帧里找一个合适的侧影P上去，脚底下安上一片淡淡的墨迹，这张图就算完成了。

完成这张图是在2022年7月7日晚上。第二天起床上网，一条消息映入眼帘：陈家林导演去世，就在7月7日。

陈家林，正是《一轮明月》的导演。

乔布斯的“不当医疗”

徐 冰

人们对“如此聪明的人为何做出这样的选择”有了不同判断。

2011年10月5日下午三点，五十六岁的苹果公司董事长和前首席执行官史蒂夫·乔布斯去世。乔布斯病逝后，他的死亡原因在争论中似乎涉及医疗失误（medical malpractice）。

通常意义上的医疗失误往往指向医生，即所谓“医疗事故”，但对乔布斯之死而言，更多的是他自己做出决定而非医生导致的结果，谈不上意外、失误或事故，所以笔者更倾向于把它称为“不当医疗”。

乔布斯的诊断来自病理学检查结果，而且由他本人口中说出，应该不存异议。引发关注的是：接受胰腺手术前采用替代医学疗法长达九个月，是否延误病情？后来的肝移植手术是否必要？死亡是否源于肝移植失败？

要搞清楚这些问题，需要先看看乔布斯病例中能够大体得到媒体证实的时间线和因果关系。

2004年中，乔布斯向苹果员工表示："大约一年前，诊断患有癌症……扫描清楚地显示我的胰腺有一个肿瘤，我甚至不知道胰腺是什么。医生告诉我，差不多可以肯定是一种无法治愈的癌症，我的预期寿命不会超过三到六个月。"但活检证明，他的肿瘤是一种罕见的、恶性程度很低的病理类型，称为胰岛细胞神经内分泌肿瘤（pancreatic islet cell neuroendocrine neoplasm）[①]。同年7月，乔布斯在斯坦福大学医学中心做了手术，切除了部分胰腺，术后没有接受化疗或放疗。从诊断到手术的九个月中，乔布斯采用了被称为"替代医学"（alternative medicine）的部分治疗方法，引发了身后的极大争论——替代医学是主流传统医学之外的一些治疗方法，所谓主流或传统医学，就指现代普遍采用的西医医学理论和实践，又称为对抗疗法（allopathy）。

术后，乔布斯斥资十万美金，由斯坦福大学、约翰·霍普金斯大学、麻省理工学院和哈佛大学布罗迪研究所的团队为他做了基因测序和分析，以便最终能够接受分子靶向治疗；据说2009年他在瑞士还进行了一项实验性处置，包括用放射性同位素攻击身体产生缺陷的激素细胞。

乔布斯的癌症在2008年初迅速蔓延，但他拒绝公开谈论病情，在一次演讲中以播放一张"110/70"的幻灯片结束发

①也有论文称是胰腺神经内分泌肿瘤（pancreatic neuroendocrine tumor）。

言，这是正常血压的标志，以此表示他不会回答有关自己健康的进一步提问；2009年1月，乔布斯被列入加利福尼亚州的肝移植等候名单。由于匹配的捐赠者数量有限，而且器官共享联合网络的模型优先考虑肝炎和肝硬化患者而不是癌症患者，如果接受者能够满足某些条件，例如在八小时内到达选定医院，则可以同时被列入两个州的移植候选名单上——这难不倒身为亿万富豪的乔布斯，他的私人飞机可以随时旅行。《华尔街日报》当年6月22日称，乔布斯最终于3月在田纳西州孟菲斯的卫理公会大学医院接受了肝移植。虽然手术很成功，但医生发现了一些令人担忧的迹象，他的肝脏多处出现都有肿瘤，腹膜上有斑点，表明癌症可能已经发生变异并迅速扩散。苹果官方没有证实或否认肝移植传闻，《华尔街日报》援引公司发言人的话说，乔布斯期待在6月底重返工作岗位。

两年后，乔布斯在加利福尼亚州帕洛阿尔托的家中去世，公布死因是胰岛细胞神经内分泌肿瘤复发的并发症导致呼吸停止。有医生列举了乔布斯死亡三个最可能的原因，分别是癌症本身、肝移植失败或免疫抑制药的致命副作用。然而，这并不是乔布斯医生的意见，而是根据媒体少量信息推断得出的结论。

乔布斯患的胰岛细胞瘤，虽然恶性程度远低于更常见和致命的胰腺癌，但它的发生部位在胰头。胰尾病变，通常可以通过切除部分胰腺来去掉，但胰头与十二指肠解剖上连接紧密，血管相互交织，去除胰头病变的唯一方法是接受更大的手术——胰十二指肠切除术。在这项手术中，胰头、十二指肠、胆管甚至部分胃都将被整块切除，实际上等于重建了上消化系统。该手术有许多潜在并发症，患者术后可能遇到各种消化吸收问题，几乎总是会很快减重百分之五到百分之十五。乔布斯接受这种手术并没有正式消息发布，而是外界据理猜测，他本就瘦削，对他来说减掉这么多体重可能成为问题。2006年8月，他在演讲时呈现出“消瘦，几乎憔悴”的外表，以及异常“无精打采”的发言，2008年越来越憔悴的照片浮出水面，这些恶病质外观是否术后并发症或癌症本身的消耗性结果，引来诸多猜测。

争议的焦点是：乔布斯为何在长达九个月中采用替代疗法而不立即接受手术？他的胰腺肿瘤是否因为这种延迟而被耽误？人们开始对“如此聪明的人为何做出这样的选择”有了不同判断。

等待手术大半年是否降低了他的幸存机会，是一个很难回答的问题。哈佛大学医学院研究员拉姆齐·阿姆里在一篇文章中谈到乔布斯对主流医学的厌恶，他说，乔布斯的胰岛细胞神经内分泌瘤比“普通”胰腺癌更容易治疗，但他寻求了替代疗法，阿姆里认为“乔布斯选择替代医学，可能缩短了生存时间的假设是合理的”；乔治敦大学胰腺癌专家迈克尔·皮什瓦安医生说，在诊断出癌症后，有些患者需要很长时间才能接受医生推荐的治疗，“很多患者在延迟治疗时出现了不良结果，九个月肯定是一个重要的延迟时间”；斯坦福大学外科肿瘤学主任诺顿博士2006年在一篇关于这种胰腺癌的文章中表示，除了手术没有其他选择，“手术是唯一可以痊愈的治疗方式”；施瓦茨医生是得克萨斯大学西南医学中心的外科肿瘤学主任，他认为等待几周“毫无意义，因为你不知道这些肿瘤的增殖或扩散能有多猛”，没有证据表明饮食会有所帮助，“但如果病人相信草药饮食可以创造奇迹，他们有权为自己做决定。每隔一段时间，就会有人决定做一些你不希望他们做的事”。

《乔布斯传》中提到，一位叫迪恩·奥尼什的医生曾告诫乔布斯必须接受手术，但他拒绝了，因为他正在探索其他途径。奥尼什表示：“没有人能说早点手术是否会产生任何影响，可能已经存在‘微转移’。”微转移（micrometastasis）是当肿瘤开始全身扩散时在各种器官中形成的微小癌症。《泰晤士报》指出：“奥尼什的评论意味着，理论上，乔布斯的肿瘤在首次确诊时可能已经无形地扩散到他的肝脏。如果是这样，那么早和晚手术可能不会有什么差别。”

并非所有人都同意以上看法。网上有一个“怀疑论者”博客群（SkepticBlog），博主和二百三十九名群友就乔布斯的选择发表评论，他们中既有癌症病人和患者亲属，也有医疗或研究机构的专家学者。群里有这么几种观点：

乔布斯2004年确诊，2011年底去世，至少存活了七年。他所患癌症的平均生存时间为十年，使用替代疗法有效或无效的可能性相同；

如果乔布斯没有经过化疗，那是因为他知道最好不要做出那个选项，如果他确实选择了替代医学，他也会通过一个深思熟虑的过程来决定；

今天很多人因为接受了替代疗法而活着，这是不可否认的事实；

替代医学中有庸医，但也许将来有一天，化疗作为癌症治疗的手段都将被视为庸医之举；

癌症就像指纹，没有两个病人是完全相同的，即使是相同的细胞类型，在不同的患者身上也会表现不同；

乔布斯没有任何症状，也没有转移的依据，如果把你换作乔布斯，在看到这些信息时你会怎么做？跑到手术室切除一半的胰腺吗？在没有症状的情况下，他只是假设自己可能属于百分之九十到百分之九十五的良性肿瘤患者，同时寻求饮食方法来预防或延长症状出现的时间……如此而已。

乔布斯的例子说明，医疗决定不是非黑即白，而是高度个人化的。乔布斯聪明、富有且人脉广泛，他可以接触到世界上最优秀、最能干的医疗顾问，并且没有经济问题，有足够的头脑来避免教条和先入为主的决断。医生如果有更多信息来指导他的治疗，也许他会做出可能影响结果的不同决定。况且他并不是癌症诊断后唯一使用替代疗法的人，约百分之四十三到百分之六十七的美国癌症患者在确诊癌症后同时或单独使用替代疗法。对大多数患者而言，化疗和手术的费用高昂，并且会对身心造成伤害。接受这样的治疗后可能会活得更久，但生活质量则不一定，活得更久并不意味着活得更好。

乔布斯以独特的思维方式闻名，他策划了改变世界的电子产品，他的天才来自严格、苛刻的天性和超凡脱俗的思考能力。作为一个全球顶尖企业领导者，他习惯于做出艰难、独立的决定，所以，在最初的治疗中他选择了替代疗法，这并不让人惊讶。研究表明，许多限制性饮食、无序饮食模式和替代疗法实践，来源于强烈的控制欲望，尤其发现自己患上一种会彻底改变生活的疾病时。

乔布斯在控制中感觉更自在，极端节食和吃素给了他“可以控制”的错觉。对于乔布斯来说，寻求替代方案的决定可能造成了无法弥补的伤害，但这是他自己的权利和选择。他的妻子和朋友们很无奈，但他们知道，不能强迫乔布斯做出他还没有准备好的决定。

乔布斯确诊后活了八年，根据公开发布的极少资料，无法判断他属于哪种类型的胰岛细胞癌，这对预后有影响。他在诊断时没有症状，也可视为一种“偶发癌”，因为乔布斯自己说是在例行的腹部扫描中发现的。当胰岛素瘤大到足以引起症状时，就会出现低血糖，这表明他患有所谓的“无功能肿瘤”，即没有产生大量胰岛素或胃泌素。如果他没有去做扫描，胰岛素瘤可能会增大到足以产生低血糖症状，但仍然不知道它是生长缓慢还是高度恶性的肿瘤。没有肿瘤病理分级的任何信息，不知道他的病被发现时处于什么阶段，九个月后又是什么阶段？是在诊断时定位，还是侵入附近的血管、神经或其他器官时定位？局限性胰岛细胞癌平均生存年限为十点三年，相比之下，乔布斯存活了大约八年，低于平均数，但在统计学上未超出局部胰岛细胞癌的百分之九十五可信区间。手术、放疗或化疗都是侵入性的，具有许多副作用，但它们背后有大量严格的科学依据，至少医生可以详细告诉患者风险和益处。而癌症替代医学有一个共同点，它们缺乏有效性的证据，有时甚至缺乏安全性，其中一些也缺乏合理性。对于乔布斯使用替代疗法九个月会影响其生存时间的假设，由于没有公布的数据，因而无法定论。另外，也无法获得乔布斯原发肿瘤位置的信息，由于“原发肿瘤的位置可能会产生显著影响”，特别是他确实接受了胰十二指肠切除术，这意味着肿瘤位于胰头。肿瘤是源于胰头，还是其他部位，事关重大。尽管转移率降低，但胰头原发肿瘤位置比胰腺体尾肿瘤的预后更差。

重磅炸弹出现在2009年。1月初，乔布斯说他一直在经历“激素失调”，即使完全保密，他的胰岛素瘤复发也是非常明显的，但直到6月份《华尔街日报》披露他接受了肝移植时，新闻中几乎没有任何报道。华盛顿大学专门从事胰腺和胃肠外科手术的医生威廉·霍金斯说，乔布斯这种生长缓慢的胰腺肿瘤，通常会在患者的一生中转移到另一个器官，而且往往是肝脏，百分之七十五的患者最终会发生这种转移。通过肝移植来治疗转移性神经内分泌肿瘤是有争议的，因为肝脏供体稀缺，而且手术疗效尚未得到证实。

霍金斯说，已转移的患者在不做任何治疗的情况下，也有人可以存活长达十年，所以很难确定移植在治愈疾病方面的成功程度。一般来说，对转移到肝脏的神经内分泌肿瘤，首先考虑通过各种方法进行消融，例如射频治疗（RFA）或低温冷冻疗法。如果病变局限于可以切除的肝脏部分，则考虑手术切除；当多叶病变不适合切除时，大多保留RFA治疗。考虑肝移植的前提是，患者必须在多个肝叶中出现多个病灶，这些病灶太多以致无法RFA消融或低温冷冻。

另一个适应指征必须是药物无法控制症状。胰岛素瘤控制低血糖症状非常困难，所以乔布斯这种肿瘤产生的症状比一般神经内分泌肿瘤更难缓解。虽然手术切除仍被视为肝转移患者的首选，但在无法切除时，移植适用于无播散性转移且病情稳定的患者。如果乔布斯患的是进行性肿瘤，则可能不应该接受移植，因为免疫抑制可能会促进微小肿瘤沉积物的生长。然而，对于当时的乔布斯和他的医生来说，情况可能并不明确，只是看到情况正在变糟。最终他接受了肝脏移植，意味着癌症已经扩散到肝脏。然而，即使移植后，癌症也可能复发，而且由于正在服用抑制免疫的抗排斥药物，医生对复发几乎无能为力。

根据《乔布斯传》作者沃尔特·艾萨克森的说法，“九个月来，他拒绝为胰腺癌接受手术，后来随着健康情况下降而后悔”；“相反，他尝试了纯素饮食、针灸、草药和其他网上找到的治疗方法，甚至还咨询了一位通灵师。一位经营诊所的医生建议他进食果汁、清肠和采用其他未经证实的方法”。哈佛大学的拉姆齐·阿姆里认为，乔布斯选择的替代疗法“导致了不必要的早逝”；纪念斯隆-凯特琳癌症中心巴里·R. 卡西莱斯医生说，“乔布斯对替代医学的信仰可能使他失去了生命……他患的胰腺癌是仅有的一种可以治疗和治愈的病变”。据艾萨克森回忆，当问到乔布斯为什么抗拒时，他答复道：“我不想让我的身体被打开……我不想被那样侵犯。”晚期参与治疗的癌症专家阿古斯说：“乔布斯让一些著名的医生根据数据做一些没有意义的事情，他们想要来自中国的草药，他想寻找可以提供的人。乔布斯给我寄很多东西，询问特殊的蘑菇，或者去德国接受治疗怎么样。”乔布斯对自己多年前拒绝手术，转而采用针灸、膳食补充剂和果汁等替代疗法的决定感到遗憾，尽管他最终接受了手术并寻求尖端的医疗方法，但由于癌症已经扩散，这些都不再能挽救他。他的妻子和密友显然无法理解他早期对手术的拒绝。

按照艾萨克森的说法，乔布斯决策过程的一个要素是对自己直觉的信任。乔布斯年轻时对东方神秘主义着迷，甚至前往印度寻求精神启蒙；相信替代草药疗法。他的饮食非常极端，可以连续几天禁食和一遍又一遍地吃同样的蔬菜，他一生大部分时间都是素食主义者（vegetarian），甚至在某些时候成为绝对素食者（vegan），差别在于前者可以吃某些动物制品，后者则不沾染任何与动物有关的食物。事实上他是鱼素主义者（pescetarian），基本上是素食加海鲜。乔布斯在里德学院读大一时，阅读了拉佩支持素食主义的书，后来读了阿诺德·埃雷特的《无黏液饮食疗愈法》（*Mucusless Diet Healing System*），这导致了他更严格的饮食习惯。而特殊饮食无法很好地适应乔布斯胰腺手术后消化道的新解剖结构，难以维持营养，可能是问题所在。他的饭菜总是少而简，与苹果早期联合创始人史蒂夫·沃兹尼亚克的饮食形成鲜明对比，后者最喜欢的食物是典型美式比萨饼和汉堡包。比乔布斯大四岁的超重沃兹尼亚克还活着。

有关乔布斯健康信息的报道汗牛充栋。仔细阅读后你会发现，绝大部分新闻、评论和争议的信息来源都是间接的，大部分来源于艾萨克森的《乔布斯传》，以及乔布斯生前的一些演讲和谈话。艾萨克森对乔布斯在两年多里进行了四十多次采访，再加上对他一百多位家人、朋友、竞争对手和同事的采访。网络资料很少涉及他的医疗信息，专家评论或解说也无非是借其他资讯来源，几乎没有多少直接、公开的一手素材，医生们娓娓道来的最后都会特别声明自己没有治疗过乔布斯，也没有访问他的医疗记录。这是因为乔布斯的诊断细节和所接受治疗的具体情况从未公开，因此无法评论他对自己的癌症治疗是否做出了最佳决定，也无法评论如果他选择不同治疗方法是否会有不同的结果——若乔布斯在确诊时接受了手术，或者遵循了特定的放化疗方案，他的结果是否会有所不同；也不清楚他采用或不采用替代医学的针灸、植物和饮食疗法在手术前后的效果如何。

多年来，乔布斯对医疗保密的坚持早已为人们所熟知，他和苹果公司都没有透露过多少关于他健康状况的细节，他的健康问题甚至对苹果董事会成员也保密。因为保密，所以几乎任何其他陈述都需要限定。他的健康状况也给苹果公司带来影响，并最终在2008年引发了一场关于CEO保密性的公开辩论。

《健康保险隐私及责任法案》（HIPAA）是美国1996年颁布的医疗行业必须遵守的法律，对任何涉及个人健康隐私信息的公开发布都具有制约作用，所以，除《乔布斯传》提供的那些内容外，我们几乎看不到乔布斯胰腺手术、肝移植手术和基因测序以及替代医学手段的任何正式细节，也没有任何曾参与乔布斯医疗过程的医生讲述或发表专业文章。

2008年8月27日，彭博社在其企业新闻服务中错误地“提前”发布了一份两千五百字的乔布斯讣告，其中他的年龄和死因空白。虽然该错误得到及时纠正，但许多新闻媒体和博客对此进行的报道加剧了有关乔布斯健康的谣言。关于他在瑞士进行的放射性同位素治疗，媒体将这种方法描绘成“另类”，它实际上是实验性的。在这种疗法中，放射性同位素与肽激素相关，肿瘤上发现的肽激素受体与激素结合，使放射性同位素足够靠近肿瘤细胞以提供高剂量的辐射。虽然这不是标准医疗程序，但它的确是基于科学的，然而由于信息保密，其真实性同样无法核实。即便说得煞有介事的肝移植手术，迄今也没有可靠证据表明真实无误，连手术地点究竟是美国孟菲斯还是瑞士都无法确认，人们能看到的乔布斯病史和死亡信息，充其量只是轶事证据。

名人综合征（VIP-Syndrome），是指著名的或富有的患者可能影响医生的合理医疗判断和处置，换句话说就是，名人和富人可以影响医生做出的决定，医生屈服于名人要求以非规范方式治疗。这个名词由马里兰大学医学院的沃尔特·温特劳布博士在1964年创造。乔布斯绝对是大名人，但是否名人综合征受害者则不好说。由于涉及个人健康信息和隐私的保密，本文引用的大部分评论和观点，实际上都有点纸上谈兵或事后诸葛亮的意味，然而，撇开责任纯粹就结果而论，文初提及的“不当医疗”似乎仍有一定道理。

图书在版编目(CIP)数据

读库. 2206 / 张立宪主编. —— 北京 : 新星出版社, 2022.12

ISBN 978－7－5133－5099－0

Ⅰ. ①读… Ⅱ. ①张… Ⅲ. ①中国文学－当代文学－作品综合集

Ⅳ. ①I217.61

中国版本图书馆CIP数据核字(2022)第234427号

读库 2206

主　　编：张立宪

责任编辑：汪　欣

责任印制：李珊珊

出版发行：新星出版社

出 版 人：马汝军

社　　址：北京市西城区车公庄大街丙3号楼　100044

网　　址：www.newstarpress.com

电　　话：010-88310888

传　　真：010-65270449

法律顾问：北京市岳成律师事务所

经销电话：010-57268861

官方网站：www.duku.cn

邮购地址：北京市海淀区万寿路邮局67号信箱　100036

印　　刷：北京雅昌艺术印刷有限公司

开　　本：770mm × 1092mm　1/32

印　　张：11

字　　数：220千字

版　　次：2022年12月第一版　2022年12月第一次印刷

书　　号：ISBN 978－7－5133－5099－0

定　　价：42.00元